JN306119

庫NV
6〉

プラダを着た悪魔

〔上〕

ローレン・ワイズバーガー
佐竹史子訳

早川書房

5957

日本語版翻訳権独占
早　川　書　房
©2015 Hayakawa Publishing, Inc.

THE DEVIL WEARS PRADA
by
Lauren Weisberger
Copyright © 2003 by
Lauren Weisberger
Translated by
Fumiko Satake
Published 2015 in Japan by
HAYAKAWA PUBLISHING, INC.
This book is published in Japan by
arrangement with
Lauren Weisberger
c/o Gelfman Schneider/ ICM Partners
acting in association with
CURTIS BROWN GROUP LTD
through THE ENGLISH AGENCY (JAPAN) LTD.

本書が『戦争と平和』に匹敵する大作と信じて疑わない、いま生きているわずか三名の人々に本書を捧ぐ。

〝何百万という女の子が憧れるような〟母、チェリル。父のスティーヴ。ハンサムでユーモアの精神があり、切れ者で才能豊かな彼は自分が献辞を書くといってきかなかった。わたしが本を書くようになるまで両親の自慢の娘だった、非の打ちどころのない姉、ダナ。

謝辞

本書を書くにあたってお世話になった、四人の方々に感謝する。編集者のステーシー・クリマー。本書がおもしろくなければ、責任は彼女にある……。ともかく笑えるこの本の編集を手がけたのは、彼女なのだから。作家にして創作科の先生、チャールズ・サルズバーグ。彼は創作をつづけるようにと、つねに背中を押しつづけてくれた。だから、本書がおもしろくなければ、彼にも責任がある。すばらしいエージェントのデボラ・シュナイダー。わたしのすること、話すこと、とくに書くことのすくなくとも十五パーセントはおもしろい、とわたしを励ましつづけてくれた。わたしのかつてのボス、リチャード・デイヴィッド・ストーリー。毎朝九時まえに顔を合わさずにすむようになったいまは、愛すべき人物だと思える。

そしてもちろん、力を貸してくれたわけではないけれど、本が出版されたらまとめて買ってくれると約束してくれた以下の人々にも、非常に感謝している。デイヴ・バイアーダ、ダン・バラッシュ、ヘザー・バーギダ、リン・バーンスタイン、ダン・ブラウン、ベス・ブッシュマン＝ケリー、ヘレン・コスター、オードリー・ダイヤモンド、リディア・ファクンディニー、ウェンディ・ファイナーマン、クリス・フォンゾーン、ケリー・ギレスピー、シモーヌ・ガーナー、キャシー・グリーソン、ジョン・ゴールドスタイン、イライザ・ハリス、ピーター・ヘッジズ、ジュリー・フートキン、バーニー・ケルバーグ、アリー・カーシュナー、ジョン・クネヒト、アナ・ウィーバー・クナイテル、ハイメイ・ルーイソン、ビル・マッカーシー、ダナ・マクマキン、リッキー・ミラー、ダリル・ニーレンバーグ、ウイットニー・ラックリン、ドルー・リード、エドガー・ローゼンバーグ、ブライアン・ザイトチック、ジョナサン・ザイトチック、マーニ・セノフォント、シャロム・シューアー、ジョシュ・アフバーグ、カイル・ホワイト、リチャード・ウィリス。

さらに、以下の人々には特別に感謝している。リア・ジェイコブズ、ジョン・ロス、ジョアンとエイブのリキテンスタイン夫妻。ワイズバーガー家の人々——シャーリーとエド、ジュディ、デイヴィッドとパム、マイクとマイケル。

あたらしい服を要求する、すべての事業に用心せよ。

ヘンリー・デイヴィッド・ソロー『ウォルデン』一八五四年

プラダを着た悪魔

〔上〕

登場人物

アンドレア・サックス………ファッション誌《ランウェイ》編集長の新人アシスタント
ミランダ・プリーストリー………同誌編集長
エミリー…………………………ミランダのシニア・アシスタント
アリソン…………………………ミランダの元アシスタント
ジェームズ………………………同誌ビューティ部のアソシエイト・エディター
ナイジェル………………………ファッション・ライター
クリスチャン・コリンズワース………作家
エドアルド、ミッキー…………………イライアスークラーク社のガードマン
ミスタ・トムリンソン………ミランダの夫
キャシディ、キャロライン………………ミランダの双子の娘
キャラ……………………………双子の娘のベビーシッター
アレックス・ファインマン………アンドレアの恋人。国語の教師
リリー……………………………アンドレアの親友。コロンビア大の大学院生
ジル………………………………アンドレアの姉
カイル……………………………アンドレアの義兄。ジルの夫

1

ブロードウェイ十七丁目の交差点の信号が青に変わるか変わらないかで、自信過剰のイエローキャブの一群が、わたしがこの街中で懸命に操作している危険物の横を、轟音をたてて通り過ぎていった。クラッチ、アクセル、ギア（ニュートラルからロー？ それともローからセカンド？）、でもってクラッチを戻す。車がびゅんびゅん行き交う日中の路上で、運転の手順を頭のなかで呪文のようにくり返すものの、冷や汗が出てますます混乱するばかり。わたしが運転する車は二度ガクガクッとしてから、すさまじい揺れとともに交差点を突っ切って走りだした。一瞬、ひやっとする。と同時に、いきなり揺れがおさまったので、わたしはスピードをあげた。思いっきりあげる。ギアをセカンドにいれていることをたしかめるべく、ちらっと視線を下げてから目を上げると、前を走っているタクシーの後部が迫ってきていた。とっさにブレーキを踏みこむ。強く踏みこんだせいで、靴のヒールが折れた。ああっ、もうっ！　プレッシャーがかかるとすっかり落ち着きを失ってしまうわたしは、七百ドルもする靴をまたしてもパーにしてしまった。今月にはいってヒールを折ったのは、これで三度目。その直後に車がエンストしたときは、いくぶんほっとした（あわててブレーキを踏んだとき、クラッチを踏むのを忘れたらしい）。車がとまった二、三秒——つかの間訪れた心穏やかなひととき、ただし、四方八方から聞こえてくる怒りもあらわなクラクションの音や、〝バカヤロウ〟という意味のいろいろな文句を無視すれば、の話だが——を利用して、ヒールのないマノロの靴を脱ぎ、助手席に放りなげる。掌の汗をぬぐうものといえば、太ももと腰をぎゅっと締めつけているグッチのスエードのパンツだけ。はくときは必死の思いでボタンをはめたが、そのわずか数分後にはやくも下半身がじんじんしてきた代物。もはや無感覚になっている太ももにぴったり張りついた柔らかいスエードに、指の形の汗染みがつく。ランチタイムの障害物だらけの街中で、八万四千ドルもするコンバーティブルのマニュアル車を運転していると、無性にタバコが吸いたくなってくる。

「ネエちゃん、なにとろとろしてんだよ！」色の浅黒いドライバーが怒鳴った。ワイフ・ビーターのランニングシャツを着ているだけでも恐ろしいのに、そこからはみ出ている胸毛が、さらに凶暴な雰囲気をただよわせている。「いったいなんの真似だ？　ここは教習所じゃねえんだ。どっかに行っちまいな！」

手をふるわせながら色黒のドライバーに中指を突きたててから、いますべきことに神経を集中させる。ともかくできるだけはやく、ニコチンを血中に送りこまなければ。掌がまたしても汗でぬれてきていた。火を何度つけようとしても、マッチを落としてしまう。ようやくタバコに火をつけたのと同時に、信号が青に変わった。しかたなくタバコをくわえたまま、例のややこしい操作をこなす――クラッチ、アクセル、ギア（ニュートラルからロー？　それともローからセカンド？）、でもってクラッチを戻す。わたしの息づかいに合わせて、煙がぷかぷかあたりにただよう。三ブロックほど走って車がようやくスムーズに動くようになったからタバコを手にとったが、時すでに遅し。いまにも落ちそうになっていたタバコの灰が、パンツの汗染みの上に落下する。まったくもうっ。とはいえ、マノロの靴を含めて三千百ドル相当のものをほんの三分のうちにだめにしたことを思い悩む暇もなく、ケイタイがけたたましく鳴りはじめた。つぎの瞬間、ディスプレイに目をやったわたしは、こんなときばかりは高揚感をもたらすニコチンの効果も薄れてしまうのか、恐怖のどん底に突き落とされた。彼女だ。ミランダ・プリーストリー。わたしのボス。

「アーンドレーア！　アーンドレーア！　聞こえてるの？　アーンドレーア？」ケイタイをひらいたとたんに、きんきん声が聞こえてきた――両手と両足（それも裸足）は、すでにそのまえからあれこれ格闘していたのだから、ケイタイをひらくことができたのは、ちょっとした離れ業といえよう。ケイタイを肩で押さえ、タバコを窓から投げすてると、あやらくバイク便の男性に命中しそうになった。彼はごくありきたりな〝四文字言葉〟を声を張りあげていくつか連発すると、車の列を縫って走りさった。

「もしもし。ミランダ。ええ。よく聞こえてます」

「アーンドレーア、車はどこ？ もうガレージに入れちゃった？」

前方の信号が運よく赤になった。おまけに、なかなか青になりそうもない。人やものにぶつからずに車をガクンと停車させて、ほっと安堵のため息をつく。「いま運転しているところなんですよ、ミランダ。もう少しでガレージに着きますから」万事うまくいっているかどうか、彼女は心配しているらしい。だからわたしは、問題はまったくありませんからじきに不安は解消されると請けあった。

「そんなことよりね」まだ話をしているわたしを、ミランダはぞんざいにさえぎった。「オフィスに戻ってくる途中でマドレーヌを拾って、アパートまで送りとどけてちょうだい」ガシャン。電話が切れた。呆然とケイタイをながめる。しばらくして、わたしに伝えるべき事柄をすべて伝えたからミランダが電話を切ったことに気づいた。マドレーヌ。マドレーヌっていったい何者？ いまどこにいるの？ 本人はわたしが迎えにいくことを知ってるの？ なんでミランダのアパートメントに帰ることになってるの？ それはともかく、ミランダには専属の運転手さんもお手伝いさんもベビーシッターもいるのに、なんだってわたしがそんな用事を頼まれなきゃいけないの？

ニューヨークでは、運転中にケイタイを使うのは禁じられている。それを思いだしたわたしは、仕事熱心なお巡りさんと揉め事を起こすのだけは避けたかったから、バスの車線に車をとめてウインカーをつけた。深く息を吸って、吐いて。自分に言い聞かせる。ブレーキペダルから足を離すまえに、サイドブレーキをかけるのもちゃんと忘れなかった。マニュアル車を運転するのは、何年ぶりだろう——最後に運転したのは、たしか何度か教習所の試験に落ちたわたしに、高校時代のボーイフレンドが練習させてやると言って車を貸してくれたときのことだから、かれこれ五年ぶりだ。でもいまから一時間半まえ、オフィスにわたしを呼びつけたときのミランダは、そんなことはいっさい考慮していない様子だった。

「アーンドレーア、わたしの車を例の場所まで取りにいって、ガレージに移しといてちょうだい。至急、頼むわ。今夜ロングアイランドのハンプトンズに行かなきゃいけないから。以上、おしまい」彼女はその時点ですでに、巨大なデスクの前に呆然と立ち尽くしているわたしの存在を、すっかり頭の外に追いやっていた。というか、わたしにはそう感じられた。「以上、おしまいって言ったでしょ、アーンドレーア。至急ね」顔をあげることなく、つけ加えた。

はい、はい、承知しました。オフィスを出ながら心のなかでつぶやいた。この命令をやり遂げるまでには、数えきれないくらいのハプニングが待ち受けていそうだ。まず最初に解決すべき問題に、わたしは頭を悩ませた。そもそも、車が置いてある〝場所〟はどこなのか？　修理のためにディーラーに置いてあるというのがもっとも考えられる線だけど、カーショップといったらニューヨークの五つの自治区それぞれに、それこそごまんとある。それとも、ミランダの友人が車を借りていて、パーク街あたりのサービスのいい、料金の高いガレージに一時的に置いてあるとか。もちろん、つい最近、新車（どういう車かは不明）を買ったけど、まだディーラー（どこの店かは、これまた不明）から引きとってきてない、という可能性もありうる。あきらかにすべき事柄は、あまりにも多い。

手始めにミランダが雇っているベビーシッターに電話したけど、彼女のケイタイは留守電になっていた。二番目の頼みの綱であるお手伝いさんに電話すると、今回ばかりは、彼女が大いに力を貸してくれた。彼女の口から、ミランダが言っているのは新車ではなく、〝濃い緑色のコンバーティブルのスポーツカー〟であることが判明した。その車はふだんアパートメントの近くのガレージにとめてあるが、車のメーカーはわからないし、その車がいまどこにあるかは定かではない、とのこと。お次の頼みの綱はミランダのご主人の秘書で、彼女は知っているかぎりの情報をすべて教えてくれた。ご夫婦がもっている車は、最高級の黒いリンカーン・ナビゲーターと、わりと小型の緑色のポルシェだそうだ。やったー！　これで手がかりがつかめた。十一番街の二十七丁目と二十八丁目のあいだにあるポルシェの販売店にさっそく電話をすると、はいたしかに、ミズ・ミランダ・プリーストリーの依頼で、緑色のカレラ4カブリオレのキズの塗装と、最新式のCDチェンジャーの取りつけが終わったばかりだということがあきらかになった。わーい、大当たり！

ハイヤーでその販売店に行き、わたしが勝手にこしらえた、ミランダのサイン入りの依頼書――ポルシェをこの人物にあずけてくれとの内容――をお店のひとに渡した。依頼書の名前の女性となんの関係もない赤の他人が店に立ちよって、ポルシェを渡してほしいと言っているのかもしれないと、お店のひとたちが疑うような様子はいっさいなかった。気軽にキーを渡してきて、ギアをバックに入れられないかもしれないから車をガレージから出してくれとわたしが頼んだとき、呆れたように声をあげて笑っただけだった。三十分かけて十ブロックほど運転したものの、どこをどう曲がったらお手伝いさんが言っていたアップタウンにあるミランダの自宅付近の駐車場にたどりつけるのか見当もつかない。わたし自身とこの車はもちろんのこと、オートバイや通行人やほかの車に深刻なダメージを与えずに五番街の七十六丁目に行き着く見込みは、かぎりなくゼロに近い。そんなときにまた電話で用事を言いつけられ、わたしはいらだちがつのるばかりだった。

もう一度、かたっぱしから電話をかけることにしたが、こんどはベビーシッターが二度目の呼び出し音で出てくれた。

「もしもし、キャラ？　わたしよ」

「まあっ、元気だった？　外でかけてるの？　すごい騒音だけど」

「そう、そのとおり。ミランダのポルシェを販売店から引きとるように言われたの。でも、マニュアル車は苦手でね。ただでさえそんな状態なのに、いま彼女から電話があって、マドレーヌを拾ってアパートまで送りとどけろ、って言われたのよ。マドレーヌっていったい何者？　どこにいるの？」

キャラはげらげら笑いだした。そのままいっこうに笑いはおさまらず、十分くらい経ったように思われたころ、ようやく説明してくれた。「マドレーヌはね、ミランダが飼っているフレンチブルドッグの子犬よ。いま動物病院にいるの。避妊手術を受けたのよ。わたしが引きとりにいく予定だったんだけど、さっきミランダから電話があって、ハンプトンズに行くために早退する双子を迎えにいけって命令されたのよ」

「冗談でしょ。このポルシェに子犬を乗せろっていうの？　事故も起こさずに？　そんなの無理よ」

「〈イーストサイド動物病院〉よ。場所は、五十二丁目の一番街と二番街のあいだ。ごめんなさい、アンディ、もう双子を迎えにいかなきゃ。でもわたしにできることがあったら、電話して。わかった？」

わずかに残っている集中力をふり絞って、緑色のケダモノをアップタウンに向けて運転していく。二番街に着くころには、あまりのストレスで体がぐったりしていた。タクシーの後部が、またしても目の前に迫ってきた。こんな最悪なことってない。ポルシェにすこしでもキズがついたら、クビはまちがいない。それは火を見るよりもあきらかだけど、命を失う危険性すらある。日中、車を駐車できる場所は合法であれ違法であれまずないから、わたしは獣医に電話をかけ、マドレーヌを連れてきてほしいと頼んだ。数分後、心優しい女性スタッフが、哀れっぽい声で鳴きながら鼻をクンクンさせている子犬を連れてきた（ちなみに彼女を待っている数分間、わたしはミランダのさらなる電話に対処していた。こんどの用件は、まだ会社に戻らない理由を問いただすもの）。女性スタッフは手術の跡が残っているマドレーヌのおなかを見せて、このワンちゃんは〝つらい思いをした〟のだから、くれぐれも慎重に運転してくださいねと忠告した。はいはい、承知いたしました。くれぐれも慎重に運転いたしますわ。こっちとしてはもっぱら仕事を、いやそれをいうなら命を、失いたくないからだけど――それがこのワンちゃんのためになるなら、儲けもんよね。

わたしはマドレーヌを助手席にすわらせてからタバコに火をつけ、クラッチとブレーキをつま先でふたたび踏めるように、冷たい裸足の足をマッサージした。クラッチ、アクセル、ギア、でもってクラッチを戻す。アクセルを踏むたびに聞こえてくる哀れな犬の鳴き声から意識をそらすべく、呪文を唱えつづける。マドレーヌは、ワンワン吠えたり、キャンキャン鳴いたり、クンクン鼻を鳴らしたりしている。ミランダのアパートメントに着くころには、このバカ犬はほとんど錯乱状態になっていた。あれこれなだめすかしたけど、本心からではないことをマドレーヌは感じとっているらしい。それはべつとしても、撫でたり抱いたりしてやりたくても、わたしは両手がふさがっているのだ。こういうことのために、わたしは四年の歳月をかけて、小説や戯曲や短篇や詩を分析し研究していたのね。そうよ、よそさまのとってもとっても高価な車を傷つけないようにしながら、白いコウモリにも似たちっちゃなブルドッグをなだめるときに、大学で学んだ知識が役立つ、というわけ。なんてすてきな人生。子どものころからずっと夢見ていたとおりの人生だわ。

それから先はアクシデントに見舞われることなく、どうにか車をガレージに置き、ミランダのアパートメントのドアマンに犬をあずけることができたが、わたしのあとをずっとついてきたハイヤーに乗ったときも、手がまだふるえていた。運転手さんが同情のこもった目でわたしを見て、マニュアル車の運転はむずかしいですよねと優しい言葉をかけてくれたけど、わたしはおしゃべりをする気にあまりなれなかった。

「イライアス－クラーク・ビルに戻ってください」わたしがふーっとため息をついてから言うと、運転手さんは角を曲がって、パーク街へ向かった。毎日のように車で通っている道だから――ときとして日に二回――到着するまで、きっちり八分かかることはわかっている。そのあいだに深呼吸をして落ち着きをとり戻すことができる。もしかしたら、グッチのスエードのパンツにくっきりとついてしまった灰と汗染みをどうやって隠すか考える余裕もあるかもしれない。靴も問題だけど、あれはもうどうしようもない。すくなくとも、こういう緊急時のために《ランウェイ》誌が雇っている靴の修理屋さんに直してもらうまでは。じっさいは六分三十秒で目的地に着き、わたしは片足は素足、もう片方の足には十センチのハイヒールといった格好で、バランスを失ったキリンみたいによろよろと車から降りた。オフィスに戻る途中〝クロゼット〟にさっと立ちよる。ジミー・チュウのあたらしいブーツ――こげ茶色のニーハイ――があった。とりあえず手に取った革のスカートにすごくよく似合う。グッチのスエードのパンツを、〝要クリーニングの高級ブランド服〟の山に放りなげる（クリーニングの基本料金は、服一枚につき最低でも七十五ドル）。最後に立ちよらなければならない場所、〝ビューティ・クロゼット〟に飛びこむと、編集者のひとりが汗で化粧崩れしたわたしのご面相を見るや、修理道具がたくさんはいったトランクをさっとあけた。

悪くないんじゃないの。会社のいたるところにある姿見の前に立って、わたしはつぶやいた。ほんの数分まえまで自分自身と周囲のひとを危うく殺しかねない状況にあったようには、とても見えない。ミランダのオフィスの外にあるアシスタントのセクションに澄ました顔ではいり、ミランダがランチをとりに外出していれば、わずかながら自由な時間をもてるかもしれないと期待しつつ、自分のデスクの前にそっと腰をおろす。

「アーンドレーア」ひどく殺風景で味気のないミランダのオフィスから、彼女の声が聞こえてきた。「車とワンちゃんはどこ？」

わたしは跳びあがるようにして席を立ち、十二センチのヒールで柔らかい絨毯を全力疾走して、ミランダのデスクの前に立った。「車はガレージの係員さんに、マドレーヌはドアマンにあずけました」と、わたし。車をめちゃくちゃにしたり、犬やわたし自身を殺したりすることなく、ふたつの用件をやりおえたことにすっかり得意になっていた。

「なんでそんなことしたのよ？」怒鳴り声をあげて、ミランダは《ウィメンズ・ウェア・デイリー》から顔をあげた。わたしが部屋にはいってから、視線をこっちに向けたのはそれがはじめてだった。「車とワンちゃんをオフィスに運んでくるようにって、はっきり言ったはずよ。じきに娘たちが来て、出かけることになってるんだから」

「えっ、そうでしたか。わたしがあのとき電話で聞いたのは、車とワンちゃんを――」

「もういい。あなたがいかに使えない人間か、くどくど話されたって、こっちはぜんぜん興味がないの。車とワンちゃんを取りにいってきて。十五分後には出発できるようにしたいから。いい？」

十五分？　このひと、頭がどうかしてるんじゃないの？　会社を出てハイヤーに乗るのに一、二分、それから七、八分でアパートメントに着いたとしても、十八部屋もあるアパートのなかをさがしまわって子犬を見つけだし、ギアを換えるたびにガクガク揺れるマニュアル車をガレージからなんとか出して、二十ブロック離れたオフィスに戻ってくるまでには、三時間はかかるはず。

「わかりました。十五分ですね」

オフィスを駆け足で出たとたん、またもや体がふるえだした。いまに心臓マヒを起こして、二十三の若さで死んでしまいそう。タバコをくわえて火をつけたものの、はき替えたばかりのジミー・チュウのブーツに落下した。地面に落ちなかったタバコはそのままくすぶりつづけ、ちっちゃな丸い焼け焦げをつくる。すばらしい。わたしはつぶやいた。なんてすばらしいの。きょう一日で台無しにした衣類の値段は、合計してきっかり四千ドル──自己ベストだ。いまは物事の明るい面だけを見るようにしなきゃ。もしかしたらオフィスに戻ってくるまでに、ミランダが死んでるかもしれない。ひょっとしたら、原因不明の奇病にかかっていきなり倒れ、彼女のつきることのない自分勝手な言動からスタッフ全員が解放されるかも。最後に心ゆくまで煙を吸いこんでからタバコを踏み消し、ばかなことを考えちゃいけないと自分に言い聞かせる。ミランダには、死なれちゃ困るのよね。ハイヤーの後部座席で思いっきり手足を伸ばして、考えをあらたにした。ここで死なれたら、いつか自分の手で彼女を殺《あや》めてやりたいっていう夢が消えてしまうもの。そんなことになったら、泣くに泣けない。

2

面接を受けるために、はじめて悪名高いイライアスークラークのエレベーター——最新の《アン・》ファッション《ヴォーグ》で身をかためた人々を乗せた運搬機——に足を踏みいれたとき、わたしはまだなにも知らなかった。この街でやたらと顔の広い三面記事の記者や、社交界の中心人物や、マスコミのエグゼクティヴが、静かに動くぴかぴかしたエレベータを非の打ちどころのない身なりで乗り降りする人々に尋常ならざる関心を向けていることを。あれほどきれいなブロンドの髪の女性たちを見たのははじめてだったし、そのきれいな色を維持するのに年に六千ドルかけていることや、通《つう》のひとであれば、髪の染め具合をちょっと見るだけで、カラリストの名前を言いあてられるのだということも、わたしは知らなかった。さらには、あれほど美しい男性たちも、わたしはそれまで目にしたことがなかった。締まった体つき——でも筋肉もりもりではない。だって、「そんなのセクシーじゃないでしょ」——で、体の線が出るリブ編みのタートルネックや細身の革のパンツを身につけて、長年にわたるジム通いの成果を見せびらかしていた。彼らが手にしているバッグや足元の靴が、声に出すことなく全身からその存在を主張していた。プラダよ！　アルマーニよ！　ヴェルサーチよ！　そういったブランド物を身につけているひとをじっさいに目にするのは、そのときがはじめてだった。友人の友人で、《シック》誌の編集アシスタントをしている子がいるけど、聞いたところによると、このビルのエレベータのなかで高級ブランドのバッグや靴が、生みの親であるデザイナーと出会うこともあるらしい。ミウッチャやジョルジオやドナテッラが、二〇〇二年サマーコレクションのスティレットヒールや、スプリングコレクションのティアドロップ型のバッグといった自分の作品にあらためてほれぼれする、感動ものの再会場面。わたしは自分の世界が変わっていくのを感じていた――いいほうに変わっているのかどうかは、よくわからなかったけれど。

それまでの二十三年間、わたしはアメリカのまさに絵に描いたような片田舎で暮らしていた。どこにでもあるような、ごくありきたりの生活。コネティカット州のエイヴォン育ちの若者の青春といったら、どれもみなおなじようなものだ。高校でスポーツに明け暮れ、気の合う仲間と遊びにでかけ、郊外のしゃれた平屋建ての友人の家で、その両親が留守のあいだにみんなで〝酒盛り〟をする。学校に行くときはいつもスウェットパンツ姿で、土曜の夜にはジーンズ、ちょっと気取ったダンス・パーティにはひだ飾りのついたふわふわのドレス、と決まっていた。そして、大学！　そう、あれは高校とはくらべものにならないくらい、洗練された世界だった。ブラウン大学は数えきれないくらいのサークルや授業を提供してくれたし、キャンパスには芸術家肌、落ちこぼれ、コンピュータおたくなど、ありとあらゆるタイプの学生がいた。学術的なものであれ創造的なものであれ、ある分野を極めたいと思ったら、たとえそれがどんなに開かれていないマイナーな分野であっても、ブラウン大学には取っ掛かりが用意されていた。自慢できる事柄は多いけど、唯一の例外をあげるとすれば、それは学生のファッションセンスかもしれない。大学のあるプロヴィデンスの街をフリースとトレッキングブーツといったいでたちでうろついて、フランスの印象派の作家について学び、うんざりするほど長ったらしい論文を書いていた四年間は、どう考えてもわたしが大学を出てはじめて就く仕事に役立つものではなかった。

わたしは就職をできるだけ先延ばしにした。なんとかやりくりして集めたわずかな資金で、卒業してからの三カ月間ひとり旅に出たのだ。ヨーロッパを列車で旅した一カ月間は、博物館や美術館よりも海辺で過ごす時間のほうがずっと多く、三年来の恋人アレックスはべつとして、アメリカの知り合いとほとんど連絡をとらなかった。五週間ほどして寂しくなってきたわたしの気持ちを察したアレックスは、アメリカでの教育実習がちょうど終わり、新学期がはじまるまでの残りの夏休みはこれといって予定がなかったらしく、いきなりアムステルダムに現われてわたしを驚かせた。そのときすでにわたしはヨーロッパを一通り旅していたし、彼も以前の夏休みに旅をしたことがあったので、昼下がりに大麻を吸っていくぶんハイになったわたしたちは、互いのトラベラーズ・チェックを合わせて、バンコクまでの片道航空券を買った。

東南アジアの各地を転々として貧乏旅行をつづけながら、わたしたちは夢中になって自分たちの将来を語りあった。アレックスはニューヨークの低所得者層の子どもが集まる学校に国語の教師として就職することが決まっていて、やる気満々だった。自分にしかできないやり方で幼い子どもたちを指導し、親に充分な愛情をもらっていない貧しい家庭の児童の面倒をみてやるんだと、おおいに張りきっていたのだ。わたしの将来の青写真は、それほど高尚ではなかった。雑誌社に就職しようと思っていたのだから。卒業してすぐに《ニューヨーカー》に採用される見込みはまずないと思っていたが、五年目の同窓会までには、あの雑誌に自分の文章を載せてみせると決意していた。少女時代からの夢、自分にはこれしかないと思いつづけてきた仕事。《ニューヨーカー》をはじめて手にしたのは、そこに載っている記事について両親が話しているのを耳にしたときだった。「すばらしい文章だわ。これを超える記事は、まずお目にかかれないわね」と、母。すると父はうなずいて言った。「たしかに。今日《こんにち》もっともすぐれた文章だ」わたしは《ニューヨーカー》に夢中になった。エスプリのきいた書評や、ウィットにとんだマンガや、限られた特別なひとたちのための雑誌というステイタスに、ひどく惹かれたのだ。それからの七年間、《ニューヨーカー》をかかさず読んで、すべての欄や編集者やライターを暗記した。

アレックスとわたしは、自分たちがあらたな人生に乗りだすことを、その時期を一緒に過ごすことができる喜びを、語りあった。でも、帰国をいそぎはしなかった。心のどこかで、これが嵐のまえの最後の平和なひとときであることを感じとっていたのかもしれない。というわけで、わたしたちはインドの異国情緒に満ちた地方都市をさらにもう数週間だけ旅するべく、おろかにもデリーでビザを延長したのだった。

それはさておき、アメーバ赤痢ほどロマンティックな旅路をあっという間に中断させるものはない。わたしはインドの薄汚いユースホステルで一週間寝こみ、こんなひどい場所で見捨てないでくれとアレックスに泣きつくはめになった。四日後ニューアーク空港に着くと、心配して迎えにきた母がわたしを自動車の後部座席に押しこみ、家に着くまでひっきりなしに舌打ちをした。かわいい娘の体から憎たらしい寄生虫が去ったことを確認するために、母はいろんな病院へつぎからつぎへとわたしを連れていった。それがある意味で、ユダヤ人女性の思い描く、理想的な母親の姿だからなのだろう。生きている実感を取り戻すまでに四週間、それからさらに二週間して、両親のもとにいるのが耐えられなくなってきた。母も父もいいひとだけど、出かけるたびにどこへ行くのか――あるいは、帰宅するたびにどこへ行ってたのか――ときかれるのに、じきにうんざりするようになったのだ。だからリリーに電話をして、彼女が住んでるハーレムのちいさなワンルームのカウチを、ベッド代わりにして泊まらせてくれないかと頼んだ。彼女は気前のよさを発揮して、承知してくれたのだった。

ハーレムのちいさなワンルームで目覚めたとき、ぐっしょり汗をかいていた。頭がズキズキして、胃がむかむかして、全身がぞくぞくする——セクシーな気分になったときにぞくぞくするのとは、まったくちがう感じ。がーん！　ぶり返してきたんだ。目の前が真っ暗になった。アメーバが舞い戻ってきて、わたしは一生この病気に苦しむことになるんだ！　それとも、もっと厄介な病気だったらどうしよう？　潜伏期間が長い、めずらしいタイプのデング熱にかかってたりして？　それともマラリア？　まさかエボラ出血熱？　静かに横たわったまま、死が迫っているという事実を受けいれようとしたとき、昨夜のことが断片的に頭によみがえってきた。イーストヴィレッジにある、タバコの煙が充満したバー。ジャズフュージョンとかいうジャンルの音楽。マティーニのグラスにはいった、どぎついピンク色の飲み物。うぐぐっ、吐きそう。ってことは、ちょっと待った。友人たちがわたしの帰国を祝うために集まってくれたんだっけ。乾杯して一気飲みして、また乾杯して。ふうーっ、よかった。めずらしいタイプの出血熱なんかじゃない。ただの二日酔い。赤痢で九キロ痩せたら、お酒に弱くなるとは思ってもみなかった。百七十七センチ五十二キロの体は、夜を徹しての飲み会には不利だった（でもいまにして思うと、ファッション雑誌の会社に就職するさいは、有利に働いたようだ）。

一週間まえから寝場所にしているだいぶガタのきたカウチから勇気をふるって這いだし、

必死で吐き気をこらえる。しばらく離れていたアメリカの生活に戻るのは、食べ物やマナー、水がたくさん出るシャワーに関しては、それほど苦痛ではなかったけど、居候《いそうろう》にはじきに退屈してきた。パーツとルピーを換金した残りのお金があったものの、あと十日間もすれば底をつくだろうし、親からお金をもらいたければ、永久に終わることのない病院巡りの日々に、いやおうなく引き戻されることになる。そうやって突き詰めて考えたすえに、運命の日となるかもしれぬ十一月のある日、わたしはついにベッドから抜けだし、一時間後の面接会場となっている場所へ向かったのだった。前の週はまだ体力が回復せずにげっそりしていたから、リリーのカウチでずっとごろごろしたけど、しまいにはどっかに行ってくれと彼女に怒鳴られた——一日、二、三時間でもいいから、どっかに行ってよ。とくにやることがなかったわたしは、メトロカードを買って地下鉄に乗り、半分やけになってあちこちに履歴書をばらまいた。雑誌を出している大手出版社の警備員さんたちに、履歴書とあまり気合いのはいっていない手紙をとりあえず渡したのだ。その手紙には、編集アシスタントになって雑誌記事を書く経験を積みたい、といった内容のことが書いてあった。病みあがりでふらふらしていたから、だれかがほんとうに履歴書と手紙を読むかどうか気にする余裕もなかったし、面接にこぎつけられるとはよもや思ってもいなかった。ところが驚いたことに、昨日リリーのところに電話がかかってきて、イライアス－クラークの人事部のスタッフが、〝軽いおしゃべり〟をしにいらっしゃいませんかとわたしに連絡してきた。就職の面接と受けとるべきかどうかはむずかしいところだったけど、〝軽いおしゃべり〟というくらいだから、肩が凝るものではないように思えた。

鎮痛剤のアドヴィルを液体胃薬で流しこみ、着ていくジャケットとパンツをあれこれ悩んだすえにようやく決めた。ちぐはぐな組みあわせで、一組のスーツにはとても見えないけど、すくなくともがりがりに痩せた体からずりおちることはない。シャツはブルーのボタンダウン、髪はとりあえず後ろにまとめた野暮ったいポニーテールで、靴は底がちょっとすり減ったフラットシューズ。これで身支度は完了。オシャレではないけど——というか、すごくダサい——これで充分よね。なにも着ている服を基準に、採用するかどうかを決めるわけじゃないんだから、と思ったのを覚えている。なにもわかっちゃいなかったのだ。

十一時の面接時間ぴったりにビルに着き、脚のきれいなツイッギー顔負けのひとたちが群れをなしてエレベータを待っているのを目にして、わたしははじめて不安になった。そのひとたちは一秒たりとも口をとじることなくさかんに噂話をしていて、おしゃべりが途切れるのはスティレットヒールが床に触れるコツコツという響きが聞こえたときだけだった。かしまし娘ってとこね、とわたしは思った。ぴったりのネーミング（エレベータのかしまし娘！）。息を深く吸って、ゆっくり吐いて。自分に言い聞かせる。ぜったいにもどしたりしない。ぜったいにもどしたりしない。編集のアシスタント募集の件で面接を受けるだけのこと。それが終わったら、まっすぐにカウチに戻れるんだから。ぜったいにもどしたりしない。「ええ、そうですね。《リアクション》であれば、喜んで働かせてもらいます！　ええ、もちろん、《バズ》もいいですわね。えっ、なんですって？　こちらから希望を出せるんですか？　だったら、そちらと《メゾン・ヴー》のどちらにするか、一晩考えさせていただきたいわ。光栄です！」

数分後、わたしは上下ちぐはぐのしゃれっ気のないスーツに、しゃれっ気のない〝ゲスト〟ステッカーをつけて（常連のゲストのあいだでは、そういった入場許可証をバッグにつけるか、もしくはすぐに捨ててしまうのが粋とされていて、服に貼りつけるのはなにもわかっていない田舎者だけだということを知ったのは、かなりあとになってからだった）、エレベータに向かった。でもって……乗りこんだ。エレベータはぐんぐんスピードをあげていく。時空と目がくらむほどの艶《あで》やかさを一気に突き抜けて……人事部にいたる旅。音もなくスピードをあげて上がっていくエレベータに乗っているわずかなあいだ、わたしは緊張をほどいて肩の力をぬいた。刺激的なかおりの香水と真新しい革のかおりが入り混じり、たんなる昇降機でしかないエレベータをエロティックな乗り物に変えていた。エレベータは高速で上昇し、フロアにとまるたび、《シック》や《マントラ》や《バズ》や《コケット》の美しいスタッフたちが降りていく。どのフロアでも、ドアがおごそかに音もなくひらくと、その向こうに真っ白な受付があった。シミひとつない、すっきりしたデザインのシックなデスクが、この前にすわれるものならすわってみろといわんばかりに置かれている。だれかが物をこぼそうものなら、キャー！　と悲鳴をあげそうなデスク。ロビーの横の壁に掲げたボードには、雑誌の名前が黒い太字で描かれている。一目でそれとわかる、特徴的な字体。半透明の分厚いガラスドアが、編集部を守っている。ごくふつうのアメリカ人ならかならず知っている雑誌名だが、都会の高いビルのなかにそういった名前がぐるぐる渦を巻いてひしめいているとは、だれも想像しないだろう。

いままでやった仕事のなかでもっともやりがいがあったのが、恥ずかしながらフローズンヨーグルトを売るアルバイト程度でしかなかったわたしでも、就職したての友人にあれこれ話を聞いていたから、そこがいわゆる世間で言うところの会社とはまったく違うことはわかった。ぜんぜん会社らしくない場所。胸がむかむかするような蛍光灯や、汚れをカムフラージュするくすんだ色の絨毯はいっさいない。ふつうの会社だったら野暮ったい秘書がどっしりと腰をすえている場所を、値が張りそうなスーツを着た、頬骨の高い垢抜けた若い女性がとりしきっている。おまけに、オフィス用品がいっさいない！　書類ケースとかゴミ箱とか本とかいった基本的な必需品が、まったく存在しないのだ。混じりけのない白い渦を描きながら消えていくフロアを六つ見たところで、わたしは周囲に殺気を感じ、話し声を耳にした。

「ほんっと、いやーな、女！　もう耐えられない。あんなやつには、だれも耐えられないわよ。マジでだれもね」二十代の女の子が息巻いた。ヘビ革プリントのスカートに、ぴちぴちのタンクトップを着ている。日中のオフィスというよりも深夜の〈バンガロー8〉に似つかわしい格好だ。

「たしかに。たしかぁーにね。これまでの六カ月間、わたしだってひどい目にあってきたんだから。最悪の女よ。おまけに、ひどい趣味」女の子の連れが、きれいなボブの髪をさかんにふりながらこたえた。

と、そのとき、幸いにもわたしが降りるフロアにエレベータが着いて、ドアがひらいた。

なるほど、おもしろい、と心のなかでつぶやく。わたしが働くことになるかもしれないこの職場環境は、仲間とつるんでほかのグループの悪口を言っている女子高生の日常よりも、ずっと居心地がいいかもしれない。刺激に満ちている？ ううん、そういう感じじゃない。みんな親切で面倒見がよく、わきあいあいとしている、というべき？ いやいや、それともちがうな。しじゅう笑みを浮かべて、いい仕事をしたくなるような職場、ってか？ なになに、ちがうって？ そりゃまあ、たしかにちがうわよね！ でも、スピードがあるものやスリムなもの、都会的なものや途方もなくカッコいいもの、悩ましいまでに垢抜けたものを求めているひとにとっては、イライアスークラークはまさに夢の世界だ。

人事部の受付係は、きらびやかなアクセサリーを身に着け、完璧なメイクをした女性で、場違いなところに来てしまったというわたしの動揺はいっこうにしずまらなかった。席におかげになって、〝どうぞ当社の雑誌に目を通してください〟と彼女。そんな余裕はとてもなく、わたしはこの出版社が出している雑誌の編集長の名前を必死で暗記した――面接できかれないともかぎらない。はっ！　スティーヴン・アレグザンダーは知ってるもんね。いうまでもなく、《リアクション》の編集長でしょ。《バズ》のタナー・マイケルも難なく思いだせた。どっちにしろ、この会社が出版している雑誌でおもしろいものといったら、このふたつていどだ。楽勝まちがいなし。

ほどなくして小柄でほっそりした女性が現われ、シャロンですと自己紹介をした。「で、つまりあなたは、雑誌の世界にはいりたいわけね？」モデルのような長い脚の女性たちの横をすりぬけて、殺風景な冷え冷えとしたオフィスにわたしを案内しながら彼女は言った。「大学を卒業してすぐにこの業界にはいるのは、大変なのよ。わずかしかない就職口に、志望者がわんさと殺到するんだから。おまけに、割りにあう仕事はほとんどないの！　はっきりいって、給料は高いとはいえないわ」

わたしは上下ちぐはぐの安っぽいスーツと、この場にまったくふさわしくない靴を見下ろした。どうしてもっと気をつかわなかったんだろう。その時点ですでに、二週間ぶんのチーズイットとタバコを買いこんでカウチに戻ることを考えていたから、彼女がいきなり声を低めて囁いた言葉を、あやうく聞きのがすところだった。「でもじつはね、まさに偶然なんだけど、ちょうどいま空いているポストがあるの。すぐに埋まってしまうだろうけど！」

なになに。わたしは耳をぴんと立てて、シャロンがわたしと目を合わせてくれるように、彼女の顔をまじまじとのぞきこんだ。空いているポスト？　すぐに埋まる？　わたしに仕事をくれるって言うの？　気にいってくれたわけ？　でもどうして？　わたしはまだなにも言ってないんだから、気にいるもなにもないわよね。それに、いきなり車のセールスマンみたいな口調になったのは、どうして？

「ところで、《ランウェイ》の編集長の名前、ご存知かしら？」と、シャロン。わたしが着席してからはじめて、まっすぐな視線を向けてきた。

頭のなかが真っ白になった。ぜんぜん、わからない。なにも頭に浮かんでこない。こんな質問をするなんて、信じられない！　わたしは《ランウェイ》なんて、どうでもいい雑誌でしょうが。だいいちそんなもの、一度も読んだことがないんだから、ルール違反よ！　《ランウェイ》を一度も読んだことがないってファッション雑誌でしょ。記事はほとんどなくて、飢死しそうなモデルや派手な広告がやたらたくさん載ってるだけの雑誌。わずかなあいだ、わたしは口ごもった。頭のなかで、ついさっき頭に叩きこんだ雑誌と編集者の名前がごちゃごちゃになって飛びはねている。女性の名前が、記憶のどこかにひっかかっている――もちろん、覚えてますとも。でも、混乱した頭には、はっきりと浮かんでこない。

「あー、ええっと、ちょっと度忘れしたみたいで。でも名前はたしかに存じてます。もちろん、存じあげてますとも。《ランウェイ》の女性編集長といったら、知らないひとはいませんもの！　ですから、いまはちょっと、なんというか、度忘れしたみたいなんです」

シャロンはわたしをまじまじと見た。いまや汗がにじんできているわたしの顔に、大きな茶色の瞳をひたと当てている。「ミランダ・プリーストリー」口にするだけでも恐れおおいといった様子で、囁くように言った。「ミランダ・プリーストリーよ」

つづいて沈黙が流れた。ゆうに一分間、ふたりとも口をつぐんでいただろうか。じきにシャロンは、わたしの大きな過ちを見逃してやろうと思ったようだった。そのときのわたしは知る由もなかったけど、シャロンはミランダのあらたなアシスタントを必死でさがしていて、アシスタント募集の件についてミランダのお気に召す人間を、だれでもいいからなんとかして見つけなければならない。見込みはどんなに薄くても、わたしを雇って苦しい状況から抜けだせるのなら――たぶんだめだろうが――ここで追い返すのは得策ではない、というわけだ。

シャロンはとってつけたような笑みを浮かべると、ミランダのふたりのアシスタントに会ってもらいましょうと言った。アシスタントがふたり？

「そうよ、どうして？」むっとした顔をして、きっぱりと言った。「ミランダだもの、アシスタントは当然ふたり必要なのよ。シニア・アシスタントのアリソンが、《ランウェイ》のビューティ・エディターに昇進が決まってね。ジュニア・アシスタントのエミリーが、その後釜にすわることになったの。というわけで、ジュニア・アシスタントのポストが空いたってわけ！

アンドレア、あなたは新卒で雑誌社の内幕をあまりよく知らないだろうから……」ふさわしい言葉をさがしているのか、思わせぶりに口をつぐんだ。「教えてあげるのが、わたしのつとめっていうか、義務だと思うの。これは、またとないチャンスなのよ。ミランダ・プリーストリーは……」心のなかでミランダに敬礼するかのように、またもや思わせぶりに言葉を切った。「ファッション業界でまさにもっとも影響力をもち、世界でもっとも才能のある雑誌編集者なんだから。世界一のね！　彼女のもとで働いて、その仕事ぶりをじかに目にして、有名なライターやモデルに会い、彼女の日々の生活をサポートできるのよ。まあ、これは言うまでもないけど、何百万という若い女性にとって、憧れの仕事だわ」

「はっ、はぁ。なるほど。たしかにすばらしいですね」と、わたし。何百万という若い女性の憧れの仕事を、どうしてわたしに勧めたりするんだろ？　疑問が頭をかすめた。とはいえ、それについてじっくり考えている暇はなかった。

シャロンが受話器をとって、ふたことみこと言葉を交わした。それから数分もしないうちに、わたしはミランダのふたりのアシスタントの面接を受けるべく、シャロンに見送られてエレベータに向かった。

シャロンの口調がいくぶんロボットみたいになってきているのに気づいたところで、こんどはエミリーと面会することになった。十七階で降り、《ランウェイ》の落ち着かなくなるほど真っ白い受付でエミリーを待つ。ゆうに三十分は経ったころ、ようやくガラスドアの向こうから背の高い痩せた若い女性が出てきた。ヒップハングのふくらはぎまでの丈のレザースカートをはき、くせのつよい赤い髪を、無造作ではあるけどエレガントなシニョンにまとめている。シミひとつないなめらかな肌は青白く、頬骨がこれまで見たことがないほど高い。彼女はにこりともしなかった。わたしの横にすわって、じろじろと——でも興味はほとんどみせずに——わたしを見た。とりあえず見てやった、という感じ。と、つぎの瞬間、エミリーと思しきその女性は自己紹介もせずに、いきなり仕事の説明をはじめた。話の内容そのものよりも、感情のこもらない口調からわかったことのほうが多かった。彼女は面接をすでに何十回もしていて、わたしのことをこれまでの志願者と似たりよったりだと思っているようだ。だから、時間をかけるだけムダだと感じているらしい。

「言っとくけど、大変な仕事なのよ。十四時間働く日もあるんだから。それもたびたびなんてもんじゃないの、しょっちゅうなのよ」わたしから視線をそらしたまま、まくしたてた。「それと、よく理解してもらわなきゃいけないんだけど、これは編集の仕事じゃないの。ミランダのジュニア・アシスタントは、彼女の要求を察してそれに対応することをもっぱら求められるのよ。お好みの文房具の手配から、ショッピングのお伴にいたるまでね。なんであれ、退屈することはないわ。めったにお目にかかれないようなスーパーレディと毎日ずっと一緒にいるんだから。ほんと、スーパーレディなのよ、ミランダは」彼女は一息ついた。そのときはじめて、いくぶん生き生きとした表情を見せた。

「すばらしい仕事のようですね」と、わたし。その言葉に嘘はなかった。卒業と同時に就職した友人たちが、六カ月間ずっと簡単でつまらない仕事をやらされて、不満たらたらだったからだ。銀行、広告代理店、出版社。職種はなんであれ、どれもまったく張り合いがないらしい。友人たちは長い勤務時間、同僚、会社の経営方針などに愚痴をこぼしているけど、とりわけ苦痛なのは、退屈でならないことらしい。職場でやらされる仕事は、学生のころに取り組んでいた課題にくらべると、サルでもできるような簡単なくだらないものばかり、とのこと。データベースに数字を入力することや、邪険に扱われるのを覚悟でセールスの電話をすることを、友人たちはえんえんとぼやくのだった。何カ月間もぶっつづけで、コンピュータのスクリーンに数年分の情報をだらだらと打ちこんでリストを作成し、どうでもいいような問題をリサーチすれば、上司はいい仕事をしていると思うものらしい。卒業してからわずかしか経っていないけど、どんどんばかになっていくし、逃げ道がまったく見えない、とみんな口をそろえて言った。わたしはファッションにとくに興味がないけれど、つまらない仕事にがんじがらめになるくらいだったら、一日中〝おもしろい〟ことをやってみたかった。

「そうよ。実際すばらしいの。じつにすばらしい。ほんとに、ほんとにすばらしい仕事なんだから。ともかく、お目にかかれて光栄だわ。いまアリソンをよんでくるわね。彼女もすばらしいひとよ」彼女がレザースカートとおくれ毛をひらひらさせながらドアの奥に引っこむと、間もなくすらっとした女性が現われた。

きれいに日焼けしたその若い女性は、以前ミランダのシニア・アシスタントをつとめていたアリソンだと自己紹介をした。わたしはとっさに、彼女がひどく痩せていることに目を見張った。とはいえ、職場でおヘソを出していることにともかくぎょっとして、きゅっと引きしまったウエストや、くっきり浮きでている骨盤には、ほとんど目がいかなかった。ぴったりしたやわらかいレザーパンツに、毛羽立った（柔毛《にこげ》に覆われたというべきか？）、胸の形を強調する白いタンクトップといういでたち。そのタンクトップは、おヘソから五センチ上のところまでしか丈がない。漆黒のロングヘアを、光沢のある厚いブランケットのように肩にたらしている。つま先と指先に塗られた白い蛍光色のマニキュアが、まるで体から発する光のよう。百八十センチはある長身なのに、ヒールが五センチ以上あるオープントゥのサンダルをはいている。肌を露出させてこのうえなくセクシーに装いつつ上品に見せることに成功していたが、わたしの目には寒そうな格好としか映らなかった。だって、ねえ。いくらなんだって、いまは十一月なんだから。

「はーい、もうご存知かもしれないけど、わたしはアリソン」と、彼女。ひどく細い太ももを覆っているレザーパンツについたタンクトップの毛をつまみながら、口を動かしている。「最近、編集の仕事に昇進したばかりなの。ミランダのもとで働いていて、ほんとによかったと思ってるわ。はっきりいって、労働時間は長いし、きつい仕事よ。でもすごく華やかだし、何百万という若い女の子の憧れの仕事なのよね。それにミランダは、編集者としてもひとりの人間としても、すばらしい女性なの。部下の面倒見もすごくいい。彼女のもとでわずか一年修業を積むだけで、ふつうだったら何年もかかって手にする仕事に一足飛びで昇進することができるわ。才能のある部下だったら、ミランダはすぐに出世させてくれるの……」こっちを見ることも、抑揚を変えることもなく、一本調子でひたすらしゃべりつづけている。とくに頭が悪そうな女性ではないけど、カルト教団の信者や洗脳を受けたひととしか思えないような虚ろな目つきをしている。ここでわたしが居眠りをしたり、鼻をほじったり、席を立って帰ったりしても、彼女は気づかないかもしれない。

アリソンがようやく話を終え、さらなる面接官をよびに奥に引っこむと、わたしは居心地の悪い受付のソファで、ぐったりとなった。わけのわからないうちに、目のくらむようなスピードでどんどん話が進んでいく。それでもわたしは、興奮していた。ミランダ・プリーストリーを知らなかったからって、なんだっていうのよ。これまで会ったひとは、かなりわたしのことを気にいってくれたみたいだしね。たしかに、よりにもよってファッション雑誌なんて、もうちょっと張り合いのある仕事を紹介してほしかったけど、業界誌を出してるどっかの出版社で働くくらいだったら、《ランウェイ》のほうが数段マシよね。いつの日か《ニューヨーカー》に就職を申しこんだときに、履歴書の職歴欄に《ランウェイ》と書いたほうが、《ポピュラー・メカニックス》なんて書くよりもずっと箔《はく》がつくに決まってるもの。それに、なんてったって何百万という若い女の子の、憧れの仕事なんだし。

そんなふうに三十分ほどあれこれ思いをめぐらしていると、これまたがりがりに痩せた長身の若い女性が受付に現われた。彼女は名前を名乗ったが、わたしはそのいでたちに目を奪われて、ろくすっぽ聞いていなかった。裾がほつれたデニムのタイトスカート、白いシースルーのボタンダウンのシャツ、シルバーのストラップサンダル。彼女もまたきれいに日焼けしていて、マニキュアとペディキュアをほどこし、肌を露出させている。地面に雪が積もる季節に、ふつうの人間だったらぜったいにしない格好。彼女のあとについてガラスドアの奥に向かうよう促されてソファから腰をあげたとき、わたしは遅ればせながら自分がいかにここにふさわしくない格好をしているかを、強烈に意識した。スーツといい、くしゃくしゃの髪といい、アクセサリーの類をまったくつけてないことといい、マニキュアをしていないことといい、ひどく場ちがいだ。あの日の自分の装い――それに加えて、面接に持っていったブリーフケースもどきの鞄――はいまでもときたま心によみがえって、惨めな気分になる。ニューヨークでもっとも粋でおしゃれな女性たちのなかで、わたしひとりがとてつもなく野暮ったかった。赤面ものの思い出。この組織の末端で働くようになってから知ったことだが、スタッフが入れ替わりで面接をおこなったときの空き時間、彼女たちはわたしのことをさんざんばかにして笑っていたそうだ。

肌を露出したセクシーガールは一通りの質問をしたあとで、わたしをシェリル・カーストン――《ランウェイ》のエグゼクティヴ・エディター。多芸多才の愛すべき変人――のオフィスへ連れていった。彼女もまた一方的にしゃべりまくったが、こんどばかりはわたしも真剣に耳をかたむけた。真剣に耳をかたむけたのは、彼女が仕事に愛着をもっているように感じたからだ。すばらしい原稿やつきあいのあるライター、指導している編集者など、この雑誌の〝言葉〟について熱っぽく語ってくれたのだ。

「わたしはこの雑誌のファッションにかんするページには、いっさいタッチしていないの」誇らしげに言った。「だからそういった質問は、ほかのひとにお任せしておくわ」

自分が憧れているのもじつは言葉にかんする仕事で、ファッションには興味も予備知識もないとわたしが言うと、彼女はニヤッとした。「だったらね、アンドレア、あなたこそわたしたちが求めている人材かもしれない。ミランダに会う潮時がきたようだわ。ひとことアドバイスさせてもらうわね。彼女の目をまっすぐ見て、自分を売りこむこと。必死になって売りこんだら、その誠意を買ってくれるわ」

するとしあわせたようにさっきのセクシーガールがはいってきて、わたしをミランダのオフィスに連れていった。わずか三十秒ほどの移動だったが、フロアにいるひとたち全員の目が自分に注がれているのを感じた。編集者のオフィスを仕切っている曇りガラスの向こうから、パーテーションで区切ったアシスタントのセクションから、こっちをうかがっている。コピーをとっていた美人が身をよじって、わたしを値踏みしている。ものすごい美形の男性もこっちを見ている。といっても彼はどう見てもゲイで、もっぱらファッションをチェックするために、興味を示しているだけのようだが。ミランダのオフィスの外にあるアシスタントの部屋にはいったのと同時に、エミリーがわたしのブリーフケースを引ったくり、自分のデスクの下に隠した。あっけにとられたものの、つぎの瞬間には悟った。そんな鞄を持ってたら、はなっから信用されないわよ、ということだ。で、わたしはミランダのオフィスに通された。やけにひろい部屋で、大きな窓から明るい陽射しが降り注いでいる。その日、その空間でほかのものをかき消すほどの圧倒的な存在感を放っていたのは、彼女だった。わたしはその姿に、釘づけになった。

ミランダ・プリーストリーの写真すら見たことがなかったから、わたしは彼女がひどく痩せていることにぎょっとした。握手のために差しだされた手は華奢でやわらかく、とても女らしかった。わたしと目を合わせるために顔を上向きにしなければならなかったけれど、席を立とうとしなかった。ヘアサロンできれいに染めたブロンドの髪をシニョンに結いあげ、さりげないけれどあくまでも上品におくれ毛をたらしている。笑みを浮かべてはいなかったけれど、とくに高圧的には見えない。物静かな感じのひとで、おどろおどろしい黒いデスクの向こうに縮こまっているように見える。腰をおろすように勧めてはこなかったけれど、わたしはすっかり緊張がほどけていたから、デスクの前に並んでいるすわり心地の悪そうな椅子にすわってもいいかときいた。で、そのときはじめて気がついた。ミランダがわたしをじっとうかがっている。エレガントに礼儀正しくふるまおうとしているわたしを、おもしろがっているような様子で観察している。見下したような、苦々しい顔。うん、たしかに。でも、悪意がこもった眼差しじゃない。ややあって、彼女は口をひらいた。

「《ランウェイ》に就職を希望したのはどうして、アーンドレーア？」わたしの目をじっと見たまま、イギリス上流階級の訛りのある英語できいてきた。

「アシスタントを募集していると、シャロンからうかがったものですから」わたしの声は、いくぶんふるえていた。ミランダがうなずいたから、わずかながら自信がわいてきた。

「それからエミリーとアリソンとシェリルに会って、どういう人材が求められているか、はっきりわかったような気がしたんです。で、自分はこの仕事に打ってつけだと確信しました」シェリルの言葉を思いだしながら、つけ加える。ミランダは一瞬、おもしろがっているような顔をした。とまどっている様子はない。

高嶺の花に恋焦がれるように、なんとしてでもこの仕事に就きたいと思いはじめたのは、まさにそのときだった。ロー・スクールに合格するとか、大学新聞にエッセイを載せるとかいったことではないけれど、なにかを成し遂げたいと願うわたしにとって、この仕事は挑戦しがいのある高いハードルに思えた。なぜなら、わたしはとんだペテン師だったから。それも、あまり才能のないペテン師。《ランウェイ》のフロアに足を踏みいれた瞬間に、自分がお呼びじゃないことはわかっていた。服や髪型はもとより、わたしの心構えがこの場にふさわしくないのはあきらかだ。ファッションについてはなにも知らないし、興味もない。ぜんぜん、まったく。だからこそ、ぜひとも採用されたくなった。おまけに、何百万の若い女性の憧れの仕事なんだから。

わたしは彼女の質問に、自分でも驚くほどはきはきと自信たっぷりにこたえていった。まったく物怖じしなかった。ミランダにしても面接を楽しんでいるようで、わたしもどういうわけか、彼女が楽しんでいないはずがないと確信していた。いくぶん雰囲気が悪くなったのは、外国語を話せるかと質問されたときだった。ヘブライ語が話せるとこたえると、ミランダはいくぶん間を置いてから、掌をデスクに押しつけて冷ややかな口調で言った。

「ヘブライ語？　フランス語だとありがたいんだけど。それがだめでも、もっと役に立つ言葉をね」すみませんと言いそうになって、わたしはあわてて言葉を呑みこんだ。

「残念ながら、フランス語はまったく話せません。でも、問題はないと思います」ミランダはまた、両手の指を組みあわせた。

「履歴書には、ブラウン大学卒って書いてあるけど」

「はい。ええっと、その、専攻は英米文学で、創作に力をいれていました。ものを書くことに情熱がありまして」ばっかじゃないの！　わたしは心のなかで、自分をののしった。〝情熱〟なんて仰々しい言葉を、なんで使ったりするのよ。

「ものを書くことが好きってことは、つまり、ファッションにはとくに関心がないってこと？」ミランダは炭酸飲料を一口飲んで、グラスを静かに置いた。そのグラスをちらっと見ただけで、彼女が食器に汚らしい口紅の跡を残さずに飲み物を口にできる女性であることがわかった。いつでもどこでも、口紅を完璧にひいている女性。

「いいえ、まさか。ファッションにはすごく興味があります」わたしはしゃあしゃあと嘘をついた。「ファッションについてさらにいろんなことを学べれば、と思ってます。いつかそういう記事を書きたいという夢がありまして」いったいどこから、こんなセリフがすらすら出てくるの？　なんだか遊体離脱を体験している気分になってきた。

こんな感じで楽々と面接は進行した。が、ミランダが最後の質問をしたとき、事態は一変した——いつも読んでいる雑誌は？　と、彼女。わたしは目を輝かせて身を乗りだし、口をひらいた。「そうですね、購読しているのは《ニューヨーカー》と《ニューズウィーク》ですけど、《バズ》はいつも読んでます。《タイム》もときたま目をとおしますけど、おもしろくないですね。《USニューズ》は、あまりにも保守的すぎる。俗っぽいとは思いますが、《シック》も拾い読みしますし、旅行から帰ってきてからは、旅情報の雑誌もすべて読んでいて……」

「で、《ランウェイ》は読んでるの、アーンドレーア？」ミランダがさえぎった。デスクから身を乗りだし、これまでになく真剣な眼差しでこっちを見ている。

いきなり思いがけない質問を投げつけられて、わたしはその日はじめて、不意をつかれた。で、正直にこたえてしまった。なにも考えずに、弁解すらせずに。

「いいえ」

部屋が十秒ほどしんと静まりかえった。彼女はやがて、わたしをエレベータまで送るようエミリーに命じた。採用が決まったように、わたしは思った。

3

「採用されたとは、とても思えないけどな」恋人のアレックスが、わたしの髪をもてあそびながら穏やかな声で言った。ひどく疲れた一日が終わり、わたしはズキズキする頭を彼の膝にのせていた。面接が終わると、わたしはまっすぐブルックリンの彼のアパートメントに向かった。その日はリリーのカウチで眠る気になれなかったし、一部始終をアレックスに聞いてもらいたかったからだ。それまで同棲を考えたこともあるけれど、彼に窮屈な思いはさせたくなかった。「きみがそこに就職したいと思う理由からして、わからないし」それでも彼は、しばらく考えてから意見を変えた。「まあ、すごいチャンスだとは思う。そのアリソンっていう女性がミランダのアシスタントから晴れてエディターになれたのであれば、ぼくとしては賛成だよ。いちかばちか、やってみるといい」

わたしを元気づけようとして、かなり無理している。ブラウン大学の三年生からのつきあいだから、彼の声や視線や身ぶりのちょっとした変化も、わたしは見逃さない。アレックスは数週間前にブロンクスPS二七七の学校に赴任したばかりで、話もできないくらいに疲れきっている。受けもっているのはまだ幼い九歳児だが、その年にしてすでに純粋さを失いすっかりすれている子どもたちを目の当たりにして、彼は幻滅をおぼえたようだ。大っぴらにフェラチオの話をして、マリファナの俗語を十個知っていて、万引きの品を見せびらかしたり、凶悪犯を集めた刑務所に従兄《いとこ》がはいっていることを自慢したりするのが、我慢ならないらしい。アレックスは子どもたちを、「刑務所博士」と呼ぶようになった。「あの子たちだったら、シンシン刑務所がライカーズ刑務所にくらべてわずかに暮らしやすいことをテーマにした本を書けるね。もっとも、英語は一文字も読めないけど」どうすれば子どもたちを更生させることができるかと、アレックスは頭をかかえているのだった。

わたしは彼のTシャツのなかに手を差しいれて、背中を掻いてあげた。かわいそうに、すっかり打ちひしがれている。ただでさえ悩みの多い彼に、面接の話を聞かせてすまない気分になったけど、わたしはだれかに話さずにはいられなかった。「そうね。編集にはぜんぜん関係のない仕事だってことはわかってるの。でも何カ月かしたら、きっと記事を書かせてもらえるはずだわ。ファッション雑誌の仕事をするなんて、わたしのこれまでの信条にまったくそむくことだ、とは思わないでしょ?」

アレックスはわたしの腕をぎゅっと握って、となりに身を横たえた。「きみの文章力はすばらしいし、たいしたものだ。どんな場所でもその能力を発揮できるはずだよ。もちろん、信条にそむいてるわけじゃない。キャリアアップにつながる仕事なんだから。《ランウェイ》で一年アシスタントをつとめれば、どこかべつのところでさらに三年間つまらないアシスタントをつとめなくてもすむ。きみが言ってるのは、そういうことだろ？」

わたしはうなずいた。「エミリーとアリソンもまさにおなじことを言ったわ。自動的にご褒美がもらえるって。一年間クビにされることなくミランダにつかえたら、彼女の口利きで希望の職場にいかせてもらえるらしい」

「だったら、ためらうことはないよ。いいかい、アンディ、一年間そこで働けば、《ニューヨーカー》で働けるようになるんだぞ。それがきみの夢だったじゃないか！　ミランダのアシスタントの仕事は、ほかの仕事にくらべてずっとはやく夢を実現させる近道だと思うけどね」

「そのとおり。まったくそのとおりよ」

「おまけに、その仕事に就けばニューヨークに住めるわけだ。正直なところ、ぼくにとっては、それがすごく心惹かれるけどね」彼はキスをしてきた。わたしたちが独自に考えだしたような、長く物憂いキス。「ともかく、あまりくよくよしないことだ。きみも言ってたけど、採用されたかどうかは、まだわからないんだから。成り行きを見守るしかないよ」

わたしたちは簡単な夕食をつくり、レターマンのトークショーを観ながら眠りについた。その夜わたしは、薄汚い九歳の子どもたちが校庭でセックスをしている夢を見た。スラム街で売っているアルコール度数の高いビール、オールド・イングリッシュを彼らがらっぱ飲みして、わたしの愛しの恋人に悪態をついたとき、電話が鳴った。

アレックスが受話器を取って耳にあてたが、目もあけなければ、もしもしとも言わなかった。すぐさま受話器をわたしによこす。そのまま受話器を置いてしまいたい気持ちをおさえながら、電話に出る。

「もしもし?」寝ぼけた声を出して、ちらっと時計をたしかめる。七時十五分。こんな時間に、いったいだれよ?

「あたしよ」リリーが嚙みつくように言った。ひどく怒っている。

「あらっ、元気だった?」

「元気だったら、電話をすると思う? こっちは二日酔いで死にそうなんだよ。さんざん吐きまくってようやく眠れたところに、いきなり電話で起こされたの。イライアスークラークの人事部だって言う、やたら元気のいいおばさんにね。あんたに話があるんだって。まだ朝の七時十五分だっていうのにさ。だから、折り返し電話してやんなさいよ。ついでに、あたしの電話番号は、リストから削除しとくように言っといて」

「ごめん、リル。まだ自分の電話をもってないから、とりあえずあなたの電話番号を連絡先にしておいたのよ。こんなにはやく、電話がかかってくるとはね! それっていい報せ、それとも悪い報せ?」わたしは子機を手にベッドから這いだすと、寝室を出てそっとドアをしめた。

「さあね。まっ、幸運を祈るわよ。あとで報告して。このさき二、三時間は遠慮してもらいたいけど。いいわね？」

「うん、そうする。ありがと。ほんとにごめん」

いまいちど時計に目をやる。こんな時間に仕事の話をしなきゃいけないなんて、信じられない。ひとまずポットを火にかけ、淹れたばかりのコーヒーをマグカップに注ぎ、それを持ってカウチに移動する。はやく電話をしなくては。ぐずぐずしている暇はない。

「もしもし。アンドレア・サックスと申します」はきはきと言ったつもりだが、起きぬけのいがらっぽい声しか出なかった。

「アンドレア、おはよう！　ひょっとして、さっきの電話は、はやすぎたかしら」シャロンがさえずるように言った。やけに明るい声。「でも、そんなことないわよね。だって、じきに早起きに慣れなきゃいけなくなるんだし！　とってもいい報せがあるの。ミランダがあなたのことをすごく気にいってね、あなたと一緒に働くのをすごく楽しみにしているって。これって、すばらしいことじゃない？　おめでとう。ミランダのあらたなアシスタントになったご感想は？　たぶんさぞかし――」

頭がくらくらしてきた。コーヒーでも水でもいい、ともかく彼女の言っていることを言葉として理解できるように、頭をはっきりさせるものを口にしなければ、とカウチから立ちあがろうとするものの、体はますますクッションに沈みこむばかり。この仕事を引き受ける気があるかどうか、ってシャロンはきいているの？　それとも、これは正式な申し出なの？　彼女がなにを言ってるのか、さっぱりわからない。わかっているのはミランダ・プリーストリーがわたしを気にいったということだけ。

「――うれしいでしょうね。喜ばないひとはいないもの。でね、月曜日から働いてほしいの。いい？　ミランダはバカンスにはいっているんだけど、そのほうがなにかと都合がいいはずよ。彼女の留守のあいだに、ほかのスタッフと親交を深められるから――ほんっとに、みんないい娘《こ》たちよ！」親交を深める？　なんなのそれ？　月曜日から？　いい娘たち？　混乱した頭には、これっぽっちも理解できない。かろうじてわかったことだけに、言葉を返す。

「ええっと、じつは、月曜日からは無理なんです」どうか筋の通ったことを言ってますようにと祈りながら、わたしは静かに言った。言葉を口にすることで、寝起きの頭がいくらかはっきりしてきた。イライアス－クラークにはじめて足を踏みいれたきのうのきょうに、熟睡しているところを起こされて、三日後に出勤しろと命じられた。きょうは金曜日――おまけに、朝の七時――だっていうのに、月曜日から出勤しろっていうわけ？　なんだかめまいがしてきた。なんでそれほどまでに急いでるの？　わたしをそこまで必要とするってことは、彼女はそんなにお偉いさんなの？　シャロンがこれほどまでにミランダに気をつかっているのは、いったいどうして？

月曜日に出勤するのは、無理だ。住まいが決まってないのだから。わたしの住まいと呼べるところは、いまのところエイヴォンの実家だ。卒業してからしぶしぶ戻った場所。そこに自分の荷物をほとんど置きっぱなしにして、わたしは夏のあいだ旅行していた。面接用の服はすべて、リリーのカウチに積まれている。転がりこんだ当初は彼女のご機嫌をそこねないように、率先して皿洗いをしたり、灰皿をきれいにしたり、ハーゲンダッツを買ったりしていたけど、たまには外泊したほうが彼女も気が楽だろうと思って、週末はアレックスのところにお泊まりしていた。そういうわけで、週末に着る服やメイク道具はブルックリンのアレックスの住まいに、ラップトップコンピュータと上下ふぞろいのスーツはリリーのハーレムのワンルームに、残りの所持品はエイヴォンの両親の家に置いてある。ニューヨークの住人じゃないわたしは、マディソン街がアップタウンで、ブロードウェイがダウンタウンだということを、この街の人々が当然のように知っていることが、いまだに納得できない。そもそも、アップタウンってなに？　そんなわたしに、月曜日に出勤しろはないでしょうが。

「ええっと、そのぉ、月曜日に出勤できそうもないっていうのは、いまニューヨークに住んでいるわけではないからなんです」受話器をぎゅっと握りしめ、あわてて説明する。「アパートメントを見つけて家財道具を買うのに、二、三日はかかると思います」

「あらっ、まあ、そうなの。だったら水曜日でもいいけど」シャロンは鼻をふんっと鳴らした。

二、三分の押し問答のすえに、十一月の十七日の月曜日に出勤することでようやく話が決まった。そういうわけで、わたしは八日とちょっとで、世界一クレイジーな不動産市場で住まいをさがし、必要な物をそろえなくてはならなくなったのだった。

電話を切って、カウチにどすんと腰をおろす。手がふるえて受話器を床に落としてしまった。一週間。たったいま引き受けた、ミランダ・プリーストリーのアシスタントの仕事に、わたしは一週間後に就くのだ。でも、待て！　どうも釈然としない……わたしはお引き受けしますとは言っていない。正式に依頼されたわけじゃないんだから。シャロンにしても「あなたにぜひ、お願いしたいの」とはけっして言わなかった。多少なりとも知的にふるまっている人間ならば、ぜったいにこの仕事を引き受けるはずだと思っているようだ。面接のときも、〝お給料〟の話を持ちだすひとはひとりもいなかった。思わずげらげら笑いだしそうになる。これがあのひとたち独自の戦法なのかも。ストレスいっぱいの一日を過ごした敵が、ようやく深い眠りについたところを見計らって、人生を変えてしまうような重要な報せをいきなり投げつける。それとも、《ランウェイ》の仕事に限っては、依頼をして返事を待つようなありきたりな手続きは、時間のむだだと思っただけなのか？　シャロンはわたしが大喜びして一も二もなくこのチャンスに飛びつくはずだと、思いこんでいた。まあ、イライアスにずっと勤務してきた彼女が思うことなら、きっと正しいのだろうけど。わたしとしては、あまりにもあわただしく、ばたばたと話がすすんでいったから、いつものようにじっくり考える余裕がなかった。でも頭がイカレていないかぎりは、どんなひとでもぜったいに引き受ける仕事を手にいれたのだと思うと、悪い気はしなかった。これが《ニューヨーカー》に向けての、記念すべき第一歩になるかもしれないのだ。とりあえず、がんばってみなくては。採用されたのは、喜ぶべきことだ。

　気をとりなおして、残りのコーヒーを飲みほし、アレックスにコーヒーを淹れてから、てばやく熱いシャワーを浴びた。寝室に戻ると、彼はちょうど起きたところだった。

「もう着替えたの？」と、彼。小さな銀縁メガネを手探りでさがしている。それがないと、周囲がほとんど見えないのだ。「電話があったよね？　それとも夢だったのかな？」

「夢じゃないわよ」ジーンズにタートルネックのセーターを着ていたが、わたしはベッドにもぐりこんだ。まだ乾いていない髪が枕を濡らさないように気をつける。「リリーからの電話。イライアスークラークの人事部の女性が、彼女のところに電話をしてきたの。リリーの電話番号を連絡先にしておいたから。で、用件はなんだったと思う？」

「採用が決まったんだ？」

「採用が決まったのよ！」

「へえー。すごいじゃないか」彼は起きあがって、わたしを抱きしめた。「さすがだよ！

「それはよかった、ほんとうに」

「ほんとに、またとないチャンスだと思う？　チャンスかもしれないってきのうの夜は言ったけど、採用の話を受けるかどうかわたしに考える時間もくれなかったんだよ。とうぜん受けるはずだって、向こうはすっかり思いこんでたみたい」

「すごいチャンスだよ。ファッションもそう捨てたもんじゃない——ひょっとしたら、きみもファッションに興味を持つようになるかもよ」

わたしはむっとして、目をむいた。

「わかったよ、ちょっと言いすぎた。でも、職歴の欄に《ランウェイ》の名を書きこんだ履歴書と、そのミランダとかいう女性の紹介状と、欲をいうなら、きみが書いた記事を持っていけば、どこであろうと採用されることまちがいなしだ。ぜひともうちで働いてほしいって、《ニューヨーカー》がじきじきに言ってくるよ」

「ほんとに、そうなればいいけどね」わたしはベッドからいきおいよく出て、バックパックに所持品を投げいれはじめた。「あなたの車、借りていい？　実家にはやく帰れば、それだけはやくこっちに戻ってこられるから。戻ってくるっていうのともちがうか。ニューヨークに引っ越してくるんだから。正式にね」

アレックスは幼い弟の面倒をみるために、週に二日ウェストチェスターの実家に帰る。お母さんの帰りが仕事で遅くなるからだが、そのときのためにお母さんは自分の中古車をアレックスに与えたのだ。彼がこのつぎに車を使うのは火曜日だから、わたしはそれまでに戻ってくればいい。どっちみちこの週末は実家に戻るつもりでいたけど、ついでにいいニュースを両親に報告できそうだ。

「いいよ。好きに使ってくれ。グランド・ストリートを半ブロックほど行った駐車場にとめてあるから。キーはキッチンのテーブルにある。着いたら電話してくれよ」

「わかった。あなたも一緒に来ない？　ごちそうがあるわよ――ママが注文するのは、どれも高級品ばかりだから」

「いいねえ。できれば行きたいけど、ぼくの呼びかけで、明日の夜、バーのサービスタイムに若い教師だけで集まることになっているんだ。結束を強めるための、親睦会みたいなものかな。それはちょっと欠席できないんだ」

「はぁーん、奇特な心がけだこと。どこに行っても世話役を引き受けて、みんなにいい顔をするのよね、あなたって。こんなに愛していなかったら、きっとうざったい男だって思ったでしょうね」わたしはかがみこんで、別れぎわのキスをした。

緑色のちいさなジェッタはすぐに見つかり、道幅の広いノース九五につづくパークウェイにも、わずか二十分で行くことができた。十一月の凍てつくほど寒い日で、気温は一・五度。裏道の路面はところどころで凍結して、すべりやすくなっていた。でも日は照っていて、慣れない目にはまぶしくて涙がにじんでくるほど、陽射しが強い。ひんやりとした空気を胸いっぱい吸いこむと、さわやかな気分になった。わたしは《あの頃ペニー・レインと》のサウンドトラックをくり返し聞きながら、ずっと窓をあけて運転した。湿っぽい髪を片手でまとめて後ろでひとつに結び、目にかからないようにする。指先に息を吹きかけて温める。というか、温かくはならないにせよ、すくなくともハンドルを握れるようにする。大学を卒業してわずか六カ月で、わたしの人生はいきなり猛スピードで走りだそうとしている。ミランダ・プリーストリー――昨日までは他人だったけど、かなりの力をもった女性――が、彼女が担当する雑誌のスタッフにわたしを採用してくれたのだ。いまや胸をはってコネティカットを出て、マンハッタンでひとり暮らしができるのだ。一人前の社会人として、自分だけの力で。少女時代を過ごした家の私道に車をとめたときは、すっかり有頂天になっていた。バックミラーをのぞく。冷たい風にさらされた真っ赤な頰。ぼさぼさの髪。まったくのすっぴんで、泥がジーンズの裾に撥ねている。それでもそのときは、自分が輝いているように感じていた。ぴりっとした寒さのなか、澄みきったすがすがしい気分で淡々と玄関の扉をあけ大きな声で母をよんだ。記憶にあるかぎり、わたしの人生のなかであんなに晴れ晴れとした気分を味わったのは、あのときが最後だった。

「一週間？　いきなり一週間後に出勤だなんて、なんだか納得がいかないわね」母が紅茶をスプーンでかきまぜながら言った。わたしたちはいつものように、キッチンのテーブルを囲んですわっていた。母がノンカフェインの紅茶にスウィートンロウ、わたしがイングリッシュブレックファストに普通の砂糖というのも、いつもの取り合わせだ。大学の四年間はこの家を離れていたものの、電子レンジで淹れた大きなマグカップの紅茶と、リーシーズのピーナッツバター入りチョコレートを目にすると、生まれてからずっとこの家を出たことがないような気分になる。

「まあでも、しかたないんだって。正直なところ、採用されただけでも喜ぶべきなんだから。人事部のその女性が電話でどんなに押しが強かったか、ママにも聞かせてあげたかったわよ」わたしは説明した。母は無表情でこっちを見ている。「でもね、いずれにしても、文句を言ったらばちがあたるわ。すごく有名な雑誌を手がけている、この業界でもっとも力がある女性のもとで働けるんだから。何百万という若い女の子にとって、憧れの仕事なのよ」

わたしたちはほほえみあったけど、母の笑みはいくぶん悲しげだった。「母さんもすごくうれしいわ。自分の娘がこんなにきれいに、立派に成長して。これからあなたには、すばらしい、ほんとにすばらしい時期がおとずれるのね。あぁ、大学を卒業してニューヨークに移ったころがなつかしい。あの目がくらむような大きな街で、まったくのひとりぼっち。心細かったけど、すごく、すごく刺激的だった。いろんなものを、貪欲に楽しみなさい。芝居、映画、人間関係、ショッピング、本。人生最良の時になるわ。それはまちがいないはずよ」母はわたしの手に、自分の手を重ねた。めったにそんなことはしないのに。

「母さんはあなたを、とても誇りに思ってるわ」

「ありがと、ママ。それほど誇りに思ってるなら、アパートとか家具とか仕事用のあたらしい服一式とか、買ってくれるわよね？」

「ええ、いいわよ」母は雑誌でわたしの頭をぱしっと叩いて、紅茶のお代わりをつくるために電子レンジに向かった。だめとは言わなかったけど、小切手帳をすかさず手にとったわけでもなかった。

その日の夜は、知り合いにかたっぱしからメールを送って、ルームメイトを募集していないか、あるいは募集している知人がいないか問いあわせた。ネットワーク上に掲示を出して、このところずっと音信不通だった知り合いに電話もした。手ごたえはまったくなかった。リリーのカウチでこのままずっと寝起きするようになったら、友情が壊れてしまうのはあきらか。アレックスと同棲するのもひとつの手だけど、ふたりともまだ心の準備ができていない。となれば道はひとつ――ニューヨークに慣れるまで、だれかが借りてるアパートメントを一時的にまた借りする。ひとりで暮らせば気兼ねもないし、できれば家具がそろっていると手間がはぶけてありがたい、というわけ。

電話が鳴ったのは、深夜の十二時をちょっと過ぎたころだった。あわてて受話器をとろうとしたわたしは、子どものころ使っていたシングルベッドから転がり落ちそうになった。

少女時代の憧れの女性《ひと》、クリス・エバートがほほえみながらわたしを見下ろしている。彼女のサイン入りの写真が額におさめられて、壁に飾ってあるのだ。その真上にはボードがあり、雑誌から切りぬいたカーク・キャメロンの写真がまだ貼ってある。わたしはひとりほほえんで、受話器をとった。

「よおっ、相棒、アレックスだよ」彼の口調から、なにか進展があったことがわかった。いいことか悪いことかは、定かじゃなかったけど。「クレア・マクミランっていう女の子から、たったいまメールをもらったんだよ。ルームメイトを募集してるって。プリンストンの学生でね。ぼくも以前、会ったような気もする。アンドルーとつきあってたから、いたってノーマルだ。気にいった？」

「うん、もちろん。彼女の電話番号、知ってる？」

「いや、メールアドレスしか知らない。でも彼女のメールをきみに転送するから、じかに連絡を取りあったらいい。感じのいい子だよ」

アレックスとの電話を切ってから、すぐにクレアにメールを送り、ようやく自分のベッドで眠りについた。ひょっとしたら、ひょっとして、今度はうまくいくかもしれない。

クレア・マクミランは、期待はずれだった。ヘルズキッチンのど真ん中にある彼女のアパートメントは、薄暗くて陰気だった。ちょうどわたしが下見にいったときは、ヤク中が建物の入り口に寄りかかっていた。ほかの候補も、どれも似たり寄ったり。自分たちはしょっちゅう愛しあって物音をたてるから我慢していただかないと、とやんわりと注文してきた、間借り人を募集している男女のカップル。四匹も猫を飼っているのにまだ飽き足らない三十代前半の女性芸術家。長く暗い廊下のどん詰まりにある、窓もクロゼットもない部屋。本人いわく〝やりまくり期〟の真っ最中にある、二十歳のゲイの男の子。下見にいった部屋はどれも薄汚く、家賃はゆうに千ドルを超えていた。わたしの年収は、どう高く見積もっても三万二千五百ドルほどなのに。算数は得意じゃないけど、そのなかの一万二千ドルが家賃に消えて、残りは税金に回されることくらい、それほど頭を使わなくてもわかる。おまけに、はあーっ、もう〝おとな〟だからという理由で、両親からは非常時用のクレジットカードを没収された。うれしいったら、ありゃしない。

三日つづけて空ぶりに終わったわたしを救ってくれたのは、リリーだった。わたしを自分のカウチから永久に追いだせるかどうかがかかっているのだから、彼女としても真剣にならざるをえなかったらしく、知り合い全員にメールを出してくれたのだ。で、コロンビア大学の大学院に在籍している彼女のクラスメイトの友人の上司が、ルームメイト募集中のふたりの女の子を知っているらしい、と話をもってきた。さっそく電話してみると、シャンティと名乗るすごく感じのいい女の子が出た。友人のケンドラと一緒にアッパーイーストサイドのアパートメントに暮らしているのだが、もうひとりルームメイトを募集している、とのこと。部屋はかなりせまいが、窓もクロゼットもひとつずつあるし、壁にはレンガが張ってあるらしい。家賃は八百ドル。バスルームとキッチンはついているのかと、わたしはきいた。ちゃんとあるとのこと(皿洗い機やバスタブやエレベータは、もちろんなし。でも独立したての身の上で、贅沢は望めない)。やったあ。シャンティとケンドラにじっさいに会ってみると、すごく気立てのいい、物静かなインド人の女の子たちだった。デューク大学を卒業して投資銀行に就職したばかりのふたりは、過酷なまでに長時間働いていた。どっちがシャンティでどっちがケンドラなのか、いつまで経ってもわたしにはぜんぜん見分けがつかなかった。ついに住まいが見つかった。

4

引っ越した部屋で三晩を過ごしても、見ず知らずの場所に仮住まいしているよそ者という気分が抜けなかった。ともかく部屋がせまい。エイヴォンの実家の裏庭にある物置きにくらべればいくらか広いかもしれないが、ほぼおなじようなものだった。がらんとした空間も家具を置くとたいてい広く感じるようになるものだが、わたしの部屋は半分に縮んでしまっていた。家具をいれるまえ、わたしはせまい空間を無邪気にながめて、この部屋をふつうの広さに近づけなくてはと意気込んだ。人並みの寝室にふさわしい家具を買いそろえよう。クイーンサイズのベッド、ドレッサー、できればナイトテーブルも二脚ほど。さっそくリリーと一緒にアレックスの車で、〈イケア〉に行った。新卒のひとり暮らし用の家具を売っている店だ。そこで、白木の家具セットと、さまざまな色調のブルーの糸——淡いブルー、濃いブルー、ロイヤルブルー、インディゴブルー——を織りこんだラグを調達した。

ファッションと同様、わたしにはインテリアのセンスもなかった。いまにしてみれば、

〈イケア〉はあのとき〝青の時代〟にはいっていたように思う。わたしはさらに、青い水玉模様のベッドカバーと、店で売っていたなかで一番ふわふわした羽毛布団を購入した。リリーに勧められるまま、ナイトテーブルに置くための、薄紙でできた中国のランプも買った。レンガをこれ見よがしに張った臙脂色の壁のざらざらした感じをやわらげるために、額にはいったモノトーンの絵も何枚か選んだ。エレガントでさりげなく、東洋のエッセンスもすくなからずある。この大都会で社会人としてはじめて暮らす部屋としては、完璧だ。

そう、完璧だった。品物を部屋に運びいれるまでは。部屋をながめて大雑把に目算することと、その寸法を測ることは、かならずしもイコールではない。サイズが合うものは、ひとつとしてなかった。アレックスがベッドを組みたてて、レンガの壁（マンハッタンでは〝未仕上げの壁《アンフィニッシュト・ウォール》〟と呼ばれる）に押しつけただけで、もはや部屋はいっぱいになっていた。抽斗《ひきだし》が六つあるドレッサーとすてきな二脚のナイトテーブル、それと姿見ですらも、配送スタッフに送り返してもらうはめとなった。それでも配送員のひとたちとアレックスがベッドをなんとか持ちあげてくれたから、その下にさまざまな青を織りこんだラグをすべりこませることができた。木製の巨大な怪獣の下から、青い色がちょこっと顔をのぞかせている。薄紙のランプはナイトテーブルとドレッサーを返品したので置く場所がなくなり、しかたなく床にじかに置いた。ベッドとスライド式のクロゼットのあいだに、十五センチほどのわずかなスペースがあったのだ。それから、額にはいった絵をレンガの壁に掛けようとしたが、強力なマウンティングテープ、釘、配管工事用のダクトテープ、ねじ、針金、瞬間強力接着剤、両面テープ、ののしり言葉の数々をもってしても、うまくいかなかった。三時間ほど格闘しただろうか。しまいには、指の関節の皮膚がレンガにこすれて血がにじんできた。けっきょく、絵は窓に立てかけることにした。むしろこれでいいのかもしれない、と思いなおす。通気孔の向こうがわに住む女性の遠慮のない視線を、いくらかさえぎれるもの。でも、そんなことかまわない。窓の外に見えるのが壮麗なスカイラインではなくて通気孔だとしても、ドレッサーを置く場所がなくても、クロゼットが冬のコートが収まらないくらい小さくても、ぜんぜん苦じゃない。自分の住まいを持てたのだから。両親やルームメイトに頼らずに、はじめて自分ひとりでインテリアを工夫した部屋。それだけで、大満足。

初出勤を翌日にひかえた日曜日の夜、会社になにを着ていくべきか、わたしは頭をかかえていた。ふたりの同居人のうち気立てのいいほうのケンドラが顔を出して、お役にたてることはないかとそっときいてきた。彼女たちの通勤着はとんでもなく地味だから、ファッションに関しての助言はお断わりした。リビングを歩きまわるものの、たった四歩で向こうがわに着いてしまうから、そう行ったり来たりもできず、テレビの前のクッションにすわりこんだ。数あるファッション誌のなかでもっともおしゃれな雑誌の、もっともファッショナブルな編集長のもとで働く人間は、初出勤の日になにを着ていくものなのか？

プラダなら聞いたことがある（ブラウン大学でプラダのバックパックを持ちあるいていた、お金持ちのユダヤ人が何人かいた）。ルイ・ヴィトンも（父方と母方の祖母が、ふたりともブランド品だと知らずに、例のマークのバッグを持っていた）。とりあえず、グッチも（グッチを聞いたことないひとなんている？）。でも、ブランドの服は一着も持ってないし、その三つのブランドのすべての服がわたしの狭いクロゼットにあったとしても、きっと途方に暮れるだけだろう。部屋に戻り――部屋というより、マットレスに占領されている空間というべきだけど――大きくてござっぱりしたベッドに倒れこんだ拍子に、ベッドフレームのでっぱりに足首をぶつけてしまった。ううっ。今度はなに？

さんざん悩んで手持ちの服をあちこちに放りなげたすえに、水色のセーターと膝丈の黒いスカート、黒のロングブーツに決まった。例のブリーフケースが、あの会社では受けいれられないことはすでに承知している。となると、黒いキャンバス地のバッグを持っていくしかなかった。上半身は裸のまま、スカートとハイヒールのブーツという格好で、巨大なベッドの横を歩く練習をする。あまりにも疲れたからちょっと一休みしようとすわりこんだところで、記憶が途切れた。

気を失ったのは極度の不安のせいだったようだ。その証拠に翌朝の五時半に目を覚ましたのも、もっぱらアドレナリンのおかげだった。ハッとしてベッドから飛びおきる。この一週間、神経を張り詰めっぱなしで、頭がいまにも爆発しそうだった。出社は七時と決まっている。シャワーを浴び、服を着て、三番街九十六丁目のこの女子寮みたいなアパートメントを出て、公共の交通機関を利用してミッドタウンに出るのに与えられた時間はかっきり一時間半。考えるだけでもぞっとして、怖気づいてしまう。出勤にかかるのが一時間として、身支度にあてられる時間はわずか三十分しかない。

シャワータイムは悪夢だった。犬の調教の笛みたいにキュルキュル音をたてて、いつまでたってもぬるいお湯しか出てこないのに、冷え冷えとしたバスルームにわたしがはいったとたん、いきなりやけどしそうなほど熱いお湯になる。ベッドから飛びおきてシャワーの栓をひねり、お湯が出てくるまでの十五分間はまたベッドにもぐりこんでいる習慣が、わずか三日で身についた。目覚まし時計が鳴ってスイッチを押してからまた布団をかぶることを三回くり返して、ようやくバスルームにはいるころには、鏡がシャワーのうれしくも熱い——量はわずかだが——湯気で、すっかり曇っているのだった。

きゅうくつで着心地の悪い服を着て、起きてから二十五分でアパートメントを出た。記録的な早業だ。それから近くの地下鉄の駅を見つけるまで十分かかった。ほんとうはきのうの晩にたしかめておくべきだったけど、迷子にならないように会社までの道のりを〝予習〟しときなさい、とお節介を焼く母を笑ってかわすのに忙しくて時間がなかった。タクシーで行った先週の面接とはちがって、地下鉄での通勤が悪夢になるかもしれないと覚悟はしていた。でも思いがけず、英語がしゃべれる案内係の女性がいて、六号線に乗って五十九丁目で下車すればいいと教えてくれた。五十九丁目の右側に出て、マディソン街に向かって西へ二ブロック歩けばいい、とのこと。楽勝だ。冷え冷えとした電車に、黙ったまま揺られていく。十一月なかばのこんな憂鬱な時間帯にベッドを離れて移動するなんて、乗客はみんな頭がどうかしているけど、わたしもそのひとりと化していた。そこまでは、いたって順調――不測の事態が起こったのは、地上に出てからだった。

とりあえず目についた階段をあがり、ひどく寒い地上に出る。明るいものといえば、プエルトリコ人が経営する二十四時間営業のスーパーの照明だけ。わたしの後ろに、〈ブルーミングデール〉デパートがあるけど、ほかの建物は見覚えがない。イライアスークラーク・ビル。イライアスークラーク・ビル。イライアスークラーク・ビルはどこよ？　周囲をきょろきょろして、道路標示を見つけた。レキシントン街六十丁目。ふーむ、五十九丁目は六十丁目からそう遠くないはず。しかし、西に向かうにはどの道を行けばいいわけ？　マディソン街とレキシントン街の位置関係はどうなってるの？　先週は会社の前にタクシーで乗りつけたから、ぜんぜんわからない。道に迷ってもまだ時間の余裕があるはずだ。わたしはちょっとうろうろして、コーヒーでも買おうと目についたデリにはいった。

「すみません。イライアスークラーク・ビルに行きたいんですが、わからなくなってしまって。どっちに行けばいいか、教えていただけます？」レジの向こうにいる、おどおどした感じの男性の店員さんにきく。なるべく笑わないようにしなくては。ここはエイヴォンじゃない。ニューヨークのひとたちに愛想よくふるまったって、感じのいい反応が返ってくるわけじゃないのよ、とみんなに言われていたからだ。店員さんが顔をしかめたから、わたしは不安になった。失礼なやつだと思われたのかもしれない。あわてて、にっと笑いかける。

「一ドル」店員さんが手を差しだした。

「道を教えていただくのに、お金を払わなきゃいけないの？」

「一ドル。スキームかブラック、どっち」

一瞬、目が点になったが、つぎの瞬間には合点がいった。この店員さんはコーヒーに関する英語しかしゃべれないのだ。「ああっ、そうね。スキムミルクがいいわ。ありがとう」一ドルを払って、外に出る。これはもう、本格的な迷子だ。ニューススタンドの店員さんや道路の清掃員さん、屋台にもぐりこんでいる男性にまで、わたしは道をきいた。でも、わたしの質問を理解してマディソン街五十九丁目を指し示してくれるひとは、ひとりとしていない。インドのデリーでの鬱々とした日々や、赤痢の思い出が、一瞬よみがえった。だめだめ！　さがさなきゃ。

あてどなくミッドタウンをうろうろして、数分後ようやくイライアスークラークの正面玄関にたどりついた。早朝の薄暗がりのなか、ガラス扉の向こうのロビーがこうこうと輝いている。ほんの一瞬だけ、ビルがわたしを温かく迎えてくれているように感じた。とはいえ、回転ドアを押そうとしても、がんとして動かない。ガラスに頬を押しつけんばかりにして、全体重をかけて必死で押すと、ようやくちょっと動いた。動きだしたとはいえなかなか進まず、さらに力をこめて押さなければならなかった。しかし回転の勢いがついてくるや、そのガラスの怪物はいきなりスピードをあげて回りはじめ、こっちを先へ先へとせかすものだから、わたしは転ばないようにあたふたよろよろ小走りをするしかなかった。

セキュリティ・デスクにひかえていた男性が、腹をかかえて笑っている。

「それ、厄介だろ？　いまみたいな光景を見るのは、はじめてじゃない。まただれか、そんな目にあうんだろうさ」たるんだ頬をふるわせて、げらげら笑った。「みんな、そんなもんだって」

ちらっと見ただけで、いけすかないタイプだと思った。この男性もきっとわたしをいけすかない女だと思ってるはずだ。わたしがなにを言おうが、なにをしようが、関係なく。

それでもとりあえず、笑いかける。

「わたし《アイム》、アンドレアと申します」毛糸の手袋をはずして、彼に手を差しだす。「きょうは《ランウェイ》に初出勤なの。ミランダ・プリーストリーのあたらしいアシスタントなんです」

「おやまあ、お気の毒《アイム・ソーリー》！」さも愉快そうに丸い頭を後ろにのけぞらせ、笑いだした。「ぼくはソーリーと申すものです、ってか！　はっ、はっ、はっ！　おい、エドアルド、こっち来いよ。彼女がミランダのあたらしい奴隷なんだってさ！　お嬢ちゃんもひとがいいというか、なんというか。故郷《くに》はどこよ？　カンザスのトピーカかい？　あんた、あの女に生きたまま食われちまうよ、はっ、はっ、はっ！」

わたしが口をひらきかけたとき、やはりガードマンの制服を着た太った男性がやってきて、遠慮会釈なくじろじろとわたしをながめた。またしてもばかにされてげらげら笑われるのかと、わたしは身をかたくしたが、その予想ははずれた。男性は優しい表情を浮かべて、わたしの目をのぞきこんだ。

「ぼく、エドアルド。で、ここにいるばかはミッキー」彼はそういって、わたしをばかにしたガードマンを指さした。エドアルドが紳士的にふるまって、愉快な気分をぶち壊しにしたのが癪にさわるのか、ミッキーはぶすっとしている。エドアルドは「こいつの言うこと、気にしないね。ふざけてるだけ」と、スペイン訛りとニューヨーク訛りがちゃんぽんになった英語で言うと、サインブックを手にとった。「ここに必要事項を書いて。仮のパスカードをつくるから。人事部で写真つきのIDカード、つくってもらってね」

わたしは感謝のあまり、目をうるませてエドアルドを見つめていたらしい。彼はどぎまぎした様子で、カウンター越しにサインブックを差しだしてきた。「ええっと、さあ、ここに書いて。きょう一日ツイてるといいね。運がよくなきゃ、やっていけないから」

そのときは、どういう意味なのかきくことができないほど緊張して、疲れていた。それはべつとして、じっさいきく必要もなかったのだ。就職が決まってから初出勤までの一週間、わたしは暇さえあればあたらしいボスに関する情報を集めていた。ミランダ・プリーストリーの名前をコンピュータで検索すると、驚いたことに、本名はミリアム・プリンチェックということがわかった。ロンドンはイーストエンドの生まれ。その地区のごく一般的なユダヤ人家庭と同様に、彼女の家もひどく貧しい敬虔なユダヤ教徒だった。彼女のお父さんはときおり臨時の仕事についたが、たいていはユダヤ教の聖書研究をしていたから、一家は生活保護を受けていた。お母さんはミリアムを出産したときに亡くなり、母親のかわりに子どもたちを育てたのは、ミリアムの母方の祖母だった。それにしてもすごい子どもの数！　ぜんぶで十一人。成人してからはその大半が父親とおなじようにブルーカラーとなり、祈りと労働で一日が暮れていくような生活を送っている。奮起して大学を卒業したきょうだいもふたりいるが、はやくに結婚し子どもをたくさんもうけた。きょうだいはみな似たりよったりの人生を歩んでいるが、ミリアムは例外だった。

　兄や姉が余裕があるときにくれたお小遣いをためて、まとまったお金をつくったミリアムは、十七歳で高校をさっさと中退して――卒業をわずか三カ月後にひかえたときだった――新進気鋭のイギリス人デザイナーの助手として、季節ごとにひらかれるファッションショーの企画に加わるようになった。数年後には、ロンドンで急成長しつつあるファッション界のアイドルとして頭角を現わすようになった。と同時に、夜はフランス語を勉強し、パリにあるフランス版《シック》のジュニア・エディターの職を得た。そのころには、肉親との交流がほとんどなくなっていたようだ。きょうだいたちはミリアムの生き方や野望を理解しなかったし、彼女は彼女で親きょうだいの古くさい信仰心や、都会的センスがまるっきりない野暮ったさに、うんざりしていたのだ。フランス版《シック》に就職して間もない二十四歳のとき、肉親との不仲が決定的となった。すぐにユダヤ人だとわかる名前を、もっと華やかなものに改名したのだ。ミリアム・プリンチェックはミランダ・プリーストリーになった。じきに、彼女のコックニー訛りの粗野な英語は、必死で身につけた教養のある話し方にとってかわった。二十代後半には、田舎者のユダヤ人から、宗教とは無縁の社交界の花へとすっかり変身を遂げていた。なみいるライバルを蹴落として、雑誌業界での出世街道をまたたくまに昇りつめていったのだ。

フランス版《ランウェイ》の編集長を十年つとめたあと、イライアス社の異動でアメリカ版《ランウェイ》の責任者になった。ついに頂点に昇りつめた、というわけ。ふたりの娘と当時の夫だったロック歌手（彼も、アメリカでもっと活躍したいという野望があった）とともに、五番街七十六丁目の高級アパートメントの最上階に移り住んだ彼女は、《ランウェイ》のあらたな時代を切りひらいていった。いわゆる、プリーストリー時代。わたしが入社したのは、その時代が六年目に突入しようとしているときだった。

運がよかったとしかいいようがないが、わたしが入社してはじめの一ヵ月近くは、ミランダは会社に来ないことになっていた。彼女は毎年、感謝祭の一週間まえから年明けまで休暇をとるのが決まりとなっている。通常はロンドンに所有しているフラットで数週間を過ごすのだが、今年は夫と娘を連れて、ドミニカ共和国のオスカー・デ・ラ・レンタのお屋敷で二週間を過ごし、クリスマスと新年はパリのリッツホテルに滞在するのだと、わたしは聞かされた。さらには、〝休暇中〟ではあるけど、彼女は会社の状態にじゅうぶん目を光らせてつねに仕事をしているわけだから、スタッフもそれぞれ気を抜かないように、とも申し渡された。わたしは女王様がお留守のあいだに、しかるべき方法で研修を受けるらしい。となれば、ミランダは見習いのわたしが犯すミスに、いらいらさせられずにすむ。こっちとしても、好都合だった。そういうわけで、わたしは午前七時きっかりに、エドアルドのサインブックに名前を書きこんで、回転ゲートをはじめて通過したのだった。「ポーズをとってくれよ！」エドアルドが後ろから声をかけてきたのと同時に、エレベータのドアがすっとしまった。

エミリーが受付でわたしを待っていた。体にぴったりしているけど皺だらけの白の薄いTシャツに、流行最先端のカーゴパンツというでたちの彼女は、見るからに疲れていて、だらしない感じがした。スターバックスのカップを手に、最新の十二月号の《ランウェイ》をめくっている。ガラスのコーヒーテーブルの上にハイヒールをはいた足をどんと乗せ、レースのついた黒いブラが、すけすけのコットンのシャツ越しにくっきり見えている。口紅がコーヒーカップのふちに付いて、ほとんど取れていた。肩にたらした癖のつよい赤い髪はぼさぼさで、まるまる三日間ベッドに寝ていたといった感じだ。

「あらっ、来たわね」つぶやくと、わたしの頭のてっぺんからつま先までながめた。さっきのガードマンをべつとすれば、出社してはじめてのファッションチェック。「すてきなブーツね」

胸がざわざわした。本気で言ってるの？ それとも皮肉？ 声の調子で、判断することはできなかった。すでに足の甲がズキズキして、つま先は窮屈でしかたなかったけれど、《ランウェイ》のスタッフに服装をほめてもらえるなら、痛い思いをしただけのかいはある。

エミリーはしばらくわたしに目を当てていたが、じきにコーヒーテーブルから足をおろして大げさにため息をついた。「じゃ、行きましょうか。ボスがいなくて、ほんとに運がよかったわね」と、エミリー。「それって、彼女がすばらしいひとじゃないからって意味じゃないのよ。むしろ、すばらしいひとだからこそね」あわててつけ加えた。言い訳がましい前言撤回、とでもいおうか。それが《ランウェイ》の伝統であることを、わたしはじきに知るようになって、自分自身もたったいま口にしたことを撤回するようになった。ミランダを非難するような言葉をついうっかり口にしようものなら――たとえそれが的を射たものであっても――ミランダの耳に届くのではないかという疑心暗鬼が生じて、きゅうきょ前言を取り消すのだ。同僚たちがついいましがた口にした悪口を、あわてて否定するのをながめるのが、じきにわたしの憂さ晴らしのひとつになった。

エミリーがIDカードをカードリーダーに通すと、わたしたちは無言のままふたり並んで曲がりくねった廊下を歩いてフロアの中心部、つまりミランダのオフィスとアシスタントのセクションがある場所へ向かった。エミリーがわたしの目の前でガラスドアをひらき、一番奥にあるミランダのオフィスの手前に並んでいるデスクのひとつに、自分のバッグとコートを放りなげた。「これがあなたのデスクだから」彼女は自分のデスクの真向かいにある、L字型のデスクを指さした。そのデスクには、フォーマイカを塗った木製の立派なもので、つやつやと光沢をはなっている。そのデスクには、最新型の青いiマック、電話、書類を入れるトレイなどが置いてあって、抽斗にはペンやクリップやノートがはいっていた。「みんな、わたしがこれまで使ってたものなの。これから使うものは、自分であらたに注文するからいいのよ」

エミリーはシニア・アシスタントに昇格したばかりだ。これまではジュニア・アシスタントだったが、そのポストはわたしが引き継ぐことになった。ミランダのシニア・アシスタントを二年つとめたのち、《ランウェイ》ファッション部のすばらしいポストに昇進するつもりだと、エミリーは言った。アシスタントを三年つとめれば、ファッション業界での成功はまずまちがいなし、とのこと。でもわたしは一年間服役すれば、《ニューヨーカー》に転職できるとかたく思いこんでいた。以前シニア・アシスタントだったアリソンは、すでにビューティ部に移っている。新製品のメイク用品や基礎化粧品やヘアケア用品などを試し、それを記事にする仕事のチーフを任されたのだ。ミランダのアシスタントとしての下積みがその仕事にどういう形で役立つのかはわからないけど、わたしの期待はふくらんだ。面接の日に聞いた話——ミランダのもとで働いた人間は、出世する——は嘘じゃない。

十時をまわると、ほかのスタッフがぞくぞくと出勤してきた。編集者だけでも、五十名ちかくいるだろうか。一番の大所帯は当然のことながらファッション部で、アクセサリー担当のアシスタントを含めて全部で三十人ほど。ほかに、フィーチャー部、ビューティ部、デザイン部の担当者がそれぞれいる。スタッフのほとんど全員が、エミリーからミランダの噂話を仕入れるついでに新人をチェックしようと、アシスタントセクションに立ちよった。初出勤の午前中にたくさんのスタッフと顔を合わせたが、みな白い歯をのぞかせてにこにこ笑っていて、わたしにひどく興味をもっている様子だった。

男性陣はみな華やかな装いのゲイばかりで、ぴちぴちのレザーパンツに、筋肉のついた二頭筋と完璧な胸筋をきわだたせる、体にフィットしたリブ編みのTシャツでみずからを演出していた。薄くなりかけている髪をシャンパン色のブロンドに染めている、やや年がいったデザイン部のディレクターは、エルトン・ジョンのそっくりさんになることに命かけてますといった感じだったが、ウサギの毛皮がついたローファーをはき、アイライナーを引いていた。驚いているスタッフは、ひとりもいない。大学にもゲイのグループはいたし、最近カミング・アウトした友人も何人かいるけど、《ランウェイ》の男性陣みたいなひとはいなかった。まるでミュージカルの《レント》の出演者とスタッフに囲まれているような環境。もちろん、服装はこっちのほうが高級だけど。

女性たちは――女性というより、女の子というべきか――美人ばかり。うっとり見とれてしまう美女軍団だ。ほとんどが二十五歳くらいで、三十歳を超えていると思われるひとはほとんどいない。大多数がきらきら光る大きなダイヤの指輪を薬指にはめているけど、出産経験があるようには――あるいは、これからさき出産するようには――とても見えない。そんな女性たちがいれかわり立ちかわり十センチのピンヒールで優雅にはいってきて、わたしのデスクまですべるように進んでくると、自己紹介をして握手を求めてきた。透けるように白い手。マニキュアを塗った長い爪。「ホープと一緒に働いているジョスリンよ」、「ファッション部のニコルです」、「アクセサリー担当のチーフ、ステフと申します」身長が百七十五センチ以下はシェイナだけ。でも彼女は、あと二センチでも背が高かったら骨が折れてしまいそうなほど華奢な体つきだった。それはともかく、体重が五十キロを超えていそうなひとはひとりもいない。

その日会ったなかで一番かわいい女の子がはいってきたのは、自己紹介にやってきたひとの名前を回転式の椅子にすわって必死で覚えようとしていたときだった。彼女はピンク色の雲からつむいでつくったような、ローズカラーのカシミアのセーターを着ていた。まばゆいまでのプラチナブロンドが、背中に波打って垂れている。身長がゆうに百八十五センチある体には、かろうじてまっすぐ立っていられるくらいの肉しかついていないが、ダンサー顔負けの驚くほど優雅な身のこなしだ。頬は薔薇色で、指にはめた婚約指輪はとてつもなく大きい、傷ひとつないダイヤモンド。それが目もくらむような光を放っている。わたしが指輪に目を奪われていることに気づいたのか、彼女はわたしの目の前に手を差しだしてみせた。

「わたしの作品よ」視線を指先に落としてふっと笑ってから、顔を上げた。彼女、いったい何者? こたえを求めてエミリーに顔を向けたが、またしても電話中。作品というのはきっと指輪のことなのだろう、自分でデザインしたと言っているのだと思ったのもつかの間、彼女はこうのたまった。「すばらしい色じゃない? マシュマロとバレエシューズよ。っていうか、最初にバレエシューズを塗ったんだけどね。で、最後にトップコートを塗ってできあがり。なかなかのもんでしょ——白い部分なんか、とても修正液を使ったようには見えないわ。これからはマニキュアをするとき、かならず修正液を使うつもりよ！」それだけ言うと、回れ右をして出ていった。はい、はい。わたくしもお目にかかれて光栄ですわ。すたすたと出ていく後ろ姿に向かって、わたしは心のなかでつぶやいた。

スタッフとの顔合わせは楽しかった。みな感じがよくて優しそうだったし、マニキュア・フェチの美貌の変人はのぞいて、わたしと親しくなりたがっているように思えた。エミリーはわたしにつきっきりで、暇をみつけてはスタッフについてあれこれ教えてくれた。重要人物、怒らせてはいけない人物、有名人を集めたパーティをよくひらくからお近づきになったほうがいい人物等々。さっきのマニキュア・フェチの話をわたしがふると、エミリーは顔を輝かせた。

「ああ、彼女！」彼女はこれまでになく興奮して、鼻息を荒くした。「彼女、超ゴージャスじゃない？」

「ええ、まあ。きれいだったわ。あんまり話もしなかったけど。なんというか、マニキュアを見せてもらっただけで」

エミリーは誇らしげに、にんまりした。「ふーん、ところで彼女がだれだか、知ってるんでしょうね？」

あわてて記憶をさぐる。ひょっとしてあの子は、映画女優とか歌手とかモデルとかだったの？　いろいろ考えたけど、思い当たる節はない。でも、ともかく有名人なのね！　だから自己紹介をしなかったんだ。流行に敏感なひとだったら当然だれであるか気づくはずなんだろうけど、わたしはわからなかった。「いや、知らないのよ。有名なひと?」驚きと軽蔑がいりまじった視線が、返ってきた。「ええ、もちろんよ」エミリーは〝もちろんよ〟をやけに強調して言うと、目を細くせばめた。あんたって、とんでもなく世間知らずね、とでもいうように。「ジェシカ・デュシャンよ」わたしの反応を待つ。わたしも彼女のさらなる説明を待った。沈黙。「もちろん、知ってるわよね?」いまいちど記憶をさぐって、ピンとくるものがないかどうか頭を働かせる。でも、その名前を耳にした覚えはいっさいない。それはともかく、このゲームにわたしはうんざりしてきた。

「エミリー、どこかで見た覚えもないし、名前も聞いたことがないわ。彼女がだれなのか教えてくれる?」なるたけ穏やかな口調できく。皮肉なことに、わたしとしてはジェシカがだれであろうとどうでもよかったのだが、エミリーはわたしが降参するまでこのゲームをやめるつもりはない様子だったのだ。

すると彼女は、今度は恩着せがましい笑みを浮かべた。「いいわよ。最初から、教えてくれって素直に言えばいいのに。ジェシカ・デュシャンはね、あのデュシャン家の出身なの! ニューヨークでもっとも有名なフレンチレストランの経営者のね。彼女の両親があのお店のオーナーなのよ——それって、すごくない? 信じられないくらいお金持ちなのよ」

「へえー、ほんとうに?」ひどく興味をそそられたふりをして、わたしは言った。両親がレストランを経営しているからって、なんでそれほど有名人になるのか、ほんとはいまひとつピンとこなかったのだが。「すごいわね」

わたしは何件か電話に出て、〝ミランダ・プリーストリーのオフィスです〟と決まり文句を口にしたけど、ミランダ本人からの電話にわたしが出てもまごつくだけだと、エミリーもわたしも冷や冷やしていた。電話をとったとたん、相手の女性が名前も名乗らずに、イギリス訛りの強い英語でなにやらわけのわからないことを怒鳴りちらしてきたときは、パニックにみまわれて保留ボタンも押さずに電話をエミリーに押しつけてしまった。

「彼女みたい」わたしは焦って囁いた。「代わって」

わたしはそのときはじめて、エミリーのお得意の表情を目にした。ものすごく感情がこもった表情。眉を吊りあげ上目遣いをするだけで、彼女はいらだちと哀れみがない交ぜになった感情をみごとに表現できるのだ。

「ミランダ？　エミリーです」彼女はにっこりと笑顔を浮かべた。ミランダが電話の向こうからこちらを透視しているわけでもないのに。沈黙。怪訝な顔。「まあ、ミミだったの、ごめんなさい！　新人がミランダからだって、勘ちがいしたみたい！　ほんと、笑っちゃうわよね。イギリス訛りがあるからってボスとはかぎらない、って教えなきゃ！」わたしをにらんだ。かぎりなく細く整えた眉が、いっそう吊りあがっている。

エミリーはしばらくおしゃべりをつづけていたから、そのあいだわたしはつぎつぎとかかってくる電話をとって、エミリーへの伝言を書きとめた。エミリーはそのあと、折り返し電話をする。ミランダにとって重要な用件から順に、ひっきりなしの対応に追われるのだ。お昼近くになって、そろそろお腹が空いてきたころに電話が鳴った。受話器を取ると、相手の話し方にはイギリス訛りがあった。

「もしもし、アリソン、あなたなの？」冷ややかだけど、堂々とした声。「スカートが必要なのよ」

送話口を手でおおって、わたしは目をむいた。「エミリー、彼女よ。こんどこそ、まちがいない」彼女の注意をうながすべく受話器をふって、小声で言う。「スカートが必要なんだって！」

ほかのひとと電話中だったエミリーはこっちを向き、わたしのあわてた顔に目をとめるや、「また、かけなおすわね」とも「さよなら」とも言わずに、即座に電話を切った。それからスイッチを押してミランダからの電話に切り替えると、またしても大げさなつくり笑いを顔に貼りつけた。

「ミランダ？　エミリーです。なんでしょう？」ペンを手にとると、メモ帳になにやら猛然と書きはじめた。額に皺が寄っている。「ええ、もちろん。かならず」電話に出たときもすばやかったけれど、用件もあっという間に終わった。どういう用件だったのだろう。わたしはエミリーに目をやった。彼女はひどく興奮した様子で、目をむいている。

「さてと、あなたにとって、これがはじめての仕事らしい仕事になるわね。ミランダが明日までにスカートを欲しがっているの。どんなに遅くても今夜の飛行便で、送らなきゃいけないわ。ほかの物と一緒にね」

「オッケー。わかった。で、どういうスカートなの?」ミランダが欲しがっているというだけで、たかがスカートをドミニカ共和国まで飛行便で送るとは。ショックから覚めやらないまま、わたしはきいた。

「はっきりとは言ってなかったわ」エミリーはつぶやくようにこたえると、受話器をとった。

「もしもし、ジョスリン、わたしよ。彼女がスカートを欲しがってるの。今夜デ・ラ・レンタの奥様が乗る飛行機で、スカートを送りたいのよ。奥様はドミニカ共和国でミランダと合流することになっているから。ううん、わからない。そう、言わなかったのよ。ほんとにわからないの。オッケー、よろしくね」電話を切ると、エミリーはこっちを向いた。

「具体的な指示がないときは、厄介なのよ。ミランダはあまりにも忙しくて、細かいところまで気がまわらないの。だから、生地や色、スタイルやブランドとかは教えてくれない。でもだいじょうぶ。わたしは彼女のサイズを知ってるし、趣味もしっかり把握してるから、彼女が気にいる服をずばり予想できる。いまはファッション部のジョスリンに電話をかけてたの。いまごろファッション部のスタッフが、取り寄せをはじめているはずよ」数多くのスカートのなかから、一枚のスカートを選びだすという企画の二十四時間テレビが目に浮かんだ。司会はジェリー・ルイス。ステージには巨大なスコアボード、派手なティンパニの効果音。どうです《ヴワラ》！　グッチです。つづいて、割れんばかりの拍手喝采。

まさかね。《ランウェイ》編集部がとんでもなく非常識な体質をもっていることにはじめて気づかされたのは、まさにこのときのスカートの〝取り寄せ〟だった。といっても、その対応が軍事作戦なみにてきぱきしたものだったことは、認めざるをえないが。取り寄せをするときは、はじめにエミリーかわたしのどちらかが、ファッション部のアシスタントに連絡する。アシスタントはたいてい八人ほどいて、細かいリストに記されたデザイナーやショップのスタッフと日ごろから親しくしているのだ。アシスタントはただちに、ありとあらゆるデザイナーズブランドやマンハッタンの高級ブティックの広報担当の知り合いに電話をかけ、ミランダがこれこれしかじかのアイテムをさがしていると告げる。そう、ミランダ・プリーストリー。そう、そうなの。彼女自身が身に着けるのよ。数分もしないうちに、マイケル・コース、グッチ、プラダ、ヴェルサーチ、フェンディ、アルマーニ、シャネル、バーニーズ、クロエ、カルバン・クライン、バーグドルフ・グッドマン、ロベルト・カヴァッリ、サックス・フィフス・アベニューなどの広告担当部長とアシスタントが、ミランダが気にいりそうな在庫のスカートをすべて、宅急便で送ってくる（自ら持ってくる場合もある）。初出勤の日、わたしは目の前で展開するそのプロセスを、ぼうぜんとなめていた。まるで、すばらしい振りつけによるバレエのようだ。出演者は全員、いつ、どこで、どのようにつぎのステップを踏むか頭に叩きこんでいる。ほぼ一日がかりの行事が展開しているあいだ、わたしはエミリーの命令で、その夜スカートと一緒に送る品物を取りにいかされた。

「五十八丁目に車を待たせてあるから」エミリーが二本の電話に同時に対応しながら、《ランウェイ》のメモ用紙にわたしへの指示を書きつけた。それからハッと思いついたように、ケイタイを渡してきた。「ほらっ、これ持ってって。いつでもわたしと連絡がとれるようにね。あなたもわからないことがあったらこれで電話して。電源はけっして切らないこと。いつでも出られるようにしとくのよ」わたしはケイタイとメモを受けとって、ビルの五十八丁目がわに出た。〝車〟っていったいどこにあるの？　そもそも、それってどういう意味？　歩道に出ておどおど周囲を見回すと、白髪まじりでずんぐりした、パイプをくわえた男性がすぐに近寄ってきた。

「プリーストリーの新人さん？」マホガニー色のパイプをくわえたまま、ヤニで黄ばんだ唇からしゃがれ声を出した。わたしはこっくりうなずいた。「わたしはリッチ。配車係だ。車が必要なときゃ、声をかけてくれ。わかったかい、ブロンドさん？」わたしはまた黙ったままうなずいて、セダンの黒いキャデラックの後部座席に身をかがめて乗りこんだ。リッチは車のドアをバタンとしめると、手をふった。

「どちらまで?」運転手さんにきかれて、わたしは我にかえった。行き先を聞いていなかった。ポケットからさっき渡されたメモを出す。

一番目:西五十七丁目三五五の六階、トミー・ヒルフィガーのスタジオへ。リアナをたずねること。必要なものを渡してくれます。

住所を告げて、窓から街をながめた。寒さ厳しい冬の午後一時。運転手つきのセダンの後部座席に乗って、トミー・ヒルフィガーのスタジオへ向かっている、二十三歳のわたし。それにしても、お腹が減った。ランチタイムのさなかにミッドタウンを十五ブロック進むのにほぼ四十五分かかり、わたしは生まれてはじめて本物の交通渋滞を目の当たりにした。あんたが用事を終えてビルから出てくるまで、この界隈をぐるぐる回っているよ、と運転手さん。わたしはトミー・ヒルフィガーのスタジオに向かった。六階の受付でリアナの名を告げると、どうみても十八歳くらいにしか見えないかわいい女の子が階段を弾むようにおりてきた。

「ハーイ!」と、彼女。〝ハ〟をやけに長く引き伸ばした。「アンドレアね。ミランダのあたらしいアシスタントの。彼女に贔屓にしてもらって、わたしたち、すごく光栄に思ってるの。ようこそいらしてくれたわ!」にこっと笑う。わたしもにこっと笑った。彼女はテーブルの下から大きなビニールの袋を引っ張りだすと、中身をいきなり床に空けた。

「キャロラインのお気にいりのジーンズを色違いで三本用意したわ。あと、チビTもいれておいたから。あとあと、キャシディはうちのカーキ色のスカートがお気にいりなのよね。以前、オリーブと薄いグレーのやつを差しあげたのよ」何着ものデニムのスカートとGジャン、おまけにソックスまで何足か袋から出てきた。こっちはただただ、目を見張るばかり。これだけ取りそろえてあれば、十歳ていどの女の子四人分——もしくはそれ以上——のワードローブになる。プレゼントの山をながめながら、わたしは思った。キャシディとキャロラインって、いったい何者？　トミー・ヒルフィガーのジーンズを色違いで三本も持ってるなんて、何様のつもり？

わたしはよほど、ぎょっとした顔をしていたらしい。リアナはわたしの視線を避けるように後ろ向きになると、ひきつづき服を袋に詰めながら言った。「ミランダのお嬢さんたちが喜んでくれること、まちがいなしよ。ここ何年か、ずっとあの子たちの服をコーディネートしてるの。トミーがみずから、選んであげてるのよ」わたしは感謝のまなざしを彼女に向けて、袋を背中にかついだ。

「がんばってね！」エレベータに乗ったわたしに、彼女は言った。心からの笑みを浮かべている。「こんなすばらしい仕事に就けるなんて、あなたはラッキーよ！」つづけて彼女が言った言葉を、わたしは先回りしてすでに心のなかでつぶやいていた——「なんてったたって、何百万という若い女の子の憧れの仕事だもの!」で、その瞬間、彼女の言うとおりだと実感した。有名デザイナーのスタジオをのぞくことができて、数千ドルもする服を受けとれるのだから。

いったんコツをつかむと、一日があっという間に過ぎていった。どこかに立ちよってサンドイッチを買ったら会社のひとに怒られるだろうかとちょっと迷ったけれど、選択の余地はなかった。そろそろ二時になるのに、朝の七時にクロワッサンを食べてから、なにも口にしていないのだ。デリで車をとめるように運転手さんに頼んで、注文するときに彼の分も買っていこうと思いついた。ハニーマスタードを塗ったターキーロールを手渡すと、運転手さんはあんぐり口をあけた。失礼なことをしたのだろうか、とわたしは不安になった。

「あなたもお腹が空いてるかなと思って。一日中運転してるから、ランチの時間がとれなかったはずだし」

「ありがとう、お嬢さん。恩に着るよ。イライアスの若い女の子たちを十二年間乗せてっけど、みんなあまり感じがよくなかった。あんた、すごく優しいね」どこの地方のものかはわからない、すごい訛りで礼を言うと、バックミラー越しにわたしを見た。わたしはほほえんで、一瞬だけ嫌な予感に襲われた。とはいえ、つぎの瞬間には、ふたりともターキーロールにぱくついていた。外は渋滞で、車のなかには彼のお気にいりのCDが流れている。もっともわたしの耳には曲というよりも、シタールの音《ね》をバックに女性が異国の言葉でおなじ文句をくり返し叫んでいるようにしか聞こえなかったが。

エミリーのメモによれば、このつぎは、ミランダがテニスをするときぜひとも必要としている白いスコートを取りにいくことになっていた。てっきりポロに取りにいくのかと思ったが、行き先はシャネルになっている。シャネルが白いスコートをつくってるの？　シャネルのプライベートサロンに行くと、フェイスリフト手術で目が糸みたいになっている年配の女性販売員が、ストレッチ加工をした白いコットンのホットパンツを渡してきた。サイズはゼロ。シルクのハンガーに吊るしてあって、ベルベットのカバーがかけてある。わたしはスコートをまじまじと見た。六歳の女の子でもはいらないくらいに小さい。販売員の女性に視線を戻す。

「あのう、このスコートをミランダがはけると思います？」おずおずときく。彼女がその獰猛な犬みたいな口で、ひとおもいにわたしを飲みこんでしまうのではないかと、気が気じゃない。彼女はじろっとこっちをにらんだ。

「ええ、もちろん。寸法どおりに、特別につくったものですから」無愛想にこたえて、異様に小さいスコートをわたしに手渡した。「ミスタ・コペルマンが最高のものを用意いたしました、って伝えてちょうだい」ええ、承知いたしました。ミスタ・コペルマンだかなんだか知らないけど、たしかにそういたしますわ。

つぎに寄る場所は、エミリーのメモをそのまま借りるならば〝ダウンタウン〟の、市役所近くの〈J&Rコンピュータ・ワールド〉だった。《西洋の戦士》というコンピュータ・ゲームを売っている、ニューヨークで唯一の店らしい。オスカーとアネットの息子モイゼスに、そのゲームをプレゼントするためだ。一時間かけてダウンタウンに向かう最中、ケイタイで遠距離電話ができることに気づいた。ちょうどいい。実家に電話をしよう。わたしがいかにすばらしい仕事をしているか、教えてあげるのだ。

「もしもし、パパ？　はい、アンディよ。いまどこにいると思う？　そう、もちろん仕事中。でもね、なんと、運転手つきの車に乗ってマンハッタンめぐりをしてるの。これまで行ったとこはトミー・ヒルフィガーとシャネル。いまからコンピュータ・ゲームを買って、そのあとでパーク街にあるオスカー・デ・ラ・レンタのアパートメントに品物を届けにいくの。ううん、オスカーのお使いじゃないわよ。ミランダがいまドミニカ共和国にいてね、アネットが今夜の便で向こうに行くの。そうなのよ！　プライベート機でね！　もちろん、ドミニカ共和国に行く便よ！」

父は口が重かったけれど、娘が張りきっていることを、大卒の使い走りに甘んじる覚悟が徐々にかたまってきたことを喜んでくれた。わたしとしては、それだけでうれしかった。トミー・ヒルフィガーの服がはいった袋とスコートとコンピュータ・ゲームを、超豪華なパーク街のアパートメントのロビー（なるほど、噂には聞いていたけど、これがパーク街のアパートメントなのね！）に控えている凜々しい顔立ちのドアマンに託して、わたしはイライアスに帰った。アシスタントのセクションに戻ると、エミリーが床にあぐらをかいてすわり、白い包装紙と白いリボンでプレゼントをラッピングしていた。まわりに赤と白の箱が散乱している。すべておなじ形の箱が、何百個も、いや何千個もアシスタントのセクションにあって、ミランダのオフィスにまであふれている。エミリーはわたしが帰ってきたことにも気づかずに、一個の箱をものの二分できれいに包装し、つぎの十五秒で白いサテンのリボンをかけていた。一秒たりとも手をとめず、てきぱきと後ろの箱の山にラッピングを終えた箱を載せていく。包装済みの箱はどんどん増えていくけれど、それでもまだ、仕上げていない箱はいっこうに減らない。あと四日かけても、終わらないくらいの量だ。

エミリーのコンピュータから八〇年代の音楽がガンガン聞こえてくるなか、わたしは声を張りあげて彼女の名を呼んだ。「あのう、エミリー？　ただいま帰りました」

ふり返ったエミリーは、ほんの一瞬、わたしがだれだか思いだせなかったようだ。ぽかんとした顔。でもつぎの瞬間には、わたしが新人として使い走りをきちんとつとめたかどうか、矢継ぎ早に質問を浴びせかけてきた。「どうだった？」早口できいてきた。「リストに書いたものは、全部とってきた？」

わたしはうなずいた。

「テレビゲームも？　わたしが電話したときは、在庫が一個しかなかったけど。まだあった？」

いまいちど、こっくりうなずく。

「パーク街にあるオスカーのアパートのドアマンに、全部渡したわよね？　服とかスコートとか」

「ええ。だいじょうぶ。なにもかもうまくいって、ついさっき、すべて渡してきたから。それはそうと、気になっちゃって。あのスコート、ほんとうにミランダのサイズに合う――」

「ねえ、あなたの帰りを待って、こっちはずっとトイレを我慢してたのよ。わたしが席をはずすあいだ、電話番まかせるわよ、いい？」

「わたしがお使いに出てから、ずっとトイレに行ってない？」わたしはぎょっとした。五時間もまえなのに。「どうして？」

エミリーはラッピングしおえた箱にリボンをかけると、冷ややかな目でわたしを見た。

「ミランダはアシスタント以外のスタッフが電話に出ると、不機嫌になるの。だからあなたがいないあいだ、席をはずしたくなかった。一分程度で戻ってこられるとは思うけど、彼女も忙しい身だから、いつでも電話に出られるようにしておかないと。だからね、トイレに限らずどこかに行く場合は、かならず声をかけあうようにしないとだめよ。ミランダの手足を完璧につとめるべく、わたしたちは協力しあわないといけないの。おわかり？」

「ええ」と、わたし。「トイレに行ってきて。わたしがちゃんと電話番をしてるから」エミリーが出ていくと、わたしはよろめかないように、デスクに手をついた。戦略をたてないかぎり、トイレにも行けない？　トイレに行って席をはずしている二分かそこらのあいだに、大西洋の向こうがわからひとりの女性が電話をかけてきたら大変なことになるという理由で、ほんとうにこの五時間、ぱんぱんになった膀胱をなだめすかせながら、ここにじっとしていたわけ？　どうやら、そのようだ。なんて殊勝な心がけだろうという気がしないでもないけど、気をつかいすぎなんじゃないの？　ミランダがアシスタントにそこまで望んでいるとは、考えられない。まさか、そんなはずない。それとも、そうなの？

わたしはプリントアウトされている書類をとりあげて、目を通した。タイトルは〝いただいたXマスプレゼント〟。送り主と贈り物がずらっと記されたそのリストは、一枚、二枚、三枚、四枚、五枚、ぜんぶで六枚。プレゼントの数は、しめて二百五十六個。イギリスの女王陛下が結婚するさいに寄せられた贈り物リスト、といった感じ。急いでざっと目を通すことができる代物じゃない。ボビー・ブラウン本人から、ボビー・ブラウンのメイクアップセット。ケイトとアンディのスペード夫妻から、ケイト・スペードのこの世にひとつしかない革のバッグ。グレイドン・カーターから、ロンドンの高級文具店スマイソンのボンド・ストリート・バーガンディの革のシステム手帳。ミウッチャ・プラダから、ミンクの裏地がついた寝袋。アーリン・ローダーから、ビーズを幾重にもかさねたヴェルドゥーラのブレスレット。ドナテッラ・ヴェルサーチから、ダイヤモンドをちりばめた時計。シンシア・ローリーから、シャンパン一ケース。マーク・バッドジェリーとジェームズ・ミィシュカから、ビーズをあしらったタンクトップとおそろいのバッグ。アーヴ・ラヴィッツから、カルティエの新作のペンセット。ヴェラ・ウォンから、チンチラのマフラー。アルベルタ・フェレッティから、ゼブラプリントのジャケット。ローズマリー・ブラボから、バーバリーのカシミアのブランケット。これはまだ、ほんの序の口。ありとあらゆる形やサイズのハンドバッグが、ありとあらゆる有名人から贈られている。ハーブ・リッツ、ブルース・ウェーバー、ジゼル・ブンチェン、ヒラリー・クリントン、トム・フォード、カルバン・クライン、アニー・リーボビッツ、ニコル・ミラー、アドリエンネ・ヴィタディーニ、マイケル・コース、ヘルムート・ラング、ジョルジオ・アルマーニ、ジョン・サハーグ、ブルーノ・マリ、マリオ・テスティーノ、ナルシソ・ロドリゲス、などなど。プレゼントのなかには、ミランダの名前で慈善事業団体に寄付されるものもすくなからずあった。たとえば、ワインやシャンパン百本ほど、ディオールのバッグ十個、香りつきのキャンドルが二、三ダース、東洋の陶器がいくつか、シルクのパジャマ、革の装丁の本、バス用品、チョコレート、ブレスレット、キャビア、カシミアのセーター、額に入った写真、数千組のカップルの結婚式に使えるくらいの量の花束や植木鉢。すごすぎる！　これって、現実のお話？　じっさいに起きたことなの？　世界中の有名人たちから二百五十六個のクリスマスプレゼントを受けとる人間のもとで、わたしは働いているわけ？　いや、それほど有名じゃないのかも。どっちみち、よくわからなかった。すごく有名なセレブやデザイナーの名前はかろうじていくつかわかったけど、いまをときめくフォトグラファーやメイクアップ・アーティスト、モデルや社交界の名士、イライアスークラークの大勢のエグゼクティヴの名前は、そのころはまだ把握していなかったのだ。エミリーはこのひとたち全員を知っているのだろうかと思っていると、彼女がトイレから戻ってきた。わたしはあわててリストから目をそらしたけど、エミリーにとがめられることはなかった。

「すごいでしょ？　彼女、大したもんよね」興奮気味に言うと、デスクからリストの紙をつかんで、目をやった。羨望の眼差し、としか表現のしようがない目つき。「こんなにすごいもの、いままで見たことある？　これは去年のリストなの。そろそろプレゼントが贈られてきてるから、あなたにも参考になるかなと思ってプリントアウトしたのよ。この仕事の格別に楽しい一時《ひととき》なのよね、彼女のプレゼントをあけるのは」わたしは面食らった。ミランダのプレゼントを、アシスタントのわたしたちがあける？　なんで本人があけないの？　エミリーにきいてみた。

「なにばかなこと言ってんの？　ミランダが気にいるプレゼントなんて、ほとんどないのよ。彼女に見せたくもないような、とんでもなく失礼なものだってあるんだから。これなんかそう」エミリーは小さな箱を手にとった。バング&オルフセンのケイタイ電話。ブランドのロゴがついている、メタリックのなめらかな形をしたモデルで、三千キロ離れていても雑音がいっさいはいらない機能がついている。ちょうど二週間まえ、憧れの高級ステレオを見たいと言うアレックスにつきあってバング&オルフセンの店に行ったとき、おなじ物が売られていた。たしか値段は五百ドル以上だったと思う。なにもかも可能にしてくれるケイタイ。ただし、一般人にはなかなか手が届かない代物だけど。「ケイタイだなんて。よくもまあミランダ・プリーストリーにケイタイを贈れるもんだ、って思わない？」わたしにケイタイを投げてよこした。「よかったら、使ってよ。彼女の目には、触れさせたくもないから。電子機器《エレクトロニック》をプレゼントされたって知ったら、きっとご機嫌ななめになるからね」エミリーは〝エレクトロニック〟という言葉が、〝体液にまみれた〟と同義語であるかのような口調で言った。

わたしは口元がゆるみそうになるのをこらえつつ、ケイタイ電話の箱をデスクの下にしまいこんだ。すごくラッキー！　引っ越してからまだ電話を引いていなかったから、ケイタイ電話はぜひとも必要なもののひとつだったのだ。それでいま、五百ドルのケイタイが、ただで手にはいった。

「でね」エミリーは言葉を継いで、床にどすんと腰をおろすと、さっきとおなじようにあぐらをかいた。「あと二、三時間、ワインのラッピングをしましょうよ。それから、きょら届いたプレゼントをあけていいからさ。ほらっ、あそこにあるやつ」エミリーは自分のデスクの後ろを指さした。わたしたちが包装する箱の数よりはすくないものの、色とりどりの箱やショッピングバッグ、バスケットなどが山のように積まれている。

「つまり、ミランダからはワインをプレゼントするってわけね」わたしは厚手の白い紙で、箱を包装しはじめた。

「そっ。毎年の恒例になってるの。とくに大事にしているひとたちには、ドンペリ。イライアスの重役とか、あまり親しくしていない有名デザイナーとかね。あと、顧問弁護士と会計士。まあまあ大事なひとたちには、ヴーヴクリコ。これがほとんどだわね――双子の先生、ヘアスタイリスト、運転手のユリとかいろいろ。どうでもいいひとには、ルフィーノ・キャンティ。ごく普通のありきたりのプレゼントを贈ってきたPR関係のひとたちには、たいていこのワインね。獣医さんとか、キャラの代行をつとめたベビーシッターとか、ミランダが利用しているお店の販売員とか、コネティカットにある別荘の管理人とかも。それはともかく、十一月のはじめに、二万五千ドルぶんのワインを〈シェリーレーマン〉に注文するの。でもって、ほぼ一カ月間、せっせとラッピングをする。この時期に彼女が休暇をとるのは、ありがたいわよ。じゃなかったら、自宅に持ち帰って包装するはめになるから。ワインの費用はすべてイライアス社もちだから、わたしたちが包装すれば会社は助かるってわけ」

「〈シェリーレーマン〉にラッピングを頼んだら、代金が倍になるってこと?」プレゼントをきちんと仕分けることに神経を集中させながらも、わたしはきいた。

「わたしたちにとっては、どうでもいいことよ」エミリーはふんっと鼻を鳴らした。「あなたもすぐにわかるだろうけど、この編集部は経費がいくらかかるかなんて問題にしないの。わたしたちがラッピングをするのは、たんにミランダが〈シェリーレーマン〉の包装紙を嫌っているからなのよ。去年はこの白い包装紙で包んでくれって〈シェリーレーマン〉に頼んだんだけど、包み方がいまひとつ雑でね。わたしたちがやったほうが、よっぽどいいわ」誇らしそうに胸を張ってみせた。

そんなこんなで六時近くまでラッピングをしただろうか。そのあいだエミリーは仕事のことをあれこれ話し、わたしはわたしで、刺激に満ちた尋常とはとてもいえないこの世界をなんとか理解しようとつとめていた。エミリーがミランダの好きなコーヒーの話をこと細かく(トールサイズのラテに、赤砂糖ふたつ)説明しているとき、ブロンドの女の子——たしか、何人もいるファッション部のアシスタントのひとりだったように思う——が息を切らして、乳母車ほどの大きさのバスケットを持ってきた。彼女は部屋のなかには、けっしてはいろうとしなかった。まるで、敷居をまたいだら、やわらかいグレーの絨毯がいきなり流砂になってジミー・チュウの靴が飲みこまれてしまうと恐れているような様子だ。

「ハーイ、エム。スカート持ってきたわよ。こんなに遅くなってごめんなさい。なにせ感謝祭まえのばたばたした時期でしょ、みんな出払っててね。それはともかく、ミランダのお気に召すようなものがあるといいんだけど」たたまれたスカートがあふれんばかりにはいっているバスケットを見下ろした。

エミリーは顔をあげ、軽蔑した表情をあからさまに浮かべた。「わたしのデスクに置いといて。よくないものは、あとで返すわ。あなたのセンスを思えば、ほとんどよくないだろうけど」最後のセリフは、わたしにしか聞こえないくらいの小声で言った。

ブロンドの女の子は、面食らったようだった。夜空に輝く一番明るい星というわけじゃないけれど、彼女はとても感じがよかった。それなのに、エミリーはどうして露骨に敵意を見せるのだろう？　初出勤のその日は、すでにいろんなことがあった。矢継ぎ早にいろんな命令を受け、使い走りとして街のあちこちを駆けまわり、覚えるべき名前や顔が二、三百人ほどある。だからわたしは、頭に浮かんだ疑問をあえて口にはしなかった。

エミリーは大きなバスケットをデスクに置き、腰に手をあててそれを見下ろした。床にすわっているわたしの位置からは、生地や色やサイズの異なる信じられないほどさまざまな種類のスカートが二十五枚ほど見える。どういうスカートを必要としているかについて、ミランダはきちんと言わなかったのだろうか？　かしこまったディナーとか、テニスのダブルスとか、水着の上に身につけるとか、具体的な場面にふさわしいスカートを用意してくれと、エミリーに伝える手間をはぶいたのだろうか？　そういう説明なしに、どうやって彼女の気にいる服を予測しろっていうの？

その謎がいま、解き明かされようとしていた。エミリーはバスケットをミランダのオフィスに運びこむと、ふかふかした絨毯にすわっているわたしの隣りに、うやうやしく慎重に置いた。それからしゃがみこむと、スカートを一枚いちまい取りだして、わたしたちの周りに並べはじめた。目が覚めるようなショッキングピンクのかぎ針編みのスカートはセリーヌ。光沢のあるグレーの巻きスカートはカルバン・クライン。裾に黒いビーズをあしらった黒いスエードのスカートはデ・ラ・レンタ。色は赤、ベージュ、ラベンダーとさまざまで、レースをあしらっているものもあれば、カシミアのものもある。裾が足首に届くエレガントなロングスカートも何点かあるけど、それ以外はチューブトップと見まちがえるような超ミニばかり。わたしはふくらはぎの半分くらいまでの長さの、シルクでできたすてきな茶色のスカートを手にとってウエストに当ててみた。でも、片脚を覆うほどの幅しかない。チュールとシフォンがふんだんに使われたべつのスカートは、チャールストンダンスを踊るガーデン・パーティにふさわしい感じだ。何点かあったデニムのスカートのなかには、ウォッシュ加工がほどこされ、ベルト通しに太い茶色のレザーベルトがついているものや、暗い色調のシルバーの裏地に、それよりいくぶん明るめの皺が寄ったシルバーの生地を重ねたものなどもあった。このなかから、なにをどう選べっていうの？

「うわわっ、ミランダはスカートにかなりのこだわりがあるようね」と、わたし。それ以外に言葉が思い浮かばなかった。

「ううん、ちがう。こだわりがあるといったら、スカーフね。ミランダはちょっとしたスカーフ狂なの」エミリーはわたしと視線を合わせないようにしている。まるで、自分がヘルペスにかかっていることを告白したみたいに。「彼女のかわいらしい、変わった一面というべきかしら。あなたも知っておいたほうがいいわ」

「へえーっ、ほんとに？」わたしは驚きをひたかくしにして、つとめておもしろがっているような口調で言った。スカーフ狂？　隣りに住んでいる女の子が自分とおなじくらい服やバッグや靴が好きだとしても、その子のことをまさか〝狂人〟呼ばわりしないわよね。おまけに、エミリーの口調には、ついうっかり口にしたといった軽い感じはなかった。

「ええ、そうなの。スカートは必要に迫られてのものだけど、スカーフには、ほんとに目がないの。彼女のシンボルみたいなものね」エミリーはわたしの顔をのぞきこんだ。なんの話かさっぱりわからないと思っていることが、顔にも表われていたにちがいない。「彼女の面接を受けたときのこと、覚えてないの？」

「覚えてますとも」わたしは即座にこたえた。あのときはミランダの名前を思いだせないくらいだったのだから、服装なんかぜんぜん記憶にない。でも、それをエミリーに知られるのはまずい、と思ったのだ。「スカーフには、気づかなかったけど」

「ミランダはいつなんどきでも、どこかにエルメスの白いスカーフを身につけているのよ。

たいていは首に巻いてる。でも、シニョンの髪に結んでいるときもある。ベルトの代わりにウエストに巻いているときもあるわ。彼女のシンボルなの。ミランダ・プリーストリーといえば、エルメスの白いスカーフってわけ。すごくクールよね？」

わたしはそのときはじめて、エミリーがカーゴパンツのベルト通しにライムグリーンのスカーフを巻いて、白いTシャツの下からのぞかせていることに気づいた。

「ミランダはときたまキレることがあるんだけど、いまがまさにそういうときかもね。ファッション部のばか連中ときたら、彼女の服の好みをぜんぜん把握してないんだから。見てよ、これ。ひどい趣味！」とてもエレガントな花模様のスカートをかかげてみせた。深いブラウンの生地にきらきら光るゴールドがかすかに織りこまれていて、ほかのスカートよりもいくらかドレッシーだ。

「たしかに」わたしはうなずいた。エミリーのおしゃべりをやめさせたい一心で、話の内容がなんであろうとこんなふうに彼女の意見に同意することが、この先何回あるのだろう。何百万回とはいかないけど、すくなくとも何千回はあるような気がする。「ぞっとするようなスカートよね」内心では、すごくきれいなスカートだと思っていた。自分の結婚式で着ることができたら、さぞかしうれしいだろう。

エミリーはひきつづき、スカートのデザインや生地、ミランダの要求や注文について、ときおり同僚の悪口をまじえながら、ぺちゃくちゃしゃべっていた。ミランダに送るまったく雰囲気の違うスカートを最終的に三枚選《よ》りわけるまで、エミリーはずっと口を動かしていた。なんとか耳をかたむけようとするものの、もう七時になろうとしている。自分が餓死しかけているのか、ひどい吐き気をもよおしているのか、たんに疲れきっているだけなのか、どうにも判断がつきかねた。たぶんその三つ、すべてだったのだろう。見たことがないくらい背が高い人間が、オフィスにさっとはいってきたことにも、わたしは気づかなかった。

「あなた!」背後から、声が聞こえてきた。「立ちあがって、顔をお見せなさい!」

ふり返ると、真後ろに男性が立っていた。上背が二メートルをゆうに超える、浅黒い肌に黒髪の男のひとが、わたしをまっすぐ指さしている。とてつもなく高い身長をささえている体重は、百キロは完全に超えているだろう。筋肉隆々のぴちぴちした肉体。着ている服がいまにもはちきれそうだ。デニム素材の……ん?　ジャンプスーツ?　げげっ!　ジャンプスーツを着てる。そう、そうよね。これはたしかに、上下がひとつになったジャンプスーツよね。パンツの部分は細身になっていてベルトがついており、袖はまくっている。その上にはマント。ブランケットくらいの大きさの毛皮のマントを首に二重巻きにしている。大きな足を飾っているのは、テニスラケットほどのサイズの光沢のある黒いコンバットブーツ。年齢は三十五くらいだけど、筋肉質の体や、浅黒い肌や、がっしりとした顎だけを見ると、二十五でも四十でも通用する。その男性はわたしに向かって両手をふり、立ちあがるようにうながした。わたしは彼から目をそらすことができないまま、立ちあがった。するといきなり、ファッションチェックがはじまった。

「ちょっと！　このひと、なんなのよぉぉぉ？」思いっきり甲高い声で叫んだ。「あなた、きれいだけど、健全すぎる。おまけに、その服ぜんぜん似合ってない！」

「わたし、アンドレアと申します。ミランダのあたらしいアシスタントの」

男性はわたしの頭のてっぺんからつま先までを、じろじろながめた。エミリーは冷ややかな笑いを浮かべてその様子を見ている。耐えがたいほどの沈黙。

「ニーハイ・ブーツ？　それに膝丈のスカート？　この組み合わせは、あんまりなんじゃないの、お嬢さん。ひょっとしたらひょっとして、入り口の黒いサインに気づいてないのかもしれないけど、ここは世界でいちばんヒップな雑誌《ランウェイ》の編集部なのよ。大げさじゃなく、世界で一番ヒップな！　でも心配しないでいいわ。このナイジェルが、ジャージ姿でショッピングモールをうろついてる田舎娘丸だしのセンスを、じきになんとかしてあげますからね」

男性はわたしの腰にその大きな両手を当てて、くるっと一回転させた。脚とヒップをしげしげと見ている。

「じきにね、カワイコちゃん。約束するわ。だって、あなた、素材としては上物だもの。脚はすらっとしているし、髪もきれい。それにデブじゃない。おなじ職場にデブがいるなんて、ほんと、いや。じきになんとかしてあげるわ」

わたしは腰に当てられている彼の手を、怒りもあらわにさっとふりほどきたくなった。初対面のひと——それも、職場の同僚——から、自分の服装や容姿について歯に衣着せないコメントをいきなり浴びせかけられたこの状況を、しばしじっくり考えてみたかった。でも、彼の手をふりほどきはしなかった。その優しそうな緑色の瞳が茶目っ気たっぷりにきらきら光っていて、わたしをこばかにしたようなところがいっさいなかったから。でもなによりかにより、彼のおめがねにかなったことが、うれしかったから。彼こそがかの有名なナイジェル——マドンナやプリンスとおなじで、姓はない。ただのナイジェル——なのだ。このわたしでさえ、テレビや雑誌や新聞の社会欄などで頻繁に目にしたことがある、ファッションの守護天使。そんなひとから、きれいだって言ってもらえた。脚がすらっとしている、って言ってもらえた！　ショッピングモールの田舎娘、とのコメントは忘れてしまおう。わたしは彼に好感をもった。

彼女を放っといてよというエミリーの声が背後から聞こえてきたけれど、わたしはナイジェルに出ていってほしくなかった。でも遅かった。彼は毛皮のマントをひらひらさせながら、ドアに向かっていく。お会いできて光栄ですと声をかけたかった。気分を害してはいないし、改造したいと言ってもらって光栄ですと伝えたかった。でもわたしが口をひらくまえに、ナイジェルはくるっと回れ右をして、ぴょんぴょんと跳ねるようにして引き返してきた。わたしの真正面にきたかとおもうと、筋肉質の太い腕でぎゅっと抱きしめてきた。顔が彼の胸に当たる。ジョンソンのベビーローションのにおいが鼻先をかすめた。落ち着きをとりもどしてナイジェルをぎゅっと抱きしめかえそうとした瞬間、彼は一歩下がって、わたしの両手を握りしめて甲高い声で叫んだ。

「ドールハウスにようこそ、ベイビー！」

5

「その男が、なんて言ったって？」リリーがスプーンにすくった抹茶アイスクリームを舐めながらきいた。初出勤の報告をすべく、わたしは夜の九時に〈スシ・サンバ〉でリリーと落ちあっていた。父と母がいったんは取りあげた非常時用のクレジットカードを、初任給をもらうまでという期限つきで、しぶしぶ渡してくれていたのだ。スパイシーなツナロールと海藻のサラダは、まさに非常時用の味で、こんなおいしいものをリリーとわたしに食べさせてくれる母と父に、わたしは心のなかで感謝していた。

「だからね、〝ドール ハウスにようこそ、ベイビー〟って言ったの。すごくクールでしょ？」

リリーはスプーンを運ぶ途中で口を半びらきにしたまま、わたしをじっと見た。

「あんたは、このうえなくクールな仕事に就いたよね」と、リリー。彼女は一年間社会に出て働いてから大学に戻るべきだったと、いつも後悔している。

「すごくクールだと思うでしょ？　どう見ても変だけど、クールでもある」しっとりしたチョコレートブラウニーを突つきながら、わたしは言った。「こんなことをやるくらいだったら、学生に戻ったほうがましだったかも」

「まあね。すごくお金がかかるわりに、資格としてはまったく意味をなさない博士号を修得するための学費稼ぎにアルバイトをするほうが、あんたには合ってるかもしれない。学部生がよく行く安いパブでアルバイトをして、朝の四時まで年下の大学生にしつこく言い寄られ、翌朝は一限から一日中授業に出るようなあたしの生活を、あんたは羨ましがっているんでしょ？　でもね、このさき十七年かけて、ひょっとして――ほんとに、ほんとにひょっとして――博士号を修得することができたとしても、就職先はまずないのよね。どこをさがしたってさ」リリーはニヤッとつくり笑いを浮かべて、日本製のビールをごくっと飲んだ。リリーはロシア文学で博士号をとるべく、コロンビア大学で学びながら、授業のないときはせっせとアルバイトをしている。リリーのおばあさんにはなんとか生活していくくらいのお金しかないし、リリーは修士号をとるまでは奨学金をもらえないからだ。忙しい彼女と夕食をともにするのは、ほんとうにまれなことだった。

リリーから愚痴を聞かされたときのつねで、わたしは彼女の話を真に受けたふりをした。「だったら、なんでそんなことをしているのよ、リル？」そのこたえは何度も耳にしているのに、きいてみる。

するとリリーはいつものように鼻を鳴らし、目玉をぐるりと動かすのだった。「だってロシア文学が好きなんだもの！」すねているような顔で、嘆いてみせる。本人はけっして認めないだろうけど、なにより愚痴るのが楽しいからこそ、リリーは文学を愛しているのだ。中学時代の男性教師に、ぽっちゃりした顔といい天然パーマの黒い髪といい、きみはぼくがイメージするロリータそのものだと言われたときから、リリーはロシアの文化に夢中になった。家に帰るとさっそくナボコフの好色文学の傑作を読み、問題の男性教師がロリータにかこつけて口にした発言に心を悩ますことなく、ナボコフの作品をすべて読破した。おつぎはトルストイ。そしてゴーゴリ。さらにはチェーホフまで。高校の最高学年になると、ロシア文学の大家といわれている教授のもとで勉強をしたいと、ブラウン大学に願書を出した。十七歳のリリーを面接したその教授は、ロシア文学にこれほどまでに精通している学生は、学部生のなかにも大学院生のなかにもきわめてまれだと、彼女を褒めたそうだ。そして彼女は、いまだにロシア文学を愛している。ロシア語の文法を研究し、原書を読んでいる。でもそれ以上に楽しんでいるのは、ロシア文学について愚痴をこぼすことなのだ。

「まあね、すばらしい仕事に就けたとは思ってるわよ。トミー・ヒルフィガー？　シャネル？　オスカー・デ・ラ・レンタのアパートメント？　それも、初日で。正直な話、こんなことやってて、《ニューヨーカー》へ近づけるとはとても思えない。でも、そう決めつけるのは、はやすぎるのかもしれないわね。ともかく地に足がついた感じがしなくて」

「まっ、地に足がついた生活に戻りたくなったら、いつでもあたしのところにおいで」リリーがバッグからメトロカードを出した。「狭いスラム街が恋しくなったら、ハーレムで庶民の暮らしをしたくなったら、あたしの豪華な二十三平方メートルのワンルームをいつでもあけとくからさ」

わたしが支払いをすませ、別れぎわのハグをしたあと、リリーは七番街のクリストファ・ストリートからわたしのアパートメントまでの道のりを丁寧に教えてくれた。Lトレインの駅も、六号線の乗り換えも、九十六丁目の駅からの道もしっかり頭に入れてあるからだいじょうぶとリリーに言ったものの、彼女と別れるとわたしはすぐにタクシーに乗りこんだ。

きょう一回だけ、と心のなかでつぶやいて、運転手さんの体臭をかがないよう口で息をしながら、あたたかい後部座席に体を沈める。わたしも、もういっぱしの《ランウェイ》ガールだ。

それからの一週間は、初出勤の日とそれほど変わらない毎日だったから、気楽だった。金曜日の朝、七時に出勤すると、例によってエミリーが真っ白な受付にいて、わたしの写真つきのＩＤカードを渡してくれた。いつわたしの写真を撮ったのだろう。覚えがなかった。

「監視カメラで撮ったのよ」驚いているわたしを目にして、エミリーが説明した。「ここには監視カメラが、いたるところに取りつけてあるの。撮影のために集めた服やアクセサリーがよく盗まれて、大問題になってるのよ。出入りしているメッセンジャーが怪しいらしいんだけど、ときには編集者が出来心で盗む場合もあるみたい。だから、社員全員を追跡しているのよ」エミリーが自分のＩＤをカードリーダーにすべらせると、厚いガラスのドアがカチャッとひらいた。

「追跡？　追跡って、どういう意味？」

　エミリーはアシスタントのセクションに向かって、さっさと歩いていく。左右にふっている腰を包んでいるのは、セブンのコーデュロイのパンツ。体にぴったりとしたデザインで、色は茶色だ。あなたもセブンを十本くらい買っときなさいよとエミリーに言われたのは、昨日のことだった。ジーンズやコーデュロイをオフィスにはいていくことをミランダは禁じているけれど、セブンは例外らしい。もうひとつ許されてるのは、ＭＪね。でも金曜だけ。それも靴はハイヒールにしなきゃだめ。ＭＪって？　「マーク・ジェイコブス」彼女はいらだちもあらわにこたえたのだった。

「カメラとカードで、社員の動向をつかんでるのよ」エミリーはグッチのロゴがついたトートバッグを、どさっとデスクに置いて言った。それから、ものすごくタイトな革のジャケットのボタンをはずしだした。十一月下旬のいまの気候には、あまりにも薄すぎるジャケット。「なにかが紛失しないかぎり、じっさいにカメラを調べることはないんだろうけど、カードの記録を調べればなにもかもがわかるの。ロビーの受付を通るときや、このフロアの編集室にはいるときは、カードを機械に通さなきゃいけないから、社員がどこにいるかが一発でわかるって仕組みね。それで、ちゃんと働いているかどうか、確認してるらしい。だからもし、会社に来られないような用事があるときは——まあ、あなたの場合は、そんなことはないだろうけど、どうしてもせっぱつまった事情ができたときは——わたしにカードをあずけてちょうだい。代わりに機械に通しといてあげるから。そうすれば、休んでもお給料はちゃんともらえるからね。逆にわたしがあなたにお願いしたら、そうしてね。みんなそうしてるんだから」

〝まあ、あなたの場合は、そんなことはないだろうけど〟の発言に、どぎまぎしているわたしを尻目に、彼女は解説をつづけた。

「ダイニングで食事をするときもカードを使うの。デビットカードになってってね、会計のさいに食事代がお給料から引かれる仕組みになってる。当然、なにを食べたかも知られてしまうわけ」エミリーはミランダのオフィスの鍵をあけると、床にどすんとすわった。さっそくワインの箱を手にとって、ラッピングをはじめる。

「食べた物までチェックされるの？」と、わたし。このビルが盗撮をテーマにした映画《硝子の塔》の舞台に思えてきた。

「さあ、わからないけど。たぶんね。知られてしまうことだけは、たしかだわ。あとジムにどのくらい通ってるかも。ジムでもカードを使うことになってるから。それと、ニューススタンドでどういう本や雑誌を買ったかも。会社の秩序を保つのに役立つのよ、きっと」

会社の秩序を保つ？　社員が全員出勤しているのはどこのフロアか、ランチにオニオンスープとシーザーサラダのどちらを選んだか、ジムのトレーニングをどれだけ長くつづけられるか、などを把握するのが〝秩序〟を保つことだと考えている会社に、わたしは勤めてるってわけ？　なんて、なんて、ラッキーなんだろう。

早朝の五時半起きが四日もつづき、さすがに疲れていたわたしは、コートを脱いでデスクにすわる気力を出すのに、まるまる五分を要した。デスクにつっぷして、ほんのちょっとだけ休もうかと思ったとたん、エミリーが咳払いをした。それもやけに、大きく。「あのねえ、ここに来て、手伝ってくれない？」それは依頼ではなく、あきらかに命令だった。「ほらっ、ラッピングして」白い包装紙をこっちによこすと、エミリーはまたせっせと手を動かしはじめた。彼女のiマックに接続したスピーカーから、ジュエルの歌が大音量で流れている。

切って、置いて、折りたたんで、テープを貼る。午前中、エミリーとわたしは黙々と作業をした。手をとめたのは、二十五箱分のラッピングが終わるたびに、階下のメッセンジャーセンターに電話で連絡をしたときだけだった。ワインの箱は、わたしたちが十二月中旬にマンハッタンのありとあらゆる場所に配送してくれと指示を出すまで、メッセンジャーサービスに保管される。入社してからの二日間で、ニューヨーク以外の場所に配送するワインの包装は終えていた。それらはクロゼットに納められ、DHLの業者が引きとりにくるのを待っている。DHLに頼めば、どんな荷物でも翌日の朝のなるたけはやい時間に配送先に届くのに、どうしてこんなに急いでいるのかわからない。いまはまだ、十一月の下旬なのだ。でも、あえて問いたださないほうがいいということを、わたしはすでに学んでいた。フェデラル・エクスプレスで世界各地に送られるワインは、百五十本。ミランダのワインが、パリ、カンヌ、ボルドー、ミラノ、ローマ、フィレンツェ、バルセロナ、ジュネーヴ、ブリュージュ、ストックホルム、アムステルダム、ロンドンに配送される。ロンドンには何十本も！　北京、香港、ケープタウン、テルアヴィヴ、ドゥバイ（ドゥバイ！）に、送られるものもある。ロサンジェルスやホノルル、ニューオリンズやチャールストン、ヒューストンやブリッジハンプトンやナンタケットで、ミランダ・プリーストリーに敬意を表して口にされるワイン。それでも、ニューヨーク中に送るワインの数にはおよばない——なんといっても、ミランダの友人、掛かりつけの医者、お手伝いさん、ヘアスタイリスト、ベビーシッター、メイクアップ・アーティスト、精神科医、ヨガのインストラクター、パーソナルトレイナー、運転手さん、買い物相談係などがいるのは、この街なのだから。さらに当然ながら、ファッション業界のひとたちの大多数がこの街にいる。デザイナー、モデル、俳優、エディター、広告主、PR関係のひと等々、流行の先端をいくありとあらゆるひとたちが、イライアスのメッセンジャーが心をこめて一本いっぽん配送する、それぞれのレベルに合ったワインを受けとるのだ。

「費用は全部でどのくらいかかると思う?」分厚くて白い包装紙を鋏で切りながら――これで、百万枚目って感じ――わたしはエミリーにきいた。

「まえにも言ったでしょ。二万五千ドルぶんのワインを注文したんだって」

「ううん、そうじゃなくて、全部こみでいくらするかってこと。宅急便で世界中に配送するわけでしょ。場合によっては、ワインの値段より配送料のほうが高くつくかもしれない。それほど重要じゃないひとに送るキャンティの場合はとくに」

エミリーは好奇心を覚えたようだった。彼女がわたしに、うんざりしたり、いらだたしそうにしたり、無関心をあからさまにしたりする以外の顔を見せたのは、それがはじめてだった。「そうねえ。配送料は国内一律、二十ドルでしょ。国外は六十ドルだから、合計で九千ドル。メッセンジャーは荷物一個につき十一ドルもらえるそうだから、二百五十個送ると二千七百五十ドルかかるわけよね。で、わたしたちの人件費は、すべてをラッピングするのにかかる一週間ぶんのお給料で計算できるとして、お給料二週間ぶんになる。つまり四千ドルかかるわけで――」

と、そこで、わたしはびびってしまった。わたしたちのふたりの一週間ぶんの給料が、ほかの経費よりだんぜん安いとは。

「全部合わせて、だいたい一万六千ドルってとこかな。正気じゃないわよね？　でも、そうするしかないの。ミランダ・プリーストリーの命令なんだから」

一時ごろ、お腹が減ったからアクセサリー担当の女の子たちと階下でランチをゲットしてくる、と言ってエミリーが出ていった。わたしはてっきり、今週ずっとそうしていたように、ランチをテイクアウトしてくるのだと思い、彼女を待った。十分、十五分、二十分、まだ帰ってこない。わたしがこの会社につとめだしてから四日間、ミランダから電話がかかってくるかもしれないので、エミリーもわたしもダイニングで食事をとることはなかった。二時となり、やがて二時半、三時となった。そのころには、空腹のあまり仕事どころじゃなくなっていた。エミリーのケイタイに電話をしても、留守電につながるだけ。ひょっとして、ダイニングで死んじゃったのかも？　レタスを喉に詰まらせた？　スムージーを飲んだあと、がくっと前のめりに倒れた？　だれかに頼んでランチを買ってきてもらおうかとも思ったが、見ず知らずのひとにランチを買ってこいだなんて、女王様じゃあるまいし、とてもできない。そもそもわたしは、ランチを買ってこいと頼まれる立場にいる、使い走りの人間なのだ。そうなのよ、わたし、プレゼントを包装するっていう、とても大事な仕事をしているでしょ。いまは手がはなせないのよ。だからね、申しわけないんだけど、ターキーとブリーチーズのクロワッサンサンドを買ってきてくださらない？　なんて、まさかね。そういうわけで、四時をまわってもエミリーが戻ってくる気配はいっこうになく、ミランダからも電話がなかったので、わたしはとんでもないことをしでかした。その場を離れて、オフィスを無人の状態にしたのだ。

廊下にエミリーがいないことをたしかめてから、駆け足で受付に出ていって、エレベータのボタンを必死になってガチャガチャ押した。アジア系のきれいな受付係のソフィが、あきれたように眉を吊りあげて顔をそむけた。彼女が非難がましい態度をとったのは、わたしが血眼になって髪をふり乱しているからなのか、オフィスを勝手に抜けだしたことを彼女が見破ったからなのか、どっちだろう？　いずれにせよ、くよくよ考えている暇はない。エレベータがようやく来たものの、わたしが乗るか乗らないかのうちに、プーマのライムグリーンの靴をはき、髪をつんつんに立てた、ヘロイン中毒みたいにがりがりに痩せている意地の悪そうな男のひとがクローズボタンを押した。それでもなんとか乗りこんだけど、エレベータに乗っているひとたちは、わたしに場所をゆずるためにわきに寄ろうとはしない。そんなに混んでいるわけでもないのに。普段のわたしだったら頭にきただろうけど、そのときはできるだけはやくランチを買って、オフィスに戻ることしか考えていなかった。

ガラスと御影《みかげ》石でできたダイニングの入り口には研修中のかしまし娘の一団がたむろし

て、エレベータから降りてくるひとたちを品定めしては、顔をつきあわせてひそひそ内緒話をしていた。イライアスで働く新人のお仲間だ。このビルで働くことができて興奮を隠しきれない様子から一目瞭然なのよ、と以前エミリーが言っていたから、すぐにわかった。イライアス社のダイニングは信じられないくらいに豊富なメニューを取りそろえていて、味もたしかだ——社員がゴージャスなのは言うまでもないが——と、マンハッタンで発行されているほぼすべての新聞や雑誌が書いている。リリーはぜひダイニングに連れていってほしいと言ってるけど、わたしはどうも気が乗らない。それに、その日ごとにエミリーと時間をやりくりして、どちらか一方が必ずオフィスにいるように調整しているこれまでの状況からして、食事を選んで会計をすませるのに必要な百八十秒より長くダイニングにとどまることはいまのところできないし、この先それが可能になるようにも思えない。

　研修社員の横を通りすぎると、彼女たちの視線がいっせいにこっちに向けられたのがわかった。このひとは重要人物なのかしら、とわたしを値踏みしている。ちがうみたいね。

　ダイニングにはいったわたしは足早に迷うことなく、縫うように奥に進んでいった。棚にラムや子牛のマルサラソースといった豪華な料理が並んでいるアントレのコーナーを迂回し、ドライトマトとやぎのチーズのスペシャルピザ（隅に追いやられた小さなテーブルに置いてあった。ちなみにその一角は、〝炭水化物のコーナー《ピエス・ド・レジスタンス》〟と呼ばれている）の前を、意志も強固に通りすぎる。ダイニングのメイン料理、サラダバー（またの名を〝グリーン〟。〝グリーンで待ちあわせましょうね〟というように使う）を通過するのには苦労した。なにしろ飛行場の滑走路かと思うほどの長さで、四方からひとが群がっているのだ。それでも、最後の豆腐一切れを狙ってるわけじゃないと叫んだら、みんな道をあけてくれた。部屋のいちばん奥のほう、メイクアップカウンターにも似たパニーニのコーナーの後ろに、他のコーナーから離れて、ぽつんとスープコーナーがある。どうして他のコーナーから離れているのかというと、スープを担当しているシェフがこのダイニングでただひとり、低脂肪、脂肪分カット、脂肪分ゼロ、塩分控えめ、炭水化物控えめ、等を考慮した料理をつくることを拒否しているからだ。なにがあっても、断固として拒否している。その結果、このダイニングで列ができていない唯一のセクションが彼のテーブルとなっていて、わたしは毎日、スープのコーナーにまっすぐ走っていくのだった。社員のなかでスープを買うのはわたしひとりのようだったし――おまけにわたしは入社してまだ一週間も経っていないから――会社のお偉いさんは、スープのメニューを日替わりで一品だけに限定していた。きょうのスープは、チェダーチーズ入りのトマトスープだといいんだけど。でも残念ながら、大きなカップに記されていたのは、ニューインググランド風クラムチャウダーだった。生クリームがたっぷりはいってるよ、とシェフは誇らしげに言った。グリーンにいたひとが三人、ぎょっとしてふり返った。スープは手にいれたものの、特別テーブルにいっせいに群がったひとたちをうまく避けるのが、これまた一苦労だった。全身を白でかためた客員シェフが、彼の料理の熱狂的ファンと見受けられるひとたちのために、刺身の盛り合わせをちょうど並べているところだったのだ。糊がよくきいた白い襟元についている名札に目をやる。ノブ・マツヒサ。歓声をあげて彼に群がらない社員は、わたしひとりだけのようだ。彼がどういうひとなのかオフィスに戻ったら調べなくては、とわたしは心に留めた。ミスタ・マツヒサを知らないのと、ミランダ・プリーストリーを知らないのとでは、どっちがよりいけないことなのだろう？

会計をすませるとき、レジ係の小柄な女の子がスープにちらっと目をやってから、わたしの腰に視線をとめた。このまえも、そうしたわよね？　会社のいたるところで、頭のてっぺんからつま先までじろじろ見られることには、もはや慣れつつあるけど、彼女が非難がましい視線を向けているような気がした。テーブルにビッグマックを八個並べて食べている、体重が二百キロを超えている巨漢を見るみたいな視線。〝あなたの体は、ほんとにこれを必要としているの？〟といわんばかりに、上目遣いでこっちを見ている。でもきっと、わたしの考えすぎだろう。この女の子は、レジ係にすぎないのだ。体重に目を光らせている健康管理のカウンセラーじゃない。ファッション部の編集者でもないのだ。

「あのね。最近はスープを買うひとはあまりいないのよ」彼女がレジに数字を打ちこみながら、そっと言った。

「なるほど、ニューイングランド風クラムチャウダーは、一般受けするスープじゃないのかもね」わたしは口をもごもごさせて言うと、レジ係が口ではなくて両手をもっともっとはやく動かしてくれることを願いながら、ＩＤをカードリーダーにさっと通した。

すると彼女は手をとめて、茶色の目を細くせばめてわたしをまっすぐ見た。「ちがうわよ。スープのシェフが、すごく太る食材を使ってるって公言しているからだと思うわ。このスープのカロリーがどのくらいか、わかってる？　こんな小さなカップ一杯で、どれだけ太ると思ってるのよ？　はっきり言わせてもらうけど、このスープを見ただけで、四キロ太るひとだっているんじゃないかしら——」あなたの場合、四キロも太ったら大変なことになっちゃうわよ、といわんばかりの口調。

がーん。《ランウェイ》編集部のすらっとしたブロンドたちにじろじろながめられたときも、自分が中肉中背であるという確信が揺らぎそうになったけど、こんどは、あろうことかレジ係の女の子から事実上デブだと指摘されるとは。わたしはスープを入れた袋を引ったくると、人ごみを押しのけるようにしてトイレに向かった。よくしたもので、トイレはダイニングを出てすぐのところにある。食事をとりすぎた場合は、ただちに食べたものを吐きだせるようになっている、というわけ。今朝にくらべて太っていることも痩せていることもないはずだと頭ではわかっていたけど、鏡でたしかめずにはいられなかった。鏡をのぞきこむ。怒りにゆがんだ顔が、こっちをにらんでいた。

「こんなとこで、なにしてんのよ？」エミリーが鏡に映ったわたしに怒鳴った。さっとふり返ると、グッチのロゴつきトートバッグのハンドルに革のジャケットをかけているエミリーの姿が目にはいった。彼女はサングラスをさっと頭のうえに押しやった。そのときやっと、わたしは気づいた。三時間半まえにランチを食べにいくという意味だった言葉が、文字どおりの意味だったことに。あれは、どこかにランチを食べにいくという意味だったのだ。くわえるなら、会社の外へ、という意味。さらにくわえるなら、わたしはなんの連絡ももらえないまま、三時間ぶっつづけでひとりで留守番をして、食事にありつく見込みもなくトイレにも行けず、ひたすら電話のそばにはりついていなければならない、という意味。またさらにくわえるなら、わたしはオフィスを留守にしてはならないことを知っていて、もしそうしたら同年代のエミリーに怒鳴られることもじゅうぶんわかっているのだから、彼女が帰ってこなくても我慢しなくてはならない、という意味。と、そのとき、運良くドアが開いて、《コケット》のチーフ・エディターが大股でトイレにはいってきた。彼女がわたしたちふたりをながめわたしたのと同時に、エミリーはわたしの腕をつかんでトイレを出ると、エレベータまでわたしを引っ張っていった。彼女に腕をつかまれていると、オネショをした子どもみたいな気分になった。昼日中《ひるひなか》、誘拐犯が女性の背中に銃を突きつけ、拷問が行なわれる地下室へ彼女を連れていきながら、声をひそめて脅し文句を囁いている映画のワンシーンのようだ。

「よくも、とんでもないことをしてくれたわね」エミリーは《ランウェイ》の受付のドアの奥へわたしをぐいぐい押しやりながら、小声で噛みつくように言った。急ぎ足で廊下を歩き、アシスタントのセクションへなだれ込むようにして戻る。「シニア・アシスタントのわたしは、この部屋の責任者なのよ。あなたが新人だってことはわかってる。でも初日に言ったはずでしょ、ミランダにいつでも対応できるようにしておかなきゃいけないって」

「そんなこと言ったって、彼女は留守にしてるもの」わたしの声は悲鳴に近かった。

「でもあなたがいないあいだに彼女から電話があって、だれも出なかったって場合もありうるでしょうが！」ドアをばたんとしめて、エミリーは怒鳴った。「わたしたちがいちばん優先しなきゃいけないのは、ミランダ・プリーストリーなの。ほかのことは、どうでもいいの。それが嫌だったら、べつに構わないのよ。この仕事にどうしても就きたいっていう若い女性は、それこそ何百万といるんだから。ほらっ、留守電をチェックして。もし彼女から電話がきてたら、わたしたちは一巻の終わりよ。あ、いや、あなたは一巻の終わりなのよ」

いっそのこと自分のｉマックのなかに潜りこんで、死んでしまいたい気分。最初の一週間で、こんなとんでもないミスを犯すなんて。まだ一緒に働いてもいないのに、わたしはミランダを裏切るようなことをしてしまった。お腹が空いたからって、なんだというの？食事なんか、後回しにすればいい。この編集部には必死で仕事に取り組んでいるほんとに重要なひとたちがいて、わたしを当てにしているのに、そのひとたちを裏切ってしまった。

わたしは留守電をチェックした。

「もしもし、アンディ。ぼくだよ」アレックスだ。「いまどこ？　電話に出ないなんて、はじめてだよね。今夜のディナーが待ちきれなくってさ。だいじょうぶだよね？　場所はどこでもいい。きみにまかせる。折り返し電話をくれよ。四時以降は、職員室にいるから。じゃあね」ふいに申しわけない気分になった。なぜなら、ランチの大失態が原因で今夜の予定を変更しようと思っていたから。この一週間はひどく忙しくてアレックスとデートする暇もなかったから、今夜はふたりっきりで、どこかすてきな店でディナーを食べようとわたしたちは約束していた。でも、ワインを飲んだらそのまま眠ってしまってデートを楽しむどころじゃなくなるだろうし、今夜は独りで過ごしたかったのだ。あとで彼に電話して、デートを明日の夜に変更していいかどうか、きかなくては。

エミリーは横でわたしを見張りながら、自分の留守電を確認している。わりあい穏やかな顔をしているところを見ると、ミランダからクビをほのめかすようなメッセージは届いていないらしい。わたしは首を左右にふって、自分のところにもミランダからメッセージが届いていないことを伝えた。

「もしもし、アンドレア。キャラよ」つぎのメッセージは、ミランダのベビーシッターからのものだった。「じつはね、いまさっきミランダから電話があったの」――ぎくっ――「オフィスに電話をしたけど、だれも出ないって言ってたわ。なんかあったんだろうなって思って、あなたとエミリーとついさっき話をしたばかりですって伝えといた。でも、心配しないで。《ウィメンズ・ウェア・デイリー》の記事をファックスしてくれっていう用事だったんだけど、わたしの手元にあったのよ。ちゃんと届いたかどうか確認も取ったから、気を揉まなくてもだいじょうぶ。とりあえず、報せておいたほうがいいと思ってね。それはともかく、よい週末を。また連絡するわ。じゃあね」

命の恩人。キャラはまさに天使だ。彼女へのわたしの思いは、恋心といってもいいと思う。だから知り合ってまだ一週間しか経っていないことが、信じられない——それも顔を合わせたことはなく、電話で声しか聞いていないのだ。キャラはあらゆる点で、エミリーと正反対。穏やかで、肝がすわっていて、ファッションにはぜんぜん興味がない。ミランダにばかげた面があることはじゅうぶん承知しているけど、不満はいっさい言わない。自分の愚かしさも他人の愚かしさも同時に笑い飛ばせるという、まれにみる広い心の持ち主なのだ。

「ないわ。彼女のメッセージはなかった」わたしはにっこり笑いながらエミリーに言った。ちょっとばかり嘘だけど、まったくの嘘というわけじゃない。「わたしたち、なんとか助かったみたい」

「わたしたちじゃなくて、あなたがね」エミリーがそっけなく言った。「よく覚えておいて。わたしたちは一緒に仕事をしているけど、責任を問われるのはわたしなの。たまにランチをとりに外に出るときくらいは、わたしの代わりにしっかり留守番して――わたしにだって、そのくらいの権利はあるはずよ。きょうみたいなことは、二度とないように。わかった？」

言い返してやりたい気持ちを、ぐっとこらえる。「ええ」と、わたし。「わかったわ」

それからは残りのワインのラッピング作業にとりかかり、なんとか七時までにはすべてをメッセンジャーサービスに引き渡した。エミリーはオフィスを留守にした一件について二度と口にすることはなかった。タクシーに崩れるようにして乗りこんだのが八時（タクシーを利用して帰るのは、ぜったい今夜かぎりにするつもり）、十時には服を着たままベッドにどさっと倒れこんでいた。食料を調達しに外に出て近所で迷子になるのは、それまでの四日間で懲りていたから、食事もまだしていなかった。愚痴を聞いてもらうべく、真新しいバング＆オルフセンのケイタイでリリーに電話をする。

「はい！　今夜はアレックスとデートだと思ってたけど」と、リリー。

「うん。そういう予定だったんだけど、わたし、死ぬほど疲れてるのよ。アレックスが、デートは明日にしようって言ってくれたの。外でディナーじゃなくて、デリバリーを頼むつもりだけど。ところで、そっちはどう？」

「一言で言うなら、めっちゃくちゃよ。想像もつかないようなことがあった、っていう言い方もあるかな。うーん、そうでもないか。人生なんていろんなことが——」

「前置きはいいわよ、リル。こっちは、いまにも気を失いそうなほど疲れてるんだから」

「わかったわよ。きょう研究発表があったんだけど、すごくキュートな男性が来てたの。最初から終わりまで、ずっと熱心に発表を聴いてくれてね。会が終わったあと、あたしを待ってたのよ。で、お茶でもどうですかって誘ってきたの。あたしがブラウン大学で発表した学位論文について、話がしたいってね。その男性、あたしの論文を読んだことがあるんだって」

「すごいじゃない。どういうひとなの?」リリーはアルバイトが終わったあと、ほぼ毎晩のようにいろんな男性とデートをしているけど、彼女の分数を満たすような男性はまだ現われていない。リリーが男性を採点する分数法なるものを編みだしたのは、いつの夜だったか、わたしたちの数人の男友だちが、つきあっている女の子に独自の採点方法で点数をつけているのを耳にしたからだった。男友だちのジェイクが、彼らの言うところの女の子の十段階評価に基づいて、前の晩に紹介された広告会社の秘書をしている女の子に「あの娘《こ》は、六点と八点で、Bプラスってとこだな」と点数をつけたのだ。十点満点の評価のうち、最初の点数は顔で、二番目はスタイル。三番目は人柄だけど、それは点数ではなくてアルファベットで評価する、と世間では決まっているものらしい。それでリリーは、男の評価はもっといろんな面から決まるはずだと独自の分数法を開発したのだった。項目の数はじめて十個。その項目に見あえば、十分の一ずつ点が増えていく。完璧な男性は、最初の五項目をすべて持っているひと。知性、ユーモアのセンス、すばらしい肉体、すてきな顔、世間的に〝ごく普通〟と見なされる仕事。でも、完璧な男性はまずいないから、次の五項目で点数を加算していくことができる。具体的には、頭のイカレた元の恋人がいない、頭のイカレた両親がいない、つきあっている女の子をレイプするルームメイトがいない、仕事以外に熱中していること、もしくは趣味をもっている(ただしスポーツやアダルトビデオ鑑賞はべつ)。リリーがこれまで出会ったなかで最高の点数を獲得したのは十分の九の男性だったが、彼にはふられてしまったとのことだ。

「でね、最初は、確実に十分の七はいくだろうって思ったの。イェール大学で演劇を専攻してて、おまけにゲイじゃない。イスラエルの政治問題をすごく理知的に語ることができて、〝あの連中は核爆弾でぶっ殺せばいい〟なんて野蛮なことはぜったいに言わない。いい感じだったのよ」

「なるほど、たしかにね。だったら、なにがだめだったの。はやく教えてよ。任天堂のテレビゲームの話を、嬉々としてしてたとか?」

「だったら、まだいいわよ」ため息をもらした。

「あなたより痩せてるとか?」

「だったらまだ許せる」気落ちした声。

「それ以上に許せないことって、いったいなんなのよ?」

「そのひと、ロングアイランドに住んでいて――」

「リリー! だったら、住んでいる場所が離れているだけのことでしょうが。だからって、つきあえないわけじゃないでしょう。なに子どもみたいなこと言って――」

「両親と一緒にね」リリーはわたしの話をさえぎった。

　あらま。

「この四年間ずっと」

　おやまあ、ほんとに。

「でね、いまの生活を気にいってるんだって。ママとパパとこんなにうまくいってるんだから、こんな大都会で一人暮らしをしようとは思ってもみないんだそうよ」

「うわわっ! もうそれ以上、言わないで。出会ったその日に十分の七がいきなりゼロになるなんて、いまだかつてないことだよ。その男性が、記録を塗りかえたってわけね。おめでとう。あなたのほうが、表向きはわたしよりもひどい一日だったみたい」身を乗りだして、足で寝室のドアをしめようとしたまさにそのとき、シャンティとケンドラが帰ってきた。彼女たちの声以外に、男性の声も聞こえてくる。彼女たちのどちらかに、カレシがいたっけ? 引っ越してきてから十日ほど経つけど、彼女たちのほうがわたしより長い時間働いているのか、ふたりの姿を見かけたのは合計でわずか十分程度だった。

「そんなにひどかったわけ？　あんたがひどい日を、過ごすはずはないでしょうが。なんてったって、ファッション業界で働いているんだから」

ドアを静かにノックする音がした。

「ちょっと待って。だれか来た。どうぞ！」狭い部屋にはいくぶん大きすぎる声で、わたしはこたえた。きっと物静かなルームメイトのどちらかがやってきて、賃貸借契約書にわたしの名前を加える件で、大家さんに電話をしたかどうか（してません）、もしくは、紙皿をちゃんと買い足したかどうか（買ってません）、はたまた、電話の伝言を書き留めておいたかどうか（書いてません）、おずおずときくのだろうと思ったが、現われたのはなんとアレックスだった。

「あのね、あとでまたかけなおす。アレックスが来たから」彼に会えてうれしかったし、思いがけない訪問に胸がときめいたものの、いまはともかくシャワーを浴びてベッドに潜りこみたいと、心の片隅では思っていた。

「わかった。彼によろしくね。自分が十分の十の完璧な男性を射止めたラッキーガールだってこと、忘れちゃだめだよ。申し分のない男だもん。ぜったいに手放さないようにね」

「はい、はい。なんといっても、子どもたちの守護天使だもんね」わたしはアレックスにほほえんだ。

「じゃ、またね」

「ハイ！」わたしはなんとか起きあがると、ベッドから離れてアレックスに近づいた。「びっくりしたわ！」抱きつこうとしたけど、彼は一歩しりぞいた。両手を後ろに回している。「なに？」

「べつに。この一週間は大変だっただろう。きみのことだから、食事もしていないんだろうと思ってさ。食料を持ってきたってわけ」大きな茶色い紙袋を前に出した。学校に持っていくランチのような紙袋。おいしそうな匂いのする油染みができている。わたしはそのとたん、空腹を感じた。

「嘘でしょ！　どうしたら食料を調達する気になれるんだろうって思いながら、いまのいままでどうしても気力が出なかったこと、どうしてわかったの？　食事にはもうありつけないな、ってあきらめかけてたのに」

「だから来たんだよ。ほらっ、食べて！」彼はうれしそうに紙袋をあけたけど、わたしの寝室の床には、ふたりがすわるスペースはない。キッチンも狭いからリビングで食べようかと思ったけど、リビングのテレビの前にはシャンティとケンドラがいて、そばに置いたテイクアウトのサラダに手をつけないまま倒れていた。《リアル・ワールド》を観終わってからサラダを食べようとしていたようだが、そのまえに眠ってしまったらしい。わたしたちはなんて優雅な生活を送っているんだろう。

「ちょっと待って。いい考えがある」アレックスは物音を立てないようにして、そっとキッチンへ向かった。特大のゴミ袋を二枚手にしてわたしの寝室に戻ってくると、青いベッドカバーの上に広げた。油が染みこんだ紙袋のなかから、大きなハンバーガー二個と、特大サイズのフライドポテトを取りだす。彼はケチャップの小さなパッケージをいくつかと大量の塩を、忘れずに持ってきてくれた。おまけに、なんと、ナプキンも。わたしは大喜びして手を叩いたけど、その瞬間、ミランダの非難がましい顔が目に浮かんだ。ねえちょっと、ハンバーガーを食べてるわけ？

「これだけじゃないんだ。ほらっ、これもね」彼はさらにバックパックから、いろいろ取りだした。バニラの香りのする小さいアロマキャンドルをひとつかみ、スクリューキャップの赤ワイン、紙コップふたつ。

「嘘みたい」わたしは小さな声で言った。デートをキャンセルしたわたしに、これほど気をつかってくれるなんて夢のようだ。

紙コップにワインを注いでわたしに渡すと、自分のコップにコツンと当てた。「嘘じゃないよ。きみの第二の人生の最初の一週間の話を、ぼくが聞きのがすとでも思う？　ぼくの一番大切なひとへ、乾杯」

「ありがとう」わたしはワインにゆっくりと口をつけて言った。「ありがとう。ありがとね。ほんとに、ありがとう」

6

「あら、まあ。この方が、噂に聞いたファッション雑誌の編集者さん？」ジルが玄関の扉をあけるなり、わざとらしい歓声をあげた。「どうかこちらにいらして、お顔をちょっと拝見させてちょうだい」

「ファッション雑誌の編集者？」わたしはふんっと鼻を鳴らした。「まさか。ファッション業界なんて、悲惨なものよ。文明の世界に、おかえりなさい」わたしはジルを抱きしめた。彼女を放したくなくて、十分ほどそうしていただろうか。ジルがスタンフォード大学に入学し、わずか九歳のわたしを両親のいる家に残して旅立っていったときは、寂しくてしかたなかった。でも、それよりもつらかったのは、彼女が恋人――いまの夫――と一緒にヒューストンに移ったときだった。そう、ヒューストン！　湿度が高くてじめじめしていて、耐えがたいまでに蚊がうじゃうじゃしている場所というイメージしかない。それだけならまだしも、あの姉――聡明で美しく、新古典主義の芸術をこよなく愛し、詩を朗読させれば聴く者の心をとろけさせてしまう姉――が、南部訛りの英語を話すようになってしまった。それも、どことなく愛嬌のある南部風の語り口に、かすかな訛りが感じられるというのではない。南部の教養のない白人特有のもったりとした訛りをむきだしにするようになったのだ。義理の兄のカイルはいいひとだけど、あんな辺鄙《へんぴ》な場所に姉を連れていったことをわたしはいまだに許していないし、彼が口をひらくたびにげんなりする。

「やあ、アンディ。会うごとにきれいになるな」が、会うごとにぃ、きれーになるなあ、といった感じ。「《ランウェイ》では、社員になにを食わしてるんかな？」

テニスボールを口に突っこんで、これ以上しゃべれないようにしてやりたかったけど、カイルはこっちの気も知らずに笑いかけてきたから、わたしは彼に近づいてハグしてやった。田舎訛りがあっても、不自然なまでにしょっちゅうにたにた笑っていても、彼は彼なりにがんばっているのだし、姉をほんとうに大事にしてくれている。カイルがなにを言っても、あからさまに顔をしかめないよう最大限に努力しようと、わたしは心に誓った。

「じつのところ、わきあいあいとした職場じゃないの。なんであれ、大変な場所なんだから。でも、気にしないで、カイル。あなたはすばらしいわ。あの惨めな街で、姉が退屈しないようにしてくれているんだもの。でしょ？」

「アンディ。今度、遊びにきてくれよ。アレックスと一緒に。ちょっとした息抜きになる。田舎もそう悪くないわな」わたしにニヤッと笑いかけると、ジルに顔を向けた。姉は笑みを返して、手の甲でカイルの頬をそっとなでた。ほんとにまあ、仲がよろしいこと。

「ほんとよ、アンディ。あそこにだって豊かな文化はあるし、けっして退屈しないわ。もっと頻繁に遊びにきてちょうだい。ここでしか顔を合わせないなんて、寂しいわよ」ジルは腕を広げて、実家のリビングをぐるっと指し示した。「エイヴォンに我慢できたんだから、ヒューストンにだって我慢できるはずよ」

「アンディ、着いたのね！ ジェイ！ 大都会ニューヨークのキャリアウーマンが帰ってきたわよ。顔を出して、迎えてあげてちょうだい」母がキッチンから出てきて声を張りあげた。「駅に着いたら、電話をくれるんだと思ってたのよ」

「ミセス・マイヤーズが、わたしとおなじ列車に乗っていたエリカを迎えにきてたの。だからうちまで、乗せてくれたのよ。食事はいつごろ？ お腹がぺこぺこよ」

「まずはとりあえず、シャワーを浴びたら？ 待っててあげるから。列車にずっと揺られてたんだから、ちょっと汗もかいたでしょう。そうしたほうが、さっぱり――」

「ママ！」わたしは母に目配せした。

「アンディ。元気そうだね。さあ、さあ、父さんにハグをしておくれ」五十代の半ばのいまでもすごくハンサムで長身の父が、ほほえみながらホールに出てきた。後ろにアルファベットのタイルでマス目に単語をつくるゲーム、スクラブルの箱を隠し持っていて、脚の横からちらっとだけわたしに見せた。父はみんなの視線が自分からそれたのを見計らってから、その箱を指さして、声には出さずに言った。「父さんがぜったいに勝つからな。覚悟しておけよ」

わたしはほほえんで、コクンとうなずいた。普通だったら逆なのかもしれないが、大学時代に帰省したときよりも、社会人になったいまのほうが、家族と過ごす休日の二日間を楽しみにしていた。感謝祭は毎年うきうきするけれど、今年はとりわけ胸が弾んでいる。

わたしたちはダイニングで、母が手ぎわよく注文した大量の料理をしこたま食べた。母がユダヤ教徒流に変更をくわえた、毎年恒例の感謝祭前夜のご馳走だ。ベーグル、スモークサーモン、クリームチーズ、ホワイトフィッシュ、ラートカなどを使い捨ての丈夫な皿にきれいに並べ、各人が紙皿にとってプラスティックのナイフとフォークで食べるのが、わが家のやり方だ。子どもたちが食事をぱくつく様子を、母は愛情のこもった笑みを浮かべながら、誇らしげにながめる。まるで、可愛いベイビーに栄養をあたえて立派に成長させるために、一週間かけて料理をつくったといわんばかりの顔だ。

わたしはみんなに、あたらしい仕事の話をした。わたし本人もまだよくわかっていない仕事の内容を、できるだけうまく説明しようとした。一瞬だけ、不安になった。スカートの取り寄せとか、プレゼントをラッピングして配送するのに何時間かかったかとか、小さなIDカード一枚でなにもかも知られてしまうとか、すごくばかげた話かもしれない。現場での切迫感や、仕事をしている最中は一つひとつの業務がとても意義のある、重要なものに思えるのだということを、うまく言葉で説明するのはむずかしい。いくら言葉を重ねても、あの世界をどうやって説明したらいいのかわからなかった。距離にすれば列車で二時間程度しか離れていないのに、じっさいにはべつの太陽系に属するように感じられる世界。みんな笑みを浮かべながらしきりにうなずいて、いかにも興味ありげに質問をしてきたけど、ミランダ・プリーストリーという名前を耳にしたことがないひとたちにとっては——かくいうわたしも、何週間かまえまではそうだったのだが——まるで勝手がちがう、ひどく突拍子もない異次元の話で、とうてい理解できなかったはずだ。わたしにしても、まだあまり理解していなかったのだから。とりあえずわかっているのは、ささいなことに大騒ぎしすぎるときもあるし、ミランダが独裁的な権力を握っている感がすくなからずあるけれど、刺激的ではある、ということだけ。それにクールだ。否定の余地なく、たしかに超クールな職場。でしょ？

「だったら、アンディ、一年間楽しくつとめられそうなのね？　ってことは、もっと長くつとめたくなるかもよ」塩味のベーグルにクリームチーズを塗りながら、母が言った。

イライアス＝クラーク社との契約では、わたしは一年間ミランダのアシスタントをつとめることになっていた。といってもそれは、クビにならなければの話。いまのところ、クビになる可能性はかなり高い。それはともかく、一年間てきぱきと熱心に働いてそれなりに有能だと認められれば、次にどういう職に就きたいか希望を出せる。契約書に明記してあったわけではなく、人事部のひとやエミリーやアリソンが、そうほのめかしていただけだけど。おそらく《ランウェイ》のべつの部か、よくてもイライアスのどこかの部署だろうけど、フィーチャー部で書評を担当する仕事から、ハリウッドのセレブと《ランウェイ》との橋渡しの仕事まで、自由に選ぶことができる。過去にミランダのアシスタントを一年つとめた十人のスタッフは、全員《ランウェイ》のファッション部門に昇進したけど、わたしはその先例に従うつもりはなかった。ミランダのもとで働く一年間を、普通だったら三年から五年耐えなければならないアシスタントの仕事をさっさと切りあげて、一流の職場で意義のある仕事に就くための究極の足掛かりと見なしていたのだ。

「まあね。これまでのところ、みんな親切にしてくれるし。エミリーはいくぶん、ええっと、なんというか、肩に力がはいりすぎてるけど。それをべつにすれば、いい職場よ。よくわからないけど、リリーから試験の話を聞いたり、アレックスから職場のいざこざを聞いたりするかぎり、わたしはかなりラッキーなほうだわ。初出勤の日に、運転手つきの車に乗ってお使いにいっただなんて、ほかの仕事じゃ考えられない。わたしは本気で、よかったと思ってる。そう、きっとすばらしい一年になるわ。ミランダが戻ってくるのが待ち遠しい。いまからわくわくしているの」

ジルがあきれたように目をむいて、心にもないことを言っちゃだめよ、と言わんばかりの視線をこっちに向けた――わたしたちはわかってるのよ、あなたが拒食症のファッション至上主義者たちに囲まれて、頭のイカレた女ボスにつかえていることを。あなたはその世界についていけない自分を感じているから、きれいごとを並べたてているのよ。でもじっさいには、「すごいじゃない、アンディ。ほんとにすごいわ。すばらしいチャンスよ」と言っただけだった。

この席でほんとのことを理解できるのは、おそらく姉だけだろう。いま暮らしている文明後進地に落ち着く以前、一年間パリのこぢんまりした私設の美術館で働いていたし、オートクチュールの世界に興味をもった時期もあったのだ。ジルの場合は、ショッピングに精を出したというより、オートクチュールの芸術性や美意識に関心があったのだが、いまでもファッション業界についての情報をある程度は仕入れている。「わたしたちも、いい報せがあるのよ」ジルはつづけて言うと、テーブル越しにカイルに手を伸ばした。彼はコーヒーカップを置いて、両手で姉の手をつつんだ。

「んまあ、すばらしい」母が即座に声を張りあげ、この二十年間肩にのしかかっていた九百キロのダンベルをようやく取りのぞいたみたいに、身を乗りだした。「そろそろ、そういう時期だものね」

「ふたりとも、おめでとう！　こう言っちゃなんだが、母さんもずいぶん心配してたんだぞ。新婚時代は、もうとうに過ぎているはずだから。気になりだしていたんだよ、その、どうなっているのかって……」上座にすわっていた父が、眉をあげた。

「やったじゃない。わたしもついに叔母さんになる、ってわけね。で、予定はいつなの？」

ジルとカイルは啞然としている。その瞬間、とんでもない誤解をしているのかもしれないと不安になった。ふたりの〝いい報せ〟というのは、いま住んでいる湿地にもっと大きな家を新築するとか、カイルがいま勤めている父親の弁護士事務所を辞めて、ジルと一緒に彼女の永年の夢だった画廊をオープンするとかいう話なのかもしれない。ひょっとして両親とわたしは、未来の姪や孫を待ち望むあまり早合点をしたのかもしれない。なにせ最近のうちの両親ときたら、姉とカイルは結婚四年目で、ふたりとも三十代にはいっているのに、どうして子どもをつくらないのだろう、とことあるごとに飽きもせずに口にしているのだ。その問題はこの六カ月間で、家族の長年の悲願からあきらかな危機へと変わりつつあった。

姉は困ったような顔をした。カイルは表情を曇らせている。父と母は、重苦しい沈黙に耐えきれないのか、いまにも失神しそうな様子だ。緊張が高まった。

ジルが席を立ってカイルのそばへ行くと、彼の膝にすわった。彼の肩に腕をまわして顔を近づけ、耳もとでなにやら囁いている。わたしは母にちらっと目をやった。あと十秒もしたら卒倒しそうだ。不安のあまり、目もとの小じわが溝みたいに深くなっている。

わたしたちをさんざんじらしたあとで、ジルとカイルはくすくす笑いだし、こっちへ向きなおると声をそろえて言った。「赤ちゃんができたの」するといきなり、その場がパッと明るくなった。歓声。ハグの嵐。母はいきなり席を立ちあがって椅子を倒し、さらにはスライド式のガラス戸のそばに置いてあった鉢植えのサボテンを倒してしまった。父はジルを抱きしめ、両頬とおでこにキスをした。それから、カイルにも。わたしの記憶にあるかぎり、父がカイルにキスをしたのは姉たちの結婚式以来のことだ。

わたしはブラックチェリー味のソーダの缶をプラスティックのフォークで叩いて、乾杯をしようと声を張りあげた。「みなさん、グラスを持って。あらたにサックス家の一員となる赤ちゃんに乾杯」カイルとジルが、わたしをじろっと見た。「まあね、厳密にはハリソン家の赤ちゃんだけど、やっぱりこっちとしては、サックス家の赤ちゃんだって思いたいの。世界一すばらしい赤ちゃんの、すばらしいパパとママになるカイルとジルに、乾杯」わたしたちはソーダの缶やコーヒーのマグをカチンとぶつけて、笑みを浮かべているジルとカイル、そして、まだぜんぜん膨らんでいないジルのお腹に乾杯をした。わたしが残った料理をそっくりゴミ袋に捨てて後片づけをするあいだ、母は亡くなった親族の名前を赤ちゃんにぜひつけるようにとジルに迫っていた。カイルはコーヒーをちびちび飲みながら、黙ってにこにこしていた。真夜中近くなると、父とわたしはスクラブルをしに父の診察室にそっと向かった。

診察室にはいると、父は雑音を消す低音を発するホワイトノイズマシンをさっそくつけた。日中、患者さんを診るときに使うもので、家のなかの物音を消すだけじゃなく、患者さんとの会話を家族のだれかに聞かれないようにする働きもしている。父は良心的な精神科医の例にもれず、部屋の奥の一角にグレーの革のカウチを置いていた——肘掛けに頭をあずけると、すごく柔らかくて気持ちいい。さらには、横たわったひとを包みこむように、カウチの前に椅子を三脚、コの字型に置いている。父の説明によると、子宮のイメージなのだそうだ。つやつやした黒いデスクの上には、液晶画面のパソコンのモニター。デスクとおなじ色の黒い革の椅子は背もたれが高く、とても立派だ。壁ぎわにはガラス戸つきの本棚があって、心理学の本がずらっと並び、床に置いてあるクリスタル製の丈の長い瓶に、竹が何本か生けてある。額にはいったカラーブロックの版画——この部屋の唯一の色彩——が、モダンな部屋のイメージを完璧なものにしている。わたしがカウチとデスクのあいだの床にどしんと腰をおろすと、父もおなじようにすわった。

「さて、ほんとうのところを話してくれるかな」父はスクラブルをするべく、アルファベットのタイルを並べる小さな木のホルダーをこっちに渡して言った。「ほんとは悩んでいるってことは、わかってるんだ」

わたしはタイルを七枚手にとって、ホルダーにきれいに並べた。「うん。この二週間は大変だった。まず引越ししなきゃいけなかったし、それから仕事もはじまったし。すごく変な職場なの。うまく説明できないけど。みんな美人で、スリムで、すごくおしゃれな格好をしてる。だれもが掛け値なしに、感じがいいのはたしかね。ほんとにフレンドリーなのよ。全員が強い向精神薬を飲んでるって感じ。でも……」

「でも？　なんなんだい？」

「なんといったらいいのかわからない。砂上の楼閣っていうのかしら、地に足がまったくついていない業界なの。ファッション雑誌の世界で働くなんてばかげている、っていう気がどうしてもしちゃうのよ。これまでのところ、頭を使わない仕事ばかりしているんだけど、それは気にしてない。目新しい仕事だから、じゅうぶんやりがいはある」

父はうなずいた。

「〝カッコいい仕事〟だってことはわかってる。でも、この仕事が《ニューヨーカー》への第一歩になるんだろうかって、いつも疑問に思ってしまうの。これまでが嘘みたいに順調だったから、このさき悪いことが待っているにちがいないって思っているだけなのかも。たぶん、わたし、どうかしているんだよ」

「どうかしている、とは思わないよ。くよくよ考えすぎているとは思うがね。まあたしかに、運がよかったな。おまえがこのさきの一年で見聞きすることを、一生のうちで体験できる人間はそういない。考えてもみなさい！　大学を出たてで、世界でもっとも知名度の高い出版社に就職したんだぞ。おまけに、その出版社のなかでもっとも利益をあげている雑誌の編集部の、もっとも高い地位にある女性のもとで働けるんだ。その業界のことを、隅から隅までつぶさに知ることができるはずだ。注意をおこたることなく、なにが一番大切かきちんと心得ていれば、一年のあいだに、その世界にずっと身を置いているたいていのひとよりも多くのことを学べるはずだ」父は最初の単語を、ボードの中央に置いた。$\boxed{J_8}$$\boxed{O_1}$$\boxed{L_1}$$\boxed{T_1}$。

「最初の一手としては、悪くないわね」わたしはアルファベットの横に記してある点数を足した。最初の単語はボードの中央のピンクのますめにアルファベットの一文字がかかるように置かれるから、その点数を倍にする。スコアカードに数字を書きこむ。父、二十二点。アンディ、〇点。わたしのホルダーに並んでいる文字タイルは、平凡なものばかりだ。$\boxed{L_1}$に$\boxed{A_1}$と$\boxed{M_3}$と$\boxed{E_1}$を加えて、かろうじて六点稼ぐ。

「気分に流されずに、冷静にならなきゃだめだぞ」父がホルダーのタイルをいれかえながら言った。「考えれば考えるほど、おまえにとってすばらしいチャンスだと、父さんは思うがな」

「だといいんだけどね。プレゼントをラッピングするために、えんえんと包装紙を切ってたのよ。もっとましな仕事がなきゃ、やっていけない」

「だいじょうぶ、きっとあるさ。そう焦るな。くだらない仕事をやらされているように感じるだろうが、断じてそんなことはない。すばらしい将来への第一歩なんだ。父さんは、おまえのボスのことも調べてみた。ミランダはなかなか手ごわい女性らしい。まちがいなくね。でもおまえはきっと、好感をいだけるはずだ。彼女もおまえを気に入るだろう」

父はわたしの$\boxed{E_1}$を使って、$\boxed{T_1}$$\boxed{O_1}$$\boxed{W_4}$$\boxed{E_1}$$\boxed{L_1}$という文字をつくると、満足そうな顔をした。

「そうであることを祈ってるわ、パパ。ほんとにパパの言うとおりだといいんだけど」

「彼女は編集長なんですよ、《ランウェイ》の——ご存知よね、有名なファッション雑誌だから」わたしはいらだつ気持ちをぐっとこらえ、電話の相手に向かってせっぱつまった口調で囁いた。

「はい、はい。知ってますとも！」ジュリアが言った。彼女は『ハリー・ポッター』シリーズを出している〈スコラスティック・ブックス〉の広報アシスタントだ。「おもしろい雑誌よね。〝わたしのドジ体験〟に載ってる、読者の女の子たちの投稿記事、よく読ませてもらってるわ。あれって、ほんとにヤラセじゃないの？　この前のあの記事、覚えてる？　ほらっ——」

「ちがう、ちがう。うちの雑誌はティーンエージャー向けじゃないのよ。大人の女性にターゲットをしぼった雑誌なの」じっさいのところはどうなのか知らないけど、すくなくともそういうことになっている。「ほんとに《ランウェイ》を知らないの？」知らないなんてことが、はたしてありうるわけ？「それはともかく、姓のスペルはP—R—I—E—S—T—L—Y《プリーストリー》。名前は、そうミランダ」辛抱強く言う。わたしがミランダ・プリーストリーの名前を知らない人間と電話で話していると知ったら、当のミランダはどういう反応をするだろう？　まっ、喜びはしないでしょうね。

「ともかく、できるだけはやく返事をいただけると、ほんとにありがたいわ」と、わたし。

「広報部の責任者が戻ってきたら、すぐに折り返し電話するように伝えてちょうだい」

十二月中旬の金曜日。あと十時間だけ我慢すれば、仕事から解放される。待ちに待った週末だ。ファッションをてんで知らない〈スコラスティック〉のジュリアに、ミランダがほんとうに偉い人物で、彼女の命令となれば規則を曲げて例外的な措置をとれるはずだということを納得させるのに、わたしは四苦八苦していた。ジュリアは想像以上に、手ごわかった。この世で一番ステータスのあるファッション雑誌の名前——というか、その雑誌の名高い編集長の名前すら耳にしたことがない人物を説得するために、ミランダのポストがいかに重要か説明するはめになるとは、思ってもみなかった。ミランダのアシスタントとして働きだしてからわずか四週間で、こんなふうに高飛車な態度に出たり下手《したて》に出たりするのも業務のひとつであること、さらには説得やら脅しやら威嚇やらで丸めこまなければならない相手も、こっちが泣く子も黙るボスの名前をひとたび口にすれば、たいていはあっさりと折れてくれるということに、わたしははやくも気づいていた。

でも、今回はどうもツイてない。ジュリアの会社は教育書の出版社で、すばらしい毛皮を着ていることで有名な人物よりも、ノラ・エフロンやウェンディ・ワッサースタインといった作家のほうを、特別待遇するところなのだ。まあ、わからなくもない。五週間まえにミランダ・プリーストリーという名前をはじめて耳にした以前の自分を思いだそうとしたけど、思いだせなかった。でも、そういうすばらしい時期も、わたしにはたしかにあったはず。ジュリアの無知がうらやましかったけれど、これはあくまで仕事だし、その点からいえば、彼女は役に立たなかった。

もっか問題となっているのは、くそいまいましい『ハリー・ポッター』の第四巻。明日の土曜日に、出版社が全国の本屋に発送する予定となっているが、ミランダの十歳の双子が、それぞれ一冊ずつ欲しいと言っている。本屋に並ぶのは月曜日だけど、わたしは土曜日の午前中までに入手しなければならない――出版社の倉庫から発送されしだいすぐに。ハリーとその仲間たちが、パリ行きの自家用機に乗れるようにしなければならないのだ。

そのとき電話が鳴って、わたしの物思いは中断された。いままでは、ミランダの用事はすべてまかせたわよとエミリーに言われているから、いつものように受話器をとる。はあーっ、彼女からの電話――一日に二十件以上はあるだろうか。あんなに離れた場所にいるというのに、ミランダはいつの間にかわたしの生活に忍びこんで、すっかり乗っとってしまった。矢継ぎ早に発せられる命令、命令、また命令。朝の七時から、ようやく退社させてもらえる九時まで、それはつづく。

「アーンドレーア？　もしもし？　聞こえてる？　アーンドレーア？」彼女がわたしの名前を口にしたのを耳にしたとたん、わたしは椅子から立ちあがった。ミランダがオフィスに――ううん、この国にすらいなくて、すくなくとも当分は身の安全が保障されていることとを思いだすのにしばらくかかった。エミリーから聞いたところによると、アリソンが昇格してわたしがあらたなアシスタントになったことを、ミランダは完全に忘れているらしい。そういった些細なことは気にかけない、とのことだ。だれかが彼女の電話に出て、必要なものを用意しさえすれば、そのだれかが何者であろうとどうでもいい、というわけ。「受話器をとってから電話に出るまでになんでこんなに間が空くのか、さっぱりわからないわ」と、ミランダ。ほかの人間だったらいかにも愚痴っぽく聞こえるセリフだけれど、ミランダはひどく冷ややかできっぱりした口調で言った。いかにも、彼女らしい。「勤めてからまだ日が浅いからわかってないのかもしれないけど、わたしが電話をしたら、すぐに受けこたえをしなさいよ。そんなの、きわめて簡単なことじゃない。でしょ？　わたしが電話をする。あなたが受ける。そのくらいできるわよね、アーンドレーア」

目の前にミランダがいるわけでもないのに、わたしはスパゲッティを天井に放り投げて叱られた六歳の子どものようにうなずいた。彼女のことをマダムと呼ばないように気をひきしめる。一週間まえにそう呼んで、あやうくクビになりかけたからだ。「はい、ミランダ。申し訳ありません」うなだれて、小声でこたえる。その瞬間は、ほんとうに申し訳なく思っていた。彼女の言葉が頭に伝わるのが普段より十分の三秒遅くなったことを申し訳なく思い、「ミランダ・プリーストリーのオフィスです」と受けこたえをするのが、一秒の何分の一か遅れたことを申し訳なく思っていた。普段から何度となく言いきかされているように、ミランダの時間はわたしの時間にくらべて、はるかに貴重なのだから。

「わかったわ。じゃ、かなり時間を無駄にしたけど、用件にはいってかまわないわね？ミスタ・トムリンソンの予約は入れた？」

「はい。〈フォーシーズンズ〉に一時ということで、ミスタ・トムリンソンのお名前で予約をとっておきました」

どうせこんなことになるだろうと、予想はしていた。〈フォーシーズンズ〉に予約をして、ミスタ・トムリンソンとミランダの運転手さんとベビーシッターにその件を報せてくれと電話で指示を受けたのは、わずか十分まえのこと。で、今度はおそらく予定を変更する電話だ。

「でもね、気が変わったの。彼がアーヴとランチをするのに、〈フォーシーズンズ〉はふさわしくない。〈ル・シルク〉に二名、予約して。奥の席にしてください、って、支配人に忘れずに注文するのよ。道路に面した、ショーウインドウみたいな場所はだめ。ぜったいに奥の席。以上、おしまい」

はじめてミランダと電話で話したとき、「以上、おしまい」というのは、きっと彼女の辞書のなかでは「お願いね《サンキュー》」という意味なのだろうと思った。二週目までには、その考えを改めざるをえなかったけど。

「わかりました。ミランダ。ありがとうございます《サンキュー》」わたしはほほえみながらこたえた。

電話の向こうの彼女が、わたしの応対にどうこたえたものかと一瞬ひるんだのがわかる。お願いねの一言も言わない彼女に、わたしが当てこすりをしたことに、はたして気づいただろうか？　さんざんこきつかわれているのに感謝の言葉を返してくるなんて、妙だと思っているだろうか？　ここのところ、ミランダの皮肉たっぷりのコメントや電話による横柄な命令を耳にするたびに、彼女への感謝の念に耐えなくなってきているから、このしっぺ返しで、わたしは思いがけず胸がすくような気分が味わえた。ミランダは、わたしが当てこすりをしたことに気づいているはずだ。でも、なんと言い返してくるだろう？　アーンドレーア、二度とサンキューなんて言わないでちょうだい。そんなやり方でわたしへの感謝の気持ちを伝えるのは許さないわよ！　まさか、そこまでは言わないか。

〈ル・シルク〉、〈ル・シルク〉、〈ル・シルク〉と頭のなかでくり返し、とっとと予約の電話をしようと思いたつ。そうすれば、どう見てもレストランの予約より手ごわい『ハリー・ポッター』の一件に、すぐにまた戻ることができる。〈ル・シルク〉の予約はすぐにすみ、ミスタ・トムリンソンとアーヴの席を用意してもらえるよう約束をとりつけた。

そのとき、エミリーがのんびりとした足取りでオフィスにはいってきて、ミランダから電話があったかときいてきた。

「わずか三件ね。電話の最中に、クビにするっておどかされることもなかったわ」わたしは胸を張って言った。「もちろん、それとなくほのめかされたけど、はっきりとおどかされたわけじゃない。進歩じゃない？」

　エミリーは笑ったけど、わたしが自分の情けない体験をおもしろおかしく話したときだけに見せる笑い方だった。それから、教祖様のミランダがどういう用件で電話をしてきたのかきいた。

「ミスタ・おとぼけのランチの予約を変更してくれ、って用件。あのひとにだって秘書がいるんだから、どうしてわたしがこんなことしなきゃいけないのかわからないけど、でも、ねえ、まさかそんなこと言えないし」ミランダの三番目の夫のことを、わたしたちは陰でミスタ・見えない、聞こえない、話せない、と呼んでいる。表向きはそんなふうには見えないけど、内情を知っているわたしたちは、彼が鈍感で見ることも、聞くことも、話すこともしないのを知っている。彼みたいに善良な男性がミランダとの暮らしに耐えている理由は、それ以外に考えられない。

　おつぎは、問題のおとぼけに電話だ。すぐに電話をしないと、約束の時間までにレストランに行けないだろう。彼は仕事の打ち合わせのために、バカンス先からこの何日か帰国している。きょうのアーヴ・ラヴィッツ——イライアスークラークのCEO——とのランチは、もっとも大切な打ち合わせだった。ミランダはなにもかも細部にいたるまで、完璧にしたいようだ。まるでふたりがはじめて顔を合わせるミーティングであるかのように。ミスタ・おとぼけのほんとうの名前は、ハンター・トムリンソン。ふたりが結婚したのは、わたしがここに入社するまえの夏のことで、聞くところによると、結婚にいたるまでのプロセスは世にもまれなものだったらしい。ミランダのほうが積極的で、トムリンソンは弱腰だったのだ。エミリーいわく、ミランダがしつこく迫ったから、彼はそれをかわすのに疲れ果てて、結婚を承諾したとのこと。彼女は二番目の夫（六〇年代後半にすごく人気のあったロックバンドのリードヴォーカル。双子の父親）をいきなりお払い箱にして、あとの法律的な手続きは弁護士にまかせ、離婚が成立したちょうど十二日後に再婚した。ミスタ・トムリンソンは彼女の命令にしたがって、五番街の高級アパートメントの最上階に移ってきた。わたしがミランダと会ったのはたったの一回で、その夫とは一度も顔を合わせたことがなかったけど、ふたりとは電話で何時間も話をしていたから、ミランダとその夫を自分の家族のように感じていた。あまり喜ばしいことじゃないけれど。

電話の呼び出し音が鳴る。三回目、四回目、五回目……ふーむ、ミスタ・トムリンソンの秘書はどこで道草を食っているのだ？　わたしは電話が留守電に切り替わることを祈った。世間話がお好きらしいおとぼけと、他愛もないおしゃべりをする気分には、きょうはとてもなれない。が、しかし、秘書が電話に出た。

「トムリンソンのオフィスです」張りきった声だけど、間延びした南部訛りがむき出しだ。

「どのようなご用件でしょう？」どーのよーな、ごよーけんでしょー？　といった感じ。

「もしもし、マーサ。アンドレアよ。あのね、ミスタ・トムリンソンに代わってもらう必要はないの。これから言うことを、彼に伝えといて。例の予約は――」

「なに言ってるの、あなたからの電話だったら、ミスタ・トムリンソンはいつでも出たがるのよ。ちょっと待ってて」お断わりする暇もなく、保留メロディ用に編曲した、ボビー・マクファーリンの《ドント・ウォーリー・ビー・ハッピー》が受話器から流れてきた。完璧だ。電話を待っているひとたちを楽しませるために、この世で一番陽気な、げっそりするような曲を選んだおとぼけはなかなかセンスがいい。

「アンディ、ほんとにきみなの？」やがて彼が電話に出て、渋くて貫禄のある声で穏やかに言った。「ミスタ・トムリンソンは、きみに避けられているような気がしていたんだよ。きみの声を聞くのは、ほんとにひさしぶりだ」正確には、一週間と半。見えない、聞こえない、話せないのおとぼけにくわえて、ミスタ・トムリンソンには自分のことを他人みたいに三人称で呼ぶ気障ったらしい癖がある。

わたしは気をしずめるべく、深呼吸をした。「こんにちは、ミスタ・トムリンソン。ミランダから言伝があります。一時のランチの場所は〈ル・シルク〉だそうです。ミランダのお話では――」

「ねえ、きみ」ゆっくりとした、静かな口調でさえぎった。「きょうの予定の話なんか、ちょっとでじゅうぶんだ。ほんの一時《いっとき》、おじさんに楽しみを与えておくれ。ミスタ・トムリンソンに、きみの暮らしぶりを聞かせておくれ。いいだろ？　ぜひ聞きたいんだよ。ぼくのワイフのもとで働くのは楽しいかい?」ぼくのワイフのもとで働くのが楽しいかって? ふーむ、そうねえ。いたいけな哺乳類の赤ん坊たちが、猛獣にひとのみで食われるときに、はしゃぎ声をあげるはずないでしょうが。ええ、もちろん、おじさまのワイフのもとで働くのは、むちゃくちゃ楽しいわよ。仕事が忙しくないときは、みんなで泥のパックを顔に塗りっこして、カレシの話で盛りあがるの。年がら年中、パジャマ・パーティをしてるって感じかな。毎日がお祭り騒ぎよ。

「ミスタ・トムリンソン、この仕事はすごくやりがいがあるし、ミランダはすばらしいボスです」わたしは息を殺して、彼がおしゃべりを打ちきってくれることを祈った。

「そうか。ミスタ・トムリンソンは、なにもかも順調にいってて、ぞくぞくするほどうれしいよ」ほっ、いちおう話をまとめてくれた。それにしても、ぞくぞくするほどうれしいって、どういうこと?

「それはどうも、ミスタ・トムリンソン。ランチを楽しんできてください」週末の予定はどうなっているかと、彼がお決まりの質問をしてくるまえに、わたしはさっさと電話を切った。

椅子の背にもたれて、部屋をながめわたす。エミリーが、二万ドルまで借りられるミランダのアメックスの請求書を、必死で照合確認している。その表情は真剣そのもので、ワックスで処理した細い眉が中央に寄っている。『ハリー・ポッター』の一件が、わたしにば。いますぐなんとかしなければ、重くのしかかっていた。週末の計画をふいにしたくなければ。

今週末はリリーとふたりで、ビデオを観まくるつもりでいる。わたしは仕事で疲れきっているし、リリーは大学の課題でストレスがたまっているから、週末のまる二日間は彼女のカウチでくつろいで、ビールとドリトスだけで食事をすませてだらだら過ごそうと約束したのだ。スナックウェルは、いっさいなし。ダイエットコーラも、いっさいなし。それと、黒のパンツはぜったいにはかない。ニューヨークに来てから、リリーとはしょっちゅう連絡をとりあっているけど、ふたり一緒の時間はほとんど過ごしていないのだ。

わたしたちは八年生からのつきあいだ。リリーとはじめて会ったのは学校のカフェテリアだったけど、彼女はひとりぼっちで泣いていた。両親がとうぶん戻ってこないことがはっきりしたために、おばあさんのもとに引きとられ、わたしの通っている学校に転校してきたばかりのことだった。リリーの両親はグレートフル・デッドの追っかけで（リリーを十九歳のときにつくったふたりは、子どもよりもマリファナが好きだった）、数カ月まえから各地を転々とする旅に出ていた。残されたリリーは、ニューメキシコを根城にしているコミューン（リリーはもっぱら、〝共同体〟と呼んでいるが）のヒッピーたちに育てられることになった。一年ほどしても両親が帰ってこなかったから、おばあさんがリリーをコミューン（リリーのおばあさんはもっぱら、〝カルト集団〟と呼んでいるが）から引きとりエイヴォンに連れてきた、というわけだ。リリーがカフェテリアでひとりぼっちで泣いていたのは、ちょうどその日、おばあさんにむさ苦しいドレッドヘアを切られ、むりやりワンピースを着せられたショックからだった。「それはあなたの、すごく禅的な面だよ」とか、「ともかく、減圧しようよ」とかいったようなリリーの独特の話し方や言い回しに魅力を感じたわたしは、すぐに彼女と仲良くなった。それからは、高校でもいつも一緒だったし、ブラウン大学での四年間もずっと部屋をシェアしていた。リリーはマックの口紅と麻のネックレスのどっちが好きかときかれるとこたえに詰まるし、まだいくぶん〝ヘンなところ〟があって世間の常識に従うのが苦手だけど、わたしたちは互いの欠点をよくおぎないあっている。わたしはリリーが恋しくてならなかった。彼女は大学院の一年生で、わたしはまるで奴隷みたいにこき使われていたから、最近は顔を合わせることがめっきり減っているのだ。

この週末が待ちきれない。連日の十四時間労働が、わたしの脚や二の腕や腰に深刻な影響をおよぼしてきている。この十年間はずっとコンタクトだったけれど、ドライアイがひどくてとても着けられないから、いまはメガネをかけている。一日でタバコを一箱吸って、スターバックス（いうまでもなく、費用がかさむ）とテイクアウトのスシ（さらに費用がかさむ）だけで、生きながらえている状態。すでに、体重が減りだしている。赤痢で痩せたぶんはあっという間に元に戻ったけれど、《ランウェイ》で働くようになったら、また体重が落ちてきた。ここで働いていると自然にそうなってしまうのだろう。というか、この職場が異常なまでに食事制限にこだわるせいかもしれない。副鼻腔炎にすでに一回かかったし、顔色もひどく悪い。それでもまだ、つとめだしてから四週間しか経っていないのだ。わたしはまだ若い、二十三歳。ミランダが職場に戻ってこないうちから、この有様。まったく、先が思いやられる。週末はぜったいに、体を休めなきゃ。

ただでさえ忙しいところへ『ハリー・ポッター』が飛びこんできて、わたしはげんなりした気分だった。その件でミランダから電話をもらったのは、今朝のこと。ミランダが希望の品をわたしに伝えるのにかかった時間はわずか数分だったけど、わたしがそれを理解するにはかなりの時間が必要だった。とはいえ、ミランダ・プリーストリーの世界においては、訛りが強くてわかりにくい彼女の命令が理解できない場合でも、本人に質問をするよりは、見当違いのことをして、それを修正するのに多大な時間とお金を費やすほうがいいということを、わたしは入社してすぐに学んだのだった。そういうわけで、ミランダが『ハリー・ポッター』を双子のために調達して、パリに送れとかなんとか電話で言ってきたときも、わたしがとっさに理解したのは、週末がつぶれるかもしれないということだけだった。数分後、彼女がさっさと電話を切ると、わたしはパニックを起こしてエミリーのほうに顔を向けた。

「ああっ、どうしよう、いったいどういう用件だったんだろ」ミランダを恐れるあまり、もう一度説明してくださいと頼めなかった自分を呪いながら、わたしはうめいた。「ミランダの言葉が、ひとつも理解できないのはどうして？　こっちのせいじゃないわよね。とりあえず日常的に、英語を話してるんだから。きっと、わたしを混乱させるために、わざとわかりにくい言葉でしゃべってるんだわ」

エミリーはいつものように、いらだちと哀れみが混じった目でわたしを見た。「その本は月曜日に発売されるけど、アメリカにいない彼女は買えないから、二冊手にいれてニュージャージーのテターボロ空港まで届けろってことでしょ。自家用のジェット機が本をパリまで運んでくれるから」エミリーは冷ややかな口調で要約すると、あほらしい命令だと思うんだったら素直にそう言ったらどうよ、といわんばかりの顔でわたしを見た。わずかなりともミランダを喜ばせることだったら、エミリーはなんでも、ほんとうになんでもやることを、わたしはいまいちど思いだし、目をむいて黙りこんだ。

ミランダの命令のために週末を一秒たりとも犠牲にしたくなかったし、自由に使えるお金と権限（といっても、彼女の権限）はかぎりなくあったから、わたしはその日の残りを、ハリー・ポッターがジェット機でパリに飛べるよう計らうことに費やした。手はじめに、〈スコラスティック〉のジュリアに手紙を書く。

ジュリアへ

アシスタントのアンドレアから、あなたに心からのお礼を伝えるべきですと言われたので、ペンをとりました。なんでも、問題の本を二冊手配してくれる方はあなたしかいない、とのこと。そのためにあなたが機転をきかせて、力をつくしてくださっていることを、とても感謝しております。娘たちも非常に喜ぶことでしょう。つきましては、わたくしでなにかお力になれることがありましたら、遠慮なくおっしゃってください。あなたのような、すばらしい女性のためだったら、なんでもさせていただく所存です。

XOXO《キスハグキスハグ》
ミランダ・プリーストリー

わたしはミランダのサインを完璧に真似ると（M《ミ》i r《ラ》a n《ン》d a《ダ》の最後のaはいくぶん丸まった感じにするのよと、エミリーが何時間もつきっきりで指導してくれたおかげで、なんとかうまくできた）、まだ店頭に並んでいない《ランウェイ》の最新号をその手紙につけて、ダウンタウンの〈スコラスティック〉社に至急送ってくれと、メッセンジャーサービスに渡した。この作戦がうまくいかなかったら、もうなにをやってもだめだろう。ミランダはわたしたちが彼女のサインを偽造しても、いっこうに気にしない――それで、彼女自身こまごまとした雑事をやらなくてすむからだ――が、わたしがミランダの名前をかたって、ひどく礼儀正しい、ひどく感じのいい手紙を書いたことを知ったら、きっと激昂するだろう。

ほんの三週間まえであれば、ミランダから電話があって週末も働くように命じられたら、ためらうことなく週末の予定をキャンセルしただろう。でもいまやわたしも経験をつんでいるから――いや、疲れ果てているからというべきか――すこしくらい楽をしたっていい、という気分になっている。ハリーが明日テターボロ空港に着くとき、ミランダや娘たちはニュージャージーの飛行場にいないのだから、わたしがわざわざハリーに同行する必要などない。ジュリアがわたしのために本を二冊手配してくれるという予想のもと、いや手配してほしいと祈るような思いで、わたしは根回しをつづけた。ひたすら電話をかけまくると、一時間もしないうちに具体的な計画が見えてきた。

〈スコラスティック〉の共同編集アシスタントのブライアンが――二、三時間以内に、ジュリアから許可を得て――土曜日にわざわざオフィスに出向くのは大変だからと口実をつけて、社内用の『ハリー・ポッター』を二冊、今晩家に持ち帰る。彼はその本をアッパーウエストサイドにある彼のアパートメントのドアマンにあずける。わたしは明日の朝十一時にミランダの運転手さんのユリがその本を取りにいくよう手配する。ユリはテターボロ空港に向かう途中でわたしのケイタイに電話をして、本をたしかに受けとったことを報せてくれるだろう。『ハリー・ポッター』は無事にミスタ・トムリンソンの自家用ジェットに積まれて、パリへと運ばれる。この作戦の手順をKGBみたいに暗号化しようかとふと思ったけど、ユリがまともな英語をしゃべれないのを思いだして、やめておいた。DHLだと最速でいつまでにパリに着くか問いあわせてもみたが、ひょっとしたら月曜日になるかもしれないとのこたえが返ってきたので、宅急便を当てにするのはやめた。となると、自家用ジェット機に頼るのみだ。なにもかも順調にいったら、日曜日にパリの高級ホテルのプライベートスイートで目覚めたキャシディとキャロラインが、朝のミルクを飲みながらハリーの冒険を心ゆくまで楽しめる――それも、オトモダチよりも丸一日はやく。感動のあまり、大げさじゃなく胸が熱くなった。

車の手配をして、関係者にてきぱきと指示を与えてから数分後、ジュリアから折り返し電話がかかってきた。いささか骨が折れることだし、彼女自身もあとで責められるかもしれないが、ミズ・プリーストリーのために一肌脱いで、ブライアンに本を二冊渡しましょう、とジュリアは請けあってくれた。はあー、助かった。

「彼が婚約しただなんて、信じられる?」リリーが観おわったばかりの《フェリスはある朝突然に》を巻き戻しながら言った。「あたしたち、二十三歳なのよ――なんだってそう急ぐんだろ?」

「たしかに、妙よね」わたしはキッチンからこたえた。「身をかためたら、莫大な信託財産に手をつけてもいいって、両親に言われてたんじゃない？　彼女の指に婚約指輪をはめさせた動機は、きっとそれよ。それとも、ただ寂しかっただけだったりして」

リリーはわたしに目をやってげらげら笑った。「当然ながら、彼女を好きになることと、残りの人生ずっと連れ添っていく覚悟を固めることはべつでしょ。そんなことくらい、あたしたちだって知ってるじゃないよ」

「まあね。だったら、寂しかったっていうのは、ちがうわね。じゃあ、なんなんだろ」

「うーん、だったら、三番目に考えられる理由を挙げてみるわね。彼、ゲイなのよ。最近ようやく自分の性癖に気づいて――あたしは以前からそうじゃないかとうすうす思ってたけど――両親に打ち明けたら大変なことになるって思ったから、身近にいた女の子ととりあえず偽装結婚をすることにした。どう思う？」

つぎに観ることになっているのは《カサブランカ》で、リリーが最初のクレジットを早送りしているあいだ、わたしはリリーの狭いキッチンでホットチョコレートをつくるべく、電子レンジにカップを入れていた。彼女はコロンビア大学の学生街モーニングサイドハイツにある、がらんとしたワンルームの部屋を借りている。わたしたちは金曜日の夜からずっと、ごろごろしていた――体を動かすのは、タバコを吸ったり、おつぎの超大作映画をビデオデッキにいれるときだけ。さすがに土曜日の午後には体がなまってきたから、何時間かソーホーをぶらついた。リリーの部屋でひらかれるニューイヤー・パーティのときに着るタンクトップをそれぞれ買って、オープンエアのカフェで特大サイズのエッグノッグをふたりでわけあって飲んだ。くたびれていたけど幸せな気分で、ワンルームに戻り、それからまたTNTで《恋人たちの予感》や《サタデー・ナイト・ライブ》を観て過ごした。わたしはすっかりリラックスして、当たり前と感じつつある息苦しさから解放されていたから、日曜日に電話が鳴るまで『ハリー・ポッター』の一件をすっかり忘れていた。げっ、彼女からだ！　つぎの瞬間、リリーが自分のケイタイを耳に当て、ロシア語でだれかと話しはじめた——きっとクラスメイトだろう。ふうーっ、助かった、助かった、助かったわ。彼女からじゃなかった。とはいえ、だからといって安心はできなかった。いまはもう日曜の朝だけど、例のくそいまいましい本は無事パリに着いたのだろうか？　週末を思いっきり楽しんだために——じっさい、すっかり気を抜いていた——確認をするのを怠っていた。もちろんケイタイの電源はオンにしてあるし、着信音も最大にセットしてあるけど、ちゃんとチェックするべきだった。問題が起こってだれかから電話がかかってきても、そのときにはもう手遅れなのだから。練りに練った複雑な作戦がうまくいったかどうか、あらかじめ一人ひとりに確認の電話を入れるべきだったのだ。

お泊まり用のバッグをあわてて探って、《ランウェイ》編集部からプレゼントされたケイタイを探す。ミランダがつねに近くにいることを、思い知らされる電話。バッグの下に詰めこんだ下着のなかから、ようやく目当ての物を探り当てると、わたしはまたベッドにどさっと横になった。着信ナシとのメッセージが小さな画面にすぐさま出たが、わたしは即座に直感で、ミランダがかけてきた電話はすぐに留守電につながったのだろうと察した。このケイタイが、心から憎い。自分のアパートメントに取りつけた、バング&オルフセンの家庭用の電話すら憎い。リリーの電話も、電話の広告も、雑誌に載っている電話の写真もみんな憎たらしい。ついでにいえば、電話を発明したグラハム・ベルですら憎たらしい。ミランダのもとで働いていると、好ましくない影響が日々の生活にたくさん出てくるが、なかでももっとも尋常でないのが、重症の電話恐怖症だった。

ほとんどのひとにとって、電話の音はうれしい報せだ。自分を忘れずにいてくれただれかが、近況をたずねたり、誘いをかけたりしてくれるのだから。わたしにとって、電話の音は恐怖をもたらすものにほかならない。いきなり強烈な不安に見舞われて、心臓がバクバクいってパニックを起こしてしまう。つぎつぎと開発される電話の便利なサービスを、目新しいものと、いや楽しいものと思っているひとがいる。でもわたしにとって、そういった機能はまさしく必要不可欠なものだ。以前はキャッチホンなど使ったこともなかったけど、《ランウェイ》のアシスタントになった数日後には、キャッチホンサービスを利用するようになった（そうすれば、ミランダが電話をかけてきたときに、通話中になっていることはない）。くわえて、着信の通知サービス（つまり、彼女の電話を避けられる）、通話中にかかってきた電話の着信の通知サービス（つまり、ほかのひとと話しているとき、彼女の電話をとらずにすむ）、留守番電話サービス（彼女が電話をかけてきても留守電に切り替わるから、わたしが電話を避けていることを悟られずにすむ）も。一カ月五十ドルの利用代金——長距離電話だと、それにまた料金が加算される——も、それで心の安定がはかれるのなら安いものだ。いや、心の安定をはかるというのともちょっとちがう。危険をあらかじめ察知できる、というべきかも。

ケイタイには、そういう予防線がない。まあ、家庭用の電話と機能はおなじだが、ケイタイがオフになっている理由はひとつもない、というのがミランダの持論なのだ。ケイタイがつながらないなどということは、断じてあってはならない、というわけ。ケイタイ——《ランウェイ》編集部の人間ならば、だれでも持たされる必需品——をエミリーに渡されて、いつでも電話に出られるようにしておけと言われたとき、わたしがケイタイに出られない状況をいくつかあげると、そんなのは理由にならないと、彼女は即座に切りすてた。

「眠っているときにかかってきたら、どうするの？」愚かにもわたしはきいた。

「飛び起きて、電話に出るのよ」爪にやすりをかけながら、エミリーはこたえた。

「高級レストランで食事をしているときも？」

「ニューヨーカーは、ディナーの席でもケイタイに出るのよ」

「婦人科の検診を受けているときは？」

「耳を検診されてるわけじゃないでしょうが」はい、はい。たしかに。

いまいましいケイタイ電話。でも、無視するわけにはいかない。それはへその緒みたいにわたしをミランダにつなぎとめ、この息苦しい状況をもたらす源からわたしが羽ばたいたり、自由になったり、脱出したりするのを禁じている。ミランダはひっきりなしにこのケイタイに電話をしてくるが、わたしはパブロフの条件反射の実験でノイローゼになったかのように、着信音が鳴るととっさに反応してしまう。トルル。心臓がどきどきしはじめる。トルルル。無意識のうちにこぶしをかため、背中が緊張する。トルルルル。ううっ、どうしてわたしを放っといてくれないの。お願い、お願いだから、わたしは死んだものとあきらめてちょうだい——額に汗が噴きだしてくる。この至福の週末、わたしはケイタイが壊れたかもしれないとはけっして思わず、問題が起こったらかかってくるだろうと呑気にかまえていた。それがそもそものまちがい。わたしは狭い部屋を歩き回り、AT&Tが営業を開始したのと同時に、息を殺して留守電をチェックした。

リリーと週末を大いに楽しんでねとの、母の愛情のこもったメッセージ。出張で今週ニューヨークに行くから会わないかと、サンフランシスコにいる友人。夫のカイルにバースデー・カードを忘れずに送ってよ、と姉。さらには、予想していなかったものの、ひょっとしたらと思っていた人物からのメッセージ。例の耳障りなイギリス訛りの英語が、耳元できんきん響く。「アーンドレーア。ミラーンダよ。パリでは日曜の朝の九時になってるけど、娘たちの手元にはまだ本が届いていないわ。リッツのわたしの部屋に電話して、じきに到着するって安心させてちょうだい。以上、おしまい」ガチャン。

怒りが込みあげてくる。例によって、彼女のメッセージには気配りがいっさいない。こんにちはも、さようならも、ありがとうもない。いうまでもなく。でも、それよりかにより、このメッセージが吹きこまれたのはおよそ半日まえなのに、わたしはまだ折り返し電話をしていない。クビになるかも。いまさらどうしようもないけど。わたしは仕事を把握していないズブの素人みたいに、すべてうまくいくだろうと高をくくっていた。本を受けとって飛行場に届けたことを、ユリが電話で報せてこないことすら気に留めていなかった。アドレス帳を調べて、いそいでユリのケイタイに電話をした。ちなみにユリのケイタイも、彼が週七日二十四時間態勢で電話に対応できるよう、ミランダが買い与えたものだ。

「もしもし、ユリ、アンドレアよ。せっかくの日曜日に、ごめんなさい。きのう、例の本をアムステルダム街の八十七丁目でちゃんと受けとったかどうか、ちょっと気になって電話したの」

「やあ、アンディ。あんたの声が聞けるなんて、うれしいこった」彼は強いロシア語訛りのある、くぐもった声で言った。ユリの訛りを耳にすると、わたしはいつも心がなごむ。はじめて会ったときすぐに、幼いころから知っている優しい叔父さんみたいに、彼はわたしをアンディと呼んだ。おとぼけにそう呼ばれると鳥肌が立つけど、ユリだったらぜんぜん嫌じゃない。「もちろん、言われたとおり本を受けとったさ。あんたの頼みを、無視したとでも思ってるのかい？」

「ううん、ちがう。そうじゃないのよ、ユリ。ただ、ミランダからメッセージが吹きこまれててね。まだ届いてないらしいの。だから、なにか手ちがいがあったのかなと思って」

ユリは口をつぐんでいたが、しばらくして、きのうの午後に発った自家用ジェット機のパイロットの名前と電話番号を教えてくれた。

「ふうっ、助かるわ。ありがと。ありがとね」わたしは電話番号をあわてて書きとめた。どうかこのパイロットが、手を貸してくれますように。「もう切らなきゃ。ろくにお話しできなくてごめんなさい。いい週末を過ごしてね」

「はい、はい。あんたもいい週末を過ごしてくれよ、アンディ。本の件についちゃ、たぶんこのパイロットが力になってくれっから。幸運を祈るよ」ユリは朗らかな声で言って、電話を切った。

リリーはワッフルをつくりはじめていて、一緒にキッチンに立ちたい気持ちは山々だったけど、失業したくなかったらいますぐこの件をなんとかしなければならなかった。でも、もうとっくにクビになってるのかも。だれもそれを報せてこないだけだったりして。《ランウェイ》以外の職場だったら考えられないことだけど、ハネムーンの最中にクビになったファッション部の編集者がいた。自分がクビになったのを知ったのは、そのことについて書かれた《ウィメンズ・ウェア・デイリー》の記事をパリで読んだときだったらしい。

わたしはユリが教えてくれた電話番号にさっそく電話をしたが、呼び出し音が留守電に切り替わると、ショックのあまり目の前が真っ暗になった。

「もしもし、ジョナサン？　わたし、《ランウェイ》のアンドレア・サックスです。ミランダ・プリーストリーのアシスタントをつとめている者ですが、きのうのフライトのことでうかがいたいことがあるの。あっ、でも、あなたはまだパリにいるのかも。それとも、アメリカに戻ってくる途中とか。えっとね、わたしが知りたいのは、ほらっ、なんというか、もちろんだいじょうぶだとは思うんだけど、あなたがパリに本をちゃんと届けたかどうかってことだけなの。折り返し、わたしのケイタイに電話をくれるかしら？　番号は917－555－8702。できるだけはやくお願いします。よろしくね」

リッツに電話して、問いあわせようかとも思った。パリ郊外に着いた自家用ジェット機で運ばれてきた本を取りにいった車が戻ってきたかどうか、コンシェルジュにきくのだ。でもつぎの瞬間、はたと思いだした。わたしのケイタイは国際電話として使えない。ひょっとしてこれは、はじめから失敗すると定められた任務なのかもしれない。と同時に、けっしてないがしろにできない仕事でもあるのだが。と、そのとき、ワッフルとコーヒーができたわよとリリーの声がした。キッチンに取りにいく。リリーはブラッディマリーを飲んでいた。げっ。日曜日の朝っぱらから。よくもお酒なんか飲めるわね。

「ミランダの用事？」可哀相にといわんばかりの顔で、わたしに言った。

わたしはうなずいた。「今度こそ、とんでもないヘマをしでかしちゃった」ありがたい気持ちで、ワッフルを受けとる。「今度ばかりはクビかもね」

「まったく、もう。いつもそう言ってるわよ。クビにされっこないって。必死で働いてるあんたの姿を、彼女はまだ見たこともないんだから。いずれにしても、あんたをクビにしたって、なんのメリットもないんだしさ——あんたはこの世で一番すばらしい職に就いてるんだよ！」

わたしはなんとか平静を保ちながら、リリーに疑いの目を向けた。

「だって、そうじゃない？」リリーはつづけた。「そりゃ、ミランダのご機嫌をとるのは大変みたいだし、いくぶんクレイジーなひとだとも思う。でも上司なんて、みんなそんなものよ。それに、靴とか化粧品とかヘアサロンの費用とか服とかは、みんな無料《ただ》じゃないの。服が無料！　無料のブランド品を毎日の通勤着にしているひとなんて、どこにもいないわよ。アンディ、あんたは《ランウェイ》で働いているんだよ。わからないの？　何百万という若い女の子の憧れの仕事をしているんだよ」

なるほど、わかった。たったいま、よーくわかった。九年間ずっと親しくしてきたリリーが、はじめてわたしの現状をわかっていないということが。ほかの友人とおなじように、この数週間わたしが仕事場で見聞きしたすごいエピソード——ゴシップや華やかなひとたち——をおもしろがって聞くものの、毎日わたしがどんなに苦労しているか、リリーはほんとのところわかっていない。なにも無料で服をもらえるから、毎日出勤しているわけじゃないということがわかってないし、この世の服をすべて無料でもらえたとしても、しんどい仕事であることに変わりないということがわかってない。ここはひとつ、大親友のリリーに、わたしの現実を徹底的に教えてあげなくては。彼女だったら、きっとわかってくれるはずだ。ぜひとも知ってもらわなくちゃ。そう、そうよ！　いまこそわたしのこの現状を、だれかと分かちあうときなんだわ。味方を得られることにうきうきしながら、口をひらきかけたとき、電話が鳴った。

まったく、もう！　ケイタイを壁に投げつけて、電話をかけてきたのがだれであろうと、くたばっちまえと毒づきたくなる。でも、ジョナサンからの連絡だったら助かる、という気持ちも心のどこかにあった。リリーがにっこりほほえんで、あたしはかまわないから電話に出なよと言った。力なくうなずいて、電話に出る。

「アンドレア？」男性の声。

「もしもし、ジョナサン？」

「ああ。そうだよ。たったいま自宅に電話をしたら、きみのメッセージが吹きこまれていたんでね。いまパリからアメリカに戻る便に乗っているんだ。つまり大西洋の上空にいるってこと。きみがすごくあわてている様子だったから、すぐに電話したんだけど」

「ありがとう！　どうもありがとう！　ほんとに感謝します。そうなの、いくぶんあわててるのよ。ついさっきミランダから電話があって、どうしてかわからないけど、例の小包が届いていないらしいの。あなたはたしかに、パリで運転手さんに渡してくれたわよね？」

「もちろんだとも。仕事の現場では、ぼくはけっして疑問をさしはさまない。指示された場所に指示された時間どおりに飛んで、乗客がみな無事に目的地に着くようにするだけだ。でも、小包だけを乗せて海を渡る機会はめったにない。さぞ大事なものだったんだろうね。生体移植の臓器だとか、機密扱いの書類だとか。だから、とうぜん大切に扱って、言われたとおりに運転手に渡したさ。リッツの愛想のいい青年にね。だいじょうぶだよ」

わたしは礼を言って電話を切った。リッツのコンシェルジュは、運転手さんをド・ゴール空港に行かせて、ミスタ・トムリンソンの自家用ジェット機から『ハリー・ポッター』をホテルに運ぶように、ちゃんと手配をしていた。計画どおりにいっていたなら、ミランダは現地時間の朝の七時には本を受けとっているはずだ。パリはもう、とっくに午後を回っている。向こうがどんなひどい事態になっているか、わたしは想像もつかなかった。こうなったら、ぐずぐずしていられない。コンシェルジュに電話しないと。でも、わたしのケイタイは国際電話ができない。国際電話ができる電話をさがさなくては。

すでに冷たくなっているワッフルをキッチンに運んで、ゴミ箱に捨てる。リリーはカウチにまた横になって、うたた寝をしていた。おわかれのハグをして、タクシーでオフィスに行かなきゃならないから、またあとで電話するわねと告げる。

「日曜日だっていうのに、なんなの？」彼女は愚痴っぽく言った。「《アメリカン・プレジデント》をデッキにもうセットしてるんだよ。帰っちゃだめ。あたしたちの週末は、まだ終わってないんだから！」

「わかってる。ごめんね、リル。すぐに、なんとかしなきゃいけないのよ。ここにいたいのは山々だけど、いまはボスにきびしく管理されている身だからしかたないの。あとで電話するから」

会社は当然のことながら、閑散としていた。ほかの社員はみんな、いまごろきっと投資銀行のカレシとおしゃれなお店でブランチを楽しんでいるのだろう。暗がりにある自分のデスクにすわって、電話のダイヤルを押す。幸運にも、ムッシュ・ルノー——わたしのお気にいりの、リッツのコンシェルジュ——が、電話に出てくれた。

「やあ、アンドレア。ごきげんいかが？　ミランダと双子のお嬢さんが、またすぐにうちのホテルをご利用してくれて、とても喜んでいるんですよ」心にもないことを言ってる。エミリーの話によると、ミランダはしょっちゅうリッツを利用するから、従業員はみな彼女と双子の名前を知っているそうだ。

「まあ、そうなんですか、ムッシュ・ルノー。ミランダもきっと、快適なホテルライフを楽しんでいると思うわ」心にもない言葉を返す。このけなげなコンシェルジュがいくら気を配っても、ミランダは彼のやることなすことにケチをつけるのだ。ムッシュ・ルノーの名誉のためにいうが、それでも彼はミランダのために努力することをやめないし、ミランダはとてもいいお客様ですと嘘をつくのもやめない。「ところでね。ミランダの飛行機から荷物を運んでくるように手配した車は、もうそちらに戻ってきた？」

「ええ、もちろん。だいぶまえに。朝の八時まえだったように思います。使いにやったのは、うちのホテルで一番優秀な運転手でしたから」自慢げに言った。使いにやった一番優秀なその運転手さんがなにを運んできたのか、ムッシュ・ルノーが知っていればいいのに。

「だったら、変ねえ。荷物が届いていないって、ミランダからメッセージを受けとったんですよ。こっちの運転手に問いあわせたら、ちゃんと飛行場に届けたって言うし、パイロットもパリでそちらの運転手さんに荷物をあずけたって言うし、あなたは荷物はたしかにホテルに着いたって言う。だったらなんで、彼女の手元に届いてないのかしら？」

「どうやら、ご本人に直接うかがうしかないようですね」不自然なまでに朗らかな声で、さえずるように言った。「おつなぎしましょうか？」

それだけはご勘弁を、と神にもすがる思いでいたのに。ミランダに問いあわせずに、なんとか問題を突きとめて事を丸くおさめられれば、どんなに助かることか。まだ小包が届いていなかったら、彼女になんと言ったらいいの？　お部屋のテーブルをおたしかめください、何時間もまえから本が置かれているはずですから、とでも？　それとも、あらたに二冊の本がきょうじゅうに彼女のもとに届くようにするべく、自家用機の手配からなにからなにまで、おなじことをもう一度くり返すべきなの？　あるいは、こんどからは海外に配送する本に付き添うガードマンを雇って、確実に到着するように取り計らうべきなの？　検討してみなきゃ。

「そうですね、ムッシュ・ルノー。お願いします」

電話が切り替わるカチカチという音がして、呼び出し音が鳴りはじめた。緊張のあまり、汗がにじんできた。掌の汗をスウェットパンツでぬぐう。わたしがスウェットパンツ姿でオフィスにいることをミランダが知ったらどうなるかは、あえて考えないようにした。落ち着くのよ、おどおどしちゃだめ。自分を励ます。電話越しだったら、内臓をえぐりとられはしないんだから。

「なに？」はるか遠い場所から声が聞こえてきて、心のなかで自分を励ましていたわたしははっと我に返った。キャロラインだ。わずか十歳にして、母親の無愛想な電話の出方を完璧に受けついでいる。キャシディだったら、「もしもし」という程度の最低の礼儀は身につけているのに。

「もしもし、こんにちは」わたしは猫なで声で言った。子どもにへつらっている自分が、ほんとに情けない。「会社のアシスタントをしているアンドレアよ。ママはいる？」

「マムのこと？」わたしがアメリカ式の発音をするたびに、このお嬢様はいちいち訂正してくれる。「ええ。いま代わるわ」

しばらくしてミランダが電話口に出た。

「なんなの、アーンドレーア？　このさい、はっきり言っとくわよ。大事な娘たちと過ごしているときに邪魔がはいると、わたしがどんな気分になるか、わかってるんでしょうね」いつもの冷ややかな、吐き捨てるような口調で言った。大事な友だちと過ごしているときに邪魔がはいると、わたしがどんな気分になるか、わかってるんでしょうね。怒鳴り返したくなる。ばか言ってんじゃないわよ。こっちが好きで電話をしてるとでも思ってるの？　あんたの耳障りな声を聞かないと寂しくて寂しくて、とてもじゃないけど週末を乗りきれない、とわたしが思ってるとでも？　大事な友だちと過ごすわたしの時間はどうしてくれんのよ？　怒りのあまり卒倒しそうになったけど、なんとか気をとりなおして、切りだした。

「ミランダ、お取り込みのところすみません。『ハリー・ポッター』が届いたかどうか、確認のために電話したんです。まだ届いていないとのメッセージを聞いて、あちこちにきいてみたんですけど――」

まだ話している途中のわたしをさえぎって、ミランダは言い聞かせるような口調で、ゆっくりと言った。「アーンドレーア。ひとの話をよく聞きなさい。わたしは、そんなこと言ってなかったはずよ。小包は早朝、受けとったわよ。でもね、あまりにもはやかったから、まだ眠っているところを起こされてしまったわ」

わたしは耳を疑った。彼女のメッセージを聞いたのは夢じゃないわよね？　まだ若年のアルツハイマーにかかる年齢でもない。でしょ？

「例の本を二冊送れって命令したのに、そうじゃなかったってメッセージを残したでしょうが。小包には、一冊しかはいってなかった。娘たちがどんなにがっかりしたか、想像つくわよね。わたしが指示したように、ふたりに一冊ずつ手にはいるのを、心から楽しみにしていたんだから。どうして指示どおりにならなかったのか、説明しなさい」

こんな話ってない。こんな話があるはずない。きっとわたしは、まだ夢を見ているんだ。物の道理だとか常識だとかがすべて通用しなくなってる、SF小説のパラレルワールドに生きているんだ。目の前で展開している不条理についてあれこれ考えてもしかたがない、ってことなのね。

「ミランダ、二冊送れとの指示は、ちゃんと覚えていますし、わたしは二冊注文しました」彼女のご機嫌をうかがうような口調になっている自分にまたしても嫌悪を感じながら、わたしは口ごもった。「〈スコラスティック〉の女性社員に説明して、あなたが例の本を二冊必要としていることを、納得してもらいました。だからまさか――」

「アーンドレーア、言い訳は結構よ。いまはとくに、あなたの言い訳を聞く気分じゃないの。今回のようなことは二度とないように。わかった？　以上、おしまい」電話を切った。

受話器を耳に当てたまま、通話が切れたあとの音を五分ほど呆然と聞いていただろうか。さまざまな思いが、頭をよぎる。ミランダを殺してやろうか？　逮捕される可能性は？　警察は即座にわたしが犯人だと疑うだろうか？　いや、そんなことはないだろう。すくなくても《ランウェイ》編集部の人間であれば、全員に動機があるはず。ミランダが苦しみながら、ゆっくりと死んでいく様子を観察する覚悟が、わたしにあるだろうか？　もちろん、ある。じゅうぶんにある。いけすかないあの女を殺すのに、一番楽しめるのはどういう方法だろう？

のろのろと受話器を置く。さっきメッセージを聞いたとき、わたしはほんとうに内容を聞きちがえたのだろうか？　ケイタイでもういちど聞いてみる。「アーンドレーア。ミランダよ。パリでは日曜の朝の九時になってるけど、娘たちの手元にはまだ本が届いていないわ。リッツのわたしの部屋に電話して、じきに到着するって安心させてちょうだい。以上、おしまい」ほんとは、大騒ぎするようなことではなかったのだ。とりあえず一冊は手にはいったのだから。それでもミランダはわざわざ電話をかけてきて、わたしが取り返しのつかない、とんでもないミスを犯したようなことを言ってきた。おまけにパリの朝九時がこちらの午前三時で、わたしが数カ月ぶりに週末を満喫していることなど、まったくお構いなし。わたしをちょっと焦らせて、ちょっと困らせるために、ミランダは電話をしてきたのだ。わたしが彼女に敵意をいだくように。わたしが彼女をさらに輪をかけて嫌いになるように。

7

リリーのニューイヤー・パーティは、大学の友人やそのまた友人がリリーのワンルームに詰めかけて紙コップでシャンパンを飲むという、アットホームで地味なものだった。わたしは十二月三十一日のお祭り騒ぎが、あまり好きじゃない。新年のカウントダウン・パーティを〝素人のどんちゃん騒ぎ〟と名づけたのはだれだったか覚えていないが（《プレイボーイ》の創刊者、ヒュー・ヘフナーだったような気もする）、連日のようにパーティに出向いているその人物も、十二月三十一日のパーティだけは出席しないらしい。わたしもどちらかというと、それに賛成だ。おいしくもないお酒を飲んで大騒ぎしても、楽しい気分を味わえるとはかぎらない。そういうわけでリリーは、会費百五十ドルでクラブを借りきったり、さらに最悪なパターンとして、凍えながらタイムズスクエアに集まったりするばかげたプランはいっさい立てず、賢明にもこぢんまりしたホーム・パーティをひらいたのだった。参加者がそれぞれ、それほど毒にならない飲み物を一本ずつ持ちよったその夜、リリーがお祝い気分を盛りあげるラッパやきらきらしたティアラをみんなに配り、ワンルームの屋上でハーレムを見下ろしながら、大いに飲んで新年を祝った。全員がいくぶん飲みすぎていたけど、リリーはみんなが帰るころには、すっかり正体不明になっていた。すでに二回も吐いていたから、彼女を部屋にひとりにするのは心配だった。だからわたしとアレックスは彼女の荷物をまとめて、一緒にタクシーに乗った。その夜は三人でわたしの部屋に泊まり——リリーはリビングの布団に寝かせた——翌日は外に繰りだして、盛大にブランチを食べた。

新年の休暇が終わるころには、すがすがしい気分になっていた。あらたな気分で、仕事をスタート——ほんとうの意味でスタート——できる。この仕事に就いてすでに十年経ったような気分だったけど、じっさいにはまだはじめたばかり。ミランダと毎日顔を合わせて働くようになれば、きっとなにもかもうまくいくようになるだろうとわたしは大いに期待していた。だれだって、電話越しだと血も涙もない怪物になる。職場から遠く離れた旅先で、不都合があった場合はなおさらだ。最初の一カ月間は大変だったけど、心機一転してがんばれるだろうと確信していたし、この先どうなるかが楽しみでならなかった。

寒さがきびしいどんよりとした一月三日の十時ちょっと過ぎ。わたしはやる気もあらたに職場にいた。仕事があるって、幸せ！　エミリーがさっきからLAのニューイヤー・パーティで出会った男性のことを、夢中でしゃべっている。その〝将来を期待される、超セクシーなシンガーソングライター〟は、数週間後に彼女に会いにくると約束してくれた、とのこと。わたしは廊下に出てきたアソシエイト・ビューティ・エディターとおしゃべりをしていた。彼はヴァッサーカレッジ出身の好青年だが、彼の両親は――息子がもともとは女子大だった大学に入学し、ファッション誌で美容関係の編集者になったという事実があるにもかかわらず――息子が男性とつきあっていることをまだ知らないらしい。

「ねえ、ともかく、来てごらんなさい。すんごく楽しいから。セクシーな男の子を紹介してあげるわよ、アンディ。あたしにだって、ストレートの友人も何人かいるのよ。それはべつとしても、マーシャルのパーティなんだから、ぜったいに楽しいって」ジェームズがデスクにもたれかかって、メールをチェックしているわたしを甘い声で誘った。部屋の向こう側のデスクにいるエミリーは、相変わらず夢心地で口を動かして、長髪のシンガーソングライターとのランデブーの一部始終を話している。

「行きたいわ。ぜひとも行きたい。でもね、きょうはあいにくボーイフレンドとデートすることになってるの。クリスマスまえからの約束なのよ」わたしはこたえた。「おしゃれなレストランでディナーをしようって、何週間もまえに約束したの。以前にもそういうデートをしようって約束したのに、わたしがドタキャンしちゃったし」

「だったら、パーティに出たあとで彼に会えばいいじゃないの！　この文明世界でもっとも才能があるカラリストに会うチャンスなんて、そうめったにないのよ。セレブがたくさん集まるの。みんな、ゴージャスなひとばかり。だから、そうね、今週ひらかれるパーティのなかで、一番華麗なパーティだってことはまちがいなし！　なにを隠そう、あの〈ハリソン＆シュリフトマン〉が手がけてるパーティなのよ――すごいでしょ。ぜひ、来てちょうだいよ」子犬のどんぐり眼《まなこ》みたいに目を見ひらいたから、わたしは思わず吹きだした。

「ジェームズ、ほんとに、ほんとに行ってみたい。だって〈プラザ〉に行ったことはいちどもないんだもん！　でも、約束の変更はできないの。アレックスが彼のアパートメントのそばの小さなイタリアンレストランを予約してくれたから、曜日を変えるわけにはいかないのよ」キャンセルはできなかったし、したくもなかった。今夜はアレックスとふたりで過ごして、彼があらたに企画している課外活動がどうなったか聞きたかったのだ。とはいえ、ジェームズが誘ってくれたパーティがデートの日と重なったのは残念だった。そのパーティは一週間まえからいろいろな新聞で取りあげられていて、マンハッタン全体が、すばらしいへアカラリスト、マーシャル・マッデンが毎年ひらくニューイヤー・パーティを、心待ちにしているような感じなのだ。マーシャルがあたらしい本、『カラー・ミー・マーシャル』を刊行したばかりだから、今年は例年以上に盛大なパーティになるだろうともっぱらの噂になっている。でも、華やかなパーティに出席するために、恋人との約束をキャンセルするわけにはいかない。

「そう、だったらしかたないわね。でも、なんで誘ってくれなかったのよ、なんて後で言わないでよ。明日《ニューヨーク・ポスト》のページシックスで、あたしがマライアやジェニファー・ロペスと写っている写真を見つけてから泣きついてきたって、知らないからね。ぜったいに、だめだからね」それからジェームズはぷりぷりしながら向こうへ行った。冗談めかして怒っているふりをしているけど、まんざらふりだけでもないようだ。どっちみち、彼はいつだって不機嫌そうにしている。

年明けの仕事は、いまのところ順調だ。ミランダ宛てのプレゼントをあけて、送ってきたひとの目録をつくる作業はまだ終わっていないけど——今朝は、スワロフスキーの飾りがついたすごくゴージャスなスティレットヒールのプレゼントがあった——こちらからのプレゼントはすべて発送したし、出社しているスタッフはまだすくないから電話も鳴らない。ミランダが週末にパリから帰ってくるけど、来週の月曜までは出社してこない。わたしのほうは、彼女を迎える心構えができている。エミリーもそう思っているようだ。すでにエミリーからアシスタントとしてやるべきことをすべて説明してもらって、メモ帳を一冊丸ごと使って注意事項を書き留めてある。すべて頭に叩きこんであることを確認するために、メモに目を通す。コーヒーはスターバックスにかぎる。トールサイズのカフェラテ。赤砂糖を二つ、ナプキン二枚、スプーンは一本。朝食は〈マンジャ〉デリ（電話555－3948）。柔らかいチーズデニッシュにスライスベーコン四枚とソーセージ二本。新聞はロビーのニューススタンドで購入。《ニューヨーク・タイムズ》、《デイリー・ニューズ》、《ニューヨーク・ポスト》、《フィナンシャル・タイムズ》、《ワシントン・ポスト》、

《USAトゥデイ》、《ウォールストリート・ジャーナル》、《ウィメンズ・ウェア・デイリー》、水曜日に発行される《ニューヨーク・オブザーバー》。月曜日に出る週刊誌で購入するものは、《タイム》、《ニューズウィーク》、《USニューズ》、《ニューヨーカー》(!)、《タイムアウト・ニューヨーク》、《ニューヨーク》、《エコノミスト》。とまあこんな調子で、リストはつづく。ミランダの好きな花、すごく嫌っている花、かかりつけの医師の名前と住所と自宅の電話番号、彼女の雇っているお手伝いさん、お気に入りのスナック、お気に入りのミネラルウォーター、ランジェリーからスキー靴にいたるまですべてのサイズ。ミランダがどんなときでもぜひ電話をつないでほしいと思っているひとたちのリストをつくり、ぜったいにつないでほしくないと思っているひとたちのリストも、べつに用意した。数週間のあいだにエミリーから仕入れた情報を、わたしはせっせと書き留めた。リストができあがったときには、ミランダ・プリーストリーに関して知らないことはひとつもない気分になっていた。とはいえ、彼女のどこが偉くて、メモ帳一冊を好きなものや嫌いなもののリストで埋めなきゃならないのか、じっさいのところはわからなかった。なんだってこんなに、気をつかわなきゃいけないの？

「でね、彼ってすごいの」指に電話のコードをくるくる巻きつけながら、エミリーがうっとりした顔で吐息をもらした。「あんなにロマンティックな週末を過ごしたのは、はじめてだった」

〝ピンポーン！　アレグザンダー・ファインマンよりあたらしいメールが届いています。ここをクリックしてください〟ふーむ、おもしろい。イライアスークラーク社は、LANとインターネットのあいだに保安用システムを導入しているのに、わたしのコンピュータにはどういうわけか直接メールが送られてくる。わたしがそう思っているだけなのかもしれないけど。

やあ、そっちはどうだい？　ぼくのほうは、相変わらず大変だよ。ジェレマイアのこと覚えてる？　ボックスカッターを学校に持ってきて、下級生の女の子たちをおどかしてた男の子。その子が深刻な問題をかかえているみたいでね――きょう、またもやボックスカッターを持ってきて、休み時間に女の子の腕を傷つけて、「ビッチ」ってののしったんだ。それほど深い傷じゃなかったんだけど、彼を取り押さえた教師がどうしてこんなことをしたんだと問い詰めたら、母親のボーイフレンドがおなじことを母親にしているってこたえたんだよ。六歳の子どもなんだぜ、アンディ。信じられる？　それはともかく、校長の命令で今夜、緊急で職員会議をひらくことになった。だから、すまないがディナーは中止。ほんとにごめん！　でも正直なところ、この問題を放っておくわけにはいかないと教員全員が腰をあげたことは、喜ばしく思っている。この学校も、まだ捨てたもんじゃない。わかってくれるよね？　どうか怒らない

でくれよ。あとでまた電話する。埋め合わせは、かならずするつもりだ。ラブ、A

どうか怒らないでくれよ？　わかってくれ？　彼の受け持ちの四年生がほかの子を切りつけた程度のことで、わたしがディナーのキャンセルをこころよくＯＫすると思ってるの？　わたしだって仕事をはじめた週にディナーをキャンセルしたけど、あれはリムジンに乗ってあちこち回ったり、プレゼントを包装したりの一週間で、すっかり疲れきっていたからだ。もう、泣きたい。彼に電話して、ＯＫどころじゃないわよって言ってやりたい気分。生徒思いのカレシを持って、なによりも仕事を優先させるカレシを持って、わたしは鼻が高いわよ。返信をクリックして思いの丈をメールにしたためようとしたとき、名前を呼ばれた。

「アンドレア！　彼女が会社に来るわ。十分後に出社するって」エミリーが大声で言った。動揺を必死で押し殺しているのが、手に取るようにわかる。

「えっ？　ごめんなさい。よく聞こえなかった——」

「ミランダがこっちに向かっているの。用意をしなきゃ」

「こっちに向かっている？　そんなこと言ったって、土曜日に帰国するはずだったんじゃ……」

「ええ。でも、気が変わったらしいの。ほらっ、なにぼやぼやしてんの！　階下《した》で新聞を買ってきて、わたしが言ったとおりに並べるのよ。それが終わったらデスクを拭いて、ペレグリノを左側に置いてね。グラスには氷とライムを忘れずに。それと、バスルームに備品がちゃんとそろっているかどうかもたしかめといて。わかった？　いますぐによ。彼女はもう車に乗ってるの。道路がすいていたら、十分もしないうちに会社に着くわ」

　わたしがあわててオフィスを出ると、後ろでエミリーがすさまじいはやさで四桁の内線番号を押し、声を張りあげるのが聞こえた。「彼女が会社に来るわ——みんなに伝えて」わたしはわずか三秒で廊下を駆けぬけファッション部を通りすぎたが、はやくも悲鳴のような声がつぎつぎと聞こえてきた。「彼女が会社に来るって、エミリーから連絡がはいったわ！」「ミランダが出社するわよ」なかでもすごかったのは、「戻ってきたってぇぇぇぇぇぇ！」という、血も凍るような悲鳴だった。各部署のアシスタントが廊下のラックに掛かっている衣類をあたふたと整頓し、編集者たちが自分たちの部屋に駆けこんでいく。編集室をのぞくと、ローヒールの靴を十センチのスティレットヒールにはきかえるひともいれば、すさまじいスピードで口紅を引きなおし、まつげをカールさせ、ブラの紐《ひも》を調節しているひともいた。男性スタッフがトイレから出てきたから、そちらにちらっと目を向けると、ジェームズが黒いカシミアのセーターに糸くずがついていないか必死の形相で目を凝らしながら、ミントのタブレットをひっきりなしに口に放りこんでいた。いまのような事態に備えて男子トイレにスピーカーが設置されていなかったら、ジェームズもミランダが出社するとの報せをまだ耳にしていなかっただろう。

にわかに騒然としてきたオフィスのミランダの様子を立ちどまって見物したかったけど、わたしは十分以内にアシスタントとしてミランダをはじめて迎える準備をしなければならなかったし、粗相は許されなかった。そのときまでは、つとめて落ち着いているふりをしていたけど、ほかのみんなが血相を変えて焦っているのを目にするや、わたしはいきなり走りだした。

「アンドレア！　ミランダがこっちに向かっていること、知ってるわよね？」受付のデスクを駆け足で通りすぎたわたしに、受付係のソフィが声をかけた。

「うん、もちろん。どうして知ってるの？」

「わたしはなんだって知ってるの。気合いを入れてよ。ミランダは待たされるのをすごく嫌うってことだけは、肝に銘じておいて」

わたしはエレベータに飛び乗って、ありがとうと言葉を返した。「三分後には新聞を買って、戻ってくるからね」

エレベータに乗っていたふたりの女性社員が顔をしかめたから、自分が大声を出していたことにはじめて気づいた。

「すみません」なんとか呼吸を整えながら、わたしは謝った。「編集長が出社してくるとの報せがはいったんですけど、突然のことだったから、みんなちょっとパニックを起こしてしまって」わたしってば、なんでこんな弁解がましいこと言ってるの？

「まあ、あなた、ミランダのもとで働いてるのね！　ちょっと待って。ひょっとして、ミランダのあたらしいアシスタント？　アンドレアでしょ？」脚が長い、黒っぽい髪の女性社員が、ピラニアみたいに五十本近くあるかと思われる歯をむきだしにしてにたっと笑うと、一歩まえに出た。連れの女性がふいにうれしそうな顔をした。

「ええ、はあ、アンドレアはわたしですが」と、わたし。そう名乗りながらも、なんだか他人の名前を口にしているような気分になった。「そうです。ミランダのあたらしいアシスタントです」

と、そのとき、エレベータがロビーに着き、ドアが徐々にひらいて真っ白な大理石が現われてきた。わたしはふたりの女性社員を押しのけて、ドアが完全にひらくまえにロビーに飛びだした。ふたりのうちのひとりが、背後から声をかけてきた。「ラッキーだったわね、アンドレア。ミランダはすばらしいひとだし、何百万という若い女の子の憧れの仕事に就けたんだから！」

辛気《しんき》くさい顔をした弁護士の一団にぶつからないようにしながら、ロビーの一角にあるニューススタンドに飛ぶように走っていく。販売員の小柄なクウェート人男性アーメドが、つやつやした表紙の雑誌をきれいに並べ、雑誌にくらべて品数はおどろくほどすくないが、シュガーフリーのキャンディやダイエットソーダの類を売っている。わたしはすでにクリスマスのまえに、研修の一環としてエミリーの紹介でアーメドと顔合わせをしていた。どうか彼が手を貸してくれますように。

「ちょっと待った！」わたしがレジのそばのワイヤーラックから新聞を取りだそうとすると、アーメドが声を張りあげた。「ミランダのとこの新人さんだね？　こっちに来て」

声がするほうに顔を向けると、アーメドがレジの下にかがみこんでなにやら手にとっていた。無理な姿勢をとっているせいか、顔をいくぶん火照らせている。「どっこいしょ！」またもや声を張りあげてさっと立ちあがったけど、脚を骨折した老人よろしく足元がおぼつかない。「これを持ってきな。ラックをひっかきまわさなくていい。毎日、あんたのぶんは選《よ》り分けといてあげるよ。こうしておけば、売り切れってこともないからな」ウインクをした。

「アーメド、ありがとう。どれだけ助かるか、とても言いつくせないわ。雑誌も買ったほうがいいかしらね？」

「ああ。だって、きょうは水曜日だろう。雑誌が出るのは月曜日だ。二日まえに発売された雑誌が手元にないとなると、あんたのボスは気分を害するだろうから」心得顔でこたえた。それからまたレジの下にかがみこむと、何冊もの雑誌をかかえてさっきのように立ちあがった。わたしは一目で、リストに書きとめた雑誌がすべてそろっているのを見てとった。余計なものや足りないものは、いっさいなし。

ＩＤカード、ＩＤカード。まったくもう、ＩＤカードはどこよ？　わたしは糊のきいた白いボタンダウンのポケットに手を伸ばして、ＩＤカードをつけたシルクの紐《ひも》を取りだした。ミランダのエルメスの白いスカーフでエミリーがつくってくれた紐だ。「もちろん彼女の前で、この紐を首からぶらさげちゃだめよ」エミリーは言ってたっけ。「でもね、とり外すのを忘れることもあるかもしれないからって、ＩＤカードをプラスティックの鎖にぶらさげて首にかけるような真似はぜったいにしないでよ」彼女は〝プラスティックの鎖〟という言葉を、忌々しげに吐き捨てるように言った。

「はいこれ、ＩＤカード。ほんとに恩に着るわ、アーメド。でもわたし、すごく、すごく急いでるの。彼女がこっちに向かっているからね」

　アーメドはレジの横のカードリーダーにわたしのＩＤをすばやく通すと、スカーフでつくった紐をわたしの首にレイのようにかけてくれた。「急いで。さあ、急いで！」

　わたしは本や雑誌を詰めこんだビニールの袋をつかんで足早にそこを去ると、またＩＤカードを取りだした。エレベータに乗るには、まず回転ゲートにカードを通さなければならないのだ。機械にカードを通して、回転ゲートを押す。動かない。もう一度カードを通して、もう一度押す。こんどはもっと強く。でも、動かない。

　丸まると太った、いくぶん汗っかきのガードマン、エドアルドが、セキュリティ・デスクの向こうでマドンナの《マテリアル・ガール》を甲高い声でうたいだした。うぐぐっ。

この数週間ほど毎日つづいているお遊びにわたしを参加させようと、またしても共犯者めいた笑みをにっこり浮かべているのだろう。わざわざ彼の顔をたしかめなくともわかる。いらいらするったら、ありゃしない。エドアルドの十八番《おはこ》の歌は無尽蔵にあるらしく、わたしが彼に合わせてその歌をうたわないと、回転ゲートを通過させてくれない。きのうは《アイム・トゥー・セクシー》だった。彼の歌に合わせ、わたしはファッションモデルを気取ってロビーを歩かなければいけない、というわけ。普段のわたしだったら、それをおもしろがる余裕もある。笑みを浮かべることすらある。でもきょうは、就職してからはじめてミランダと顔を合わせる日で、彼女が出社するまでに準備をしておかなければならなかった。失敗は許されない。両隣りの回転ゲートでは、ほかのひとがすいすいと通りすぎていく。わたしひとりを通過させない彼を、殺してやりたくなった。

わたしはマドンナを真似て、思いっきり鼻にかかった声で囁くように《マテリアル・ガール》をうたった。

エドアルドは目を丸くした。「お嬢さん、きょうはやけに気合いがはいってるねえ？」

彼の声を耳にしたわたしは、こうなったら派手な行動に出なくてはと決意した。セキュリティ・デスクに袋をどんと置き、両手を広げてから、腰を左にふって唇を色っぽく突きだしてみせる。エドアルドは大笑いして手を叩いた。そして、シューーッ！　わたしを通過させてくれた。

心に留めておくべきこと――わたしをからかってもいいけど、時と場所をわきまえてくれと、エドアルドにいずれ忠告するべし。ふたたびエレベータに乗りこんで、ソフィのまえを駆けぬける。気がきく彼女は、あらかじめドアをあけておいてくれた。わたしは簡易キッチンに寄るのも忘れなかった。ミランダの食器を並べている、電子レンジの上の特別の棚におさめられているバカラのゴブレットに氷をいれる。片手にゴブレット、もう片方の手に新聞を持ってコーナーを曲がると、ジェシカ――またの名をマニキュア娘――と鉢合わせをした。彼女はぎょっとして、眉をひそめた。

「アンドレア、ミランダがこっちに向かってること知ってるの？」

「もちろん。だからこうやって、新聞を買ってきたり、ミネラルウォーターを準備したりしてるわけよ。一刻もはやく彼女のオフィスに持ってかなきゃいけないの。ごめんね……」

「アンドレア！」ジェシカの横をいそいですり抜けたとき、彼女が叫んだ。ひとかけらの氷がゴブレットから飛びだして、デザイン部の入り口に落ちた。「靴をはきかえなきゃだめよ！」

はたと立ちどまって、足を見おろす。はいているのは、ファンキーなストリート系のスニーカー。それなりにクールなデザインだ。ミランダが留守にしているあいだ、服装の規則はああしろ、こうしろと言われることなく、とてもゆるやかだった。スタッフたちはそれなりにオシャレな格好をしていたけど、みんな内心ではミランダの前じゃぜったいにこんな服は着られないと思っていたはずだ。わたしのメッシュの真っ赤なスニーカーは、まさにそのいい例だった。

アシスタントのセクションに戻るころには、汗だくになっていた。「新聞をすべて買ってきたわ。念のために雑誌も。でも、問題がひとつ残ってる。まさか、この靴をはいてるわけにはいかないわよね」

エミリーはヘッドホンを乱暴にはずして、デスクにぽんと投げだした。「もちろん、その靴はまずいわよ」彼女は受話器を取りあげると、内線番号を押して言った。「ジェフィ、ジミーの靴を持ってきて、サイズは……」こっちを見た。

「九・五よ」クロゼットからペレグリノの小瓶を出して、ゴブレットにそそぐ。

「九・五よ。ううん、いますぐ。だめよ、ジェフ、一刻をあらそうのよ。至急ね。アンドレアがこともあろうに、スニーカーをはいてるの。それも、赤の。じきに彼女が会社に着いてしまう。わかった、ありがとね」

そのときはじめて気づいたのだが、わたしが階下《した》に行って戻ってくるまでの四分間に、エミリーは色あせたジーンズをレザーパンツに、ファンキーなスニーカーをオープントゥのスティレットヒールにはきかえていた。おまけにオフィスの片づけもしていた。わたしたちのデスクに散らかっていた書類は抽斗のなかにおさめられ、ミランダの自宅にまだ送られていないプレゼントはすべて、クロゼットに隠したようだ。彼女はリップグロスとチークを塗りなおすと、ぼやぼやしていないで働けとわたしに身ぶりでしめした。

新聞を入れたビニール袋をつかみ、ミランダのオフィスのライトボックスの上に中身をどさっと空けた。ライトボックスとは、内部に照明を入れてすりガラスを置いた箱のこと。写真のネガを調べるときに使う。エミリーの話によれば、ミランダは撮影した写真のフィルムをライトボックスで何時間もぶっつづけでチェックするそうだ。でもそこは、新聞を並べる場所でもある。わたしはまたメモ帳をひらき、正確な配置を確認した。一番はしに《ニューヨーク・タイムズ》、その横は《ウォールストリート・ジャーナル》で、おつぎが《ワシントン・ポスト》。そんな調子に順序どおりに置いていくのだが、その並べ方にも信じられないくらいに神経を配らなくてはならない。それぞれが少しずつ重なるようにして、扇状にするのだ。唯一の例外は《ウィメンズ・ウェア・デイリー》。これは、デスクの真ん中に置くべし。

「彼女が会社に到着したわよ！　アンドレア、こっちに来て！　いまエレベータであがってくるから」エミリーが部屋の外から小声でせきたててきた。「たったいま、ユリから電話があったの。会社のまえで彼女を降ろしたところだって」

デスクに《ウィメンズ・ウェア・デイリー》をのせ、隅にリネンのナプキンと一緒にペレグリノを置く（右か左？　どっち側だっけ？）。最後に部屋をさっとながめて手抜かりがないことを確認してから、大急ぎでミランダのオフィスを出た。クロゼットを管理している、ファッション部アシスタントのジェフィが、輪ゴムでとめた靴の箱をわたしに投げてよこすと、自分の持ち場に走って戻っていった。即座に箱をあける。はいっていたのは、ジミー・チュウのハイヒールだった。何本ものラクダの毛のストラップがついている靴で、足の甲の真ん中にバックルがある。値段はおそらく、八百ドルはくだらないだろう。うわっ！　これにはきかえなきゃいけないんだ。スニーカーと、もはや汗で濡れているソックスを脱ぎすてて、自分のデスクの下に突っこむ。右足はすんなりはくことができたが、指の爪を伸ばしていないせいか、左側のバックルがなかなかはずれない——よしっ、こんどこそ！　力ずくでバックルをはずし、靴に左足をすべりこませたものの、すでにむくんでいる足にストラップが食いこんだ。おつぎの数秒でバックルを留め、椅子にすわったまま背筋を伸ばそうとしたとき、ミランダがオフィスにはいってきた。

凍りついた。上体を起こしかけたまま、凍りついてしまった。とっさに頭を働かせて自分がいかに間抜けに見えるかは理解できたけど、即座に体を動かすまでには頭は働かなかった。ミランダはすぐにわたしに目を留めると——きっとわたしのデスクには、エミリーがいるものと思っていたからだろう——近づいてきた。椅子にすわって硬直しているわたしの全身をながめられるように、デスクの前のカウンターから身を乗りだし、顔を近づけてきた。きれいな青い目を上下左右に動かして、こちらの服装をチェックしている。白いボタンダウンのシャツ、赤いコーデュロイのギャップのミニスカート、たったいまバックルを留めたばかりのジミー・チューのサンダル。肌やヘアスタイルや服装を、すみからすみまで観察している。瞳をすばやく動かしているものの、顔は無表情のままだ。さらにいっそう身を乗りだしてきたから、彼女の顔とわたしの顔の距離が、わずか三十センチほどになった。ヘアサロンのシャンプーのいいにおいと、高価な香水のにおいが鼻をかすめる。それほど接近していなければわからない、口と目のまわりの細かい皺まで見えた。でも、しげしげと観察されているわたしは、彼女の顔をそうじっくりながめられなかった。ミランダが以下の事実に気づいている様子はいっさいない――（a）わたしたちが以前も顔を合わせていること、（b）わたしが彼女のあたらしいアシスタントであること、（c）わたしがエミリーではないこと。

「お久しぶりです、ミズ・プリーストリー」彼女がまだ一言も言葉を発していないことは心の奥でわかっていたが、わたしはとっさに上ずった声で挨拶をした。あまりの緊張にいたたまれなくなって、思わずぺらぺらまくしたててしまった。「あなたのもとで働けるなんて、うれしくてしかたありません。採用していただいて、ほんとに感謝しており……」

黙らなきゃ！　余計なことをしゃべる口をとじなきゃ！　ばか丸出しとは、まさにこのこと。

彼女はその場を離れた。わたしのチェックを終えるとカウンターからさがり、こっちはまだしどろもどろで話をしているのに、なにも言わずにその場を離れた。とまどいや不安や屈辱感がいっしょくたになって押し寄せてきて、顔がカッと赤くなった。エミリーの冷たい視線を、感じずにはいられない。火照った顔をあげると、果たしてエミリーは冷たい視線をこっちに向けていた。

「最新の報告書《ブレティン》は用意してある?」ミランダがだれに言うのでもなくきくと、喜ばしいことにオフィスにはいって、わたしが新聞をそろえたライトボックスにまっすぐ向かった。

「はい、ミランダ。ちゃんとご用意しました」エミリーがへりくだった口調でこたえると、ミランダを急いで追いかけて、彼女へのメッセージをすべて記してあるメモを貼ったクリップボードを渡した。

わたしは黙ってすわったまま、オフィスの壁にかかっている写真の額に、部屋のなかをゆっくり動きまわるミランダの様子が映るのをながめていた。写真そのものではなくて額のガラス板に注意すると、彼女の様子がながめられるのだ。エミリーはさっそくデスクで忙しそうに働いていて、あたりはしんと静まりかえっている。ミランダがいるときは、エミリーやほかのスタッフと口をきいてはいけないのだろうか? すぐさまeメールでエミリーに問いあわせる。届いたメールを読む彼女を、わたしは見守った。返事はすぐに来た。〈そのとおり〉と書いてある。〈どうしても話す必要があるときは、小声でね。それ以外のときは、しゃべっちゃだめ。あと彼女には、話しかけられないかぎり、ぜったいに言葉をかけちゃいけないの。それと、ミズ・プリーストリーと呼びかけてもいけない。ミランダと呼びかけること。わかった?〉またしても平手打ちを食らったような気分になったけど、わたしは顔をあげてうなずいた。と、そのときはじめて、コートに気づいた。すばらしい光沢をはなつ毛皮の塊が、片方の袖をだらんとぶらさげて、わたしのデスクのはじにのっている。エミリーに視線を向ける。彼女は目をむいてクロゼットを指さすと、「ハンガーにかけて」と声には出さずに口を動かした。毛皮のコートは、洗濯機から取りだしたばかりの、水分を含んだ羽毛布団みたいにずっしりと重く、床に引きずらないようにするためには両手でかかえなければならなかった。それでもなんとかシルクのハンガーに慎重に吊るして、そっとクロゼットの扉をしめた。

席に戻る途中で、ミランダがやってきた。こんどはわたしの全身に、遠慮のない視線を向けている。じっさいにはありえないことだが、彼女に視線を向けられた場所に火がついたように感じた。それでもその場に凍りついたまま、椅子に戻ることができない。いまにも髪が燃えだしそうになったとき、情け容赦ない青い瞳が、わたしの目にひたと当てられた。

「コートを出してちょうだい」わたしを見すえて、静かな声で言った。わたしが何者か不審に思っているのだろうか? それとも、見知らぬ人間がアシスタントになりすましていても、どうとも思わないのか? 数週間まえに面接をしたにもかかわらず、わたしのことを覚えている様子はすこしもなかった。

「かしこまりました」わたしはなんとか返事をすると、またクロゼットに向かった。こんどはクロゼットのまえにミランダがいるから、そう簡単にはいかなかった。ミランダにぶつからないように、体を斜めにしてするりと横を通りすぎ、さっきしめたばかりの扉をあけるべく手を伸ばす。彼女は突っ立ったままいっさい道を譲ろうとせずに、引きつづきじろじろわたしをながめている様子だった。首尾よく両手で毛皮をつかみ、注意深く取りだす。毛皮を投げつけて、うまくキャッチできるかどうか見物してやりたい気分だったけど、ぎりぎりのところで自制心を働かせ、ジェントルマンのようにコートを持って彼女に着せてあげた。ミランダは優雅な身のこなしで毛皮にさっと袖を通すと、ケイタイ電話を手にとった。彼女が会社に持ってきたものといえば、それだけだった。

「今夜、例の本をよろしくね、エミリー」そう言い捨てて、悠然とオフィスを出ていく。出口のところにいた三人の女性社員が、彼女を見るなりうつむいて散らばっていったのにも気づかない様子だ。

「はい、ミランダ。アンドレアに届けさせます」

それでおしまい。彼女は帰っていった。オフィス全体がパニック状態になって、みなが髪を振り乱して準備をし、化粧直しや着替えまでしてミランダを迎えたというのに、四分もしないうちに帰ってしまった。おまけに、彼女がなんのために出社したかは——新米のわたしには——まったくもって謎だった。

8

「ふり返っちゃだめよ」ジェームズが、腹話術師よろしく口を動かさないで言った。「右後ろにリース・ウィザースプーンがいるわ」

わたしがとっさに身をよじると、彼は決まりが悪そうに首をちぢめた。するとたしかに、リース・ウィザースプーンそのひとが、シャンパンをちびちび飲みながら背中をのけぞらせて笑っていた。有名人に会ってはしゃぐのはみっともないけど、はしゃがずにはいられなかった。わたしは彼女の大ファンなのだ。

「やあ、ジェームズ。ぼくのささやかなパーティに来てくれて、ほんとにありがとう」ほっそりしたきれいな男性が、後ろから声をかけてきた。「ところで、お連れの方は?」その男性はジェームズにキスをした。

「ヘアカラーの教祖様、マーシャル・マッデン、こちら、アンドレア・サックス。アンドレアは——」

「ミランダのあたらしいアシスタントだね」マーシャルは言うと、わたしにほほえんだ。

「噂はかねがね耳にしてるよ、お嬢さん。うちの集まりにようこそ。こんどぜひ、お店に来てほしいな。うちのスタッフが腕によりをかけて、きみを、うーんなんて言ったらいいだろう、磨いてあげるよ」いとおしむようにわたしの頭をなでて毛先をすくいあげたかとおもうと、いきなり髪を引っぱった。「そうだな、蜂蜜色をちょっといれれば、スーパーモデルになれるよ。電話番号はジェームズにきけばいい。時間ができたら、いつでも来てね。まっ、言うのはやすし、行なうはかたし、だけど！」マーシャルは歌うように言うと、リースのほうへ行った。

ジェームズはため息をもらし、切なそうな顔でマーシャルをながめている。「彼は達人なの」ふーっと息を吐いた。「ともかく最高。ゴージャスだし」男のなかの男、っていってもまだ褒め足りないくらい。おまけに、ゴージャスだし」すばらしすぎる。男のなかの男？　変なの。そういう言い回しを聞いてわたしがとっさに思い浮かべるのは、敵の選手をかわしてゴールに向かっていく、NBAのシャキール・オニールだ、カラリストじゃない。

「たしかにゴージャスよね。それは認めるわ。デートしたことあるの？」《ランウェイ》のアソシエイト・ビューティ・エディターと、この自由世界でもっとも人気のあるカラリスト。まさにお似合いのカップルだ。

「だったらいいんだけど。でも、彼には四年間つきあっている男がいるのよ。信じられる？　四年だなんて。いけてるゲイの男たちに、特定の相手としかつきあわない恋愛が認められるようになったのはいつからなの？　ひどいわよ！」

「なるほどね。だったら、わたしもききたいわ。いけてるストレートの男性たちに、特定の相手としかつきあわない恋愛が認められるようになったのはいつからなのよ？　まっ、わたしをその特定の相手にしてくれるんだったら、問題はないけどね」わたしはタバコを肺まで吸って、煙をほぼ完璧な輪にして吐きだした。

「だったら、認めなさいよ、アンディ。今夜のパーティに来てよかった、って言ってちょうだい。こんなにすばらしいパーティは、はじめてだって」彼はほほえんだ。

アレックスに今夜のディナーを断わられたわたしは、しぶしぶジェームズの誘いにのることにした。それは主に、彼だったらわたしをひとりにしないだろうと思ったからだ。へアカラーの本の出版記念をかねたパーティで、おもしろい出来事を見聞きできるとはぜんぜん期待していなかったけど、じっさい来てみると、わたしは圧倒されっぱなしだった。あのジョニー・デップがジェームズに声をかけてきたときは、彼がきちんとした英語を話せるうえに、冗談すら飛ばせることに、心底驚かされた。いまをときめくイット・ガールのなかでもいちばんイット・ガールらしいジゼルが、すごく小柄だということがわかったときは、ニヤッとしてしまった。それにくわえて、彼女がじつはずんぐりした体型だったり、すごくきれいに撮れている雑誌のカバー写真では修整されているものの、ほんとうはひどいニキビ面だったりしたら、もっともっとうれしくなっただろうけど、背が低いことがわかっただけでも、まあよしとしよう。なによりかにより、この一時間半は、そう嫌な思いはしていないのだから。

「こんなパーティに参加できるなんて、信じられないわ」わたしはジェームズのほうへ身を乗りだして言った。ハンサムな男性が受付の近くで不機嫌そうな顔をしているのが、目にはいった。「でも、想像していたほど嫌な雰囲気じゃない。それはべつとしても、きょう一日がんばったんだもの、なんらかのご褒美があってもいいわよね」

ミランダが突然に出社して、これまた突然に退社したあと、エミリーはわたしに、今夜から〝例の本〟をミランダの自宅に届ける仕事をまかせるわよと言った。例の本とは、針金で綴じた電話帳ほどの厚さのプルーフ原稿、つまり次号の《ランウェイ》の見本だ。なんでも、見本づくりは毎日ミランダが退社してからじゃないと終わらないらしい。デザインの担当者や編集者は一日中ひっきりなしに彼女におうかがいを立てなきゃいけないし、ミランダは一時間ごとに気を変えるからだそうだ。そういうわけで、本格的な作業は、五時を回ってミランダが双子と自宅でくつろぐために退社してから、ようやくはじまる。デザイン部があたらしい割付を考えて、上がってきたばかりのあたらしい写真をいれ、何度も何度も書き直したすえにようやくミランダの承諾をとりつけた原稿——最初のページいっぱいに、ミランダの大きな丸いサイン〝MP〟が書かれてある——に編集部がチェックをいれて印刷をする、というわけだ。編集者はみな毎日のようにデザイン部のアシスタントに変更を言い渡すから、アシスタントは社員がほぼ全員帰ったあと何時間も残業して、ちゃちな機械で写真やレイアウトや記事のサイドを閉じあわせ、製本作業をする。それ以降はわたしの出番で、出来上がった見本を何時であろうと——時間帯は、編集作業の進捗状態によってまちまちだが、たいていは八時から十一時のあいだ——ミランダの自宅に届け、彼女がそれに赤をいれる。翌日になって彼女が見本を返すと、スタッフ全員がまたいちから作業をはじめる。

パーティに行きたいとわたしがジェームズに言ったとき、それを聞きつけたエミリーは、すかさず言葉をはさんだ。「あのねえ、本を届ける仕事が終わるまでは、あなたはどこにも行けないのよ、わかってる?」

わたしはぎょっとした。ジェームズはいまにもエミリーに飛びかからんばかりの顔をしている。

「ひとこと言わせてもらうけど、これはあなたの仕事なの。これまではわたしがやってたんだけど、やっと解放されたってわけ。すごく、すごく遅い時間に届けなきゃいけないこともあるけど、ミランダは毎晩かかさず目を通しているのよ。彼女は自宅でも仕事をしてるんだから。それはともかく、きょうはあなたにつき添って手順を説明してあげるけど、明日からはひとりでやってもらうわよ」

「わかった。ありがとう。きょうは何時くらいになりそう?」

「わからないわ。日によってちがうから。知りたかったら、デザイン部にきいて」

結局その日は、わりとはやく見本ができあがった。疲れきった様子のデザイン部のアシスタントから見本を受けとったわたしは、エミリーと一緒に五十九丁目の通りに出た。エミリーはクリーニング屋から戻ってきたばかりの、ハンガーに吊るされてビニール袋をかけてある服を何枚もかかえている。ドライクリーニングから戻ってきた服を見本と一緒に持っていくのが恒例なのだ、とエミリーは説明した。ミランダは汚れた服をいつもオフィスに持ってくる。クリーニング屋さんに電話をして服を取りにきてほしいと頼むのは、あろうことか、わたしの仕事らしい。すると、イライアスークラークにクリーニング屋さんがすぐさま服を取りにきて、翌日には新品の状態で戻してくる。クリーニングから戻ってきた服は、ユリにあずけるか、わたしたちアシスタントがミランダの自宅に届けにいくかするまで、オフィスのクロゼットに保管される。わたしの仕事は一分ごとに、どんどん知的刺激に満ちたものになってくる！

「こんばんは、リッチ！」エミリーがパイプをくわえた配車係に、とってつけたように明るい声をかけた。初出勤の日に、わたしに車を手配してくれた男性だ。「こちらアンドレア。これからは彼女が毎晩、見本を届けるの。車を手配してちょうだい。いいわね？」

「いいとも、赤毛さん」彼はパイプを口からはずすと、わたしに近寄った。「こちらのブロンドさんは、きちんとお世話させてもらいますよ」

「ありがと。ああ、それとね、今夜はもう一台車をお願いできる？　見本を届けてから、アンドレアとわたしはべつの場所に行くことになってるから」

ほどなくして二台の大きなハイヤーが同時に来て、先頭の車の大柄な運転手さんが降りてくると、わたしたちのために後ろのドアをひらいてくれた。最初に乗ったのはエミリーで、席にすわるなりケイタイを取りだし運転手さんに指示を出した。「ミランダ・プリーストリーのアパートに行ってください」運転手さんはうなずくと、車を発進させた。

「運転手さんはいつもおなじひとなの？」彼が行き先をちゃんと理解しているのか気になって、わたしはきいた。

エミリーはちょっと黙ってと身ぶりで示して、ルームメイトにメッセージを残している。それが終わると、説明してくれた。「ううん。うちの会社の用事を頼まれる運転手はいっぱいいるの。わたしもこれまでに、すくなくとも二十回は利用させてもらったかな。だから、彼らもよくわかってるのよ」彼女はまた電話をかけはじめた。後ろをふり返ると、客が乗っていないハイヤーが、わたしたちの車の後をぴったりついてきていた。

やがて車はドアマンが常駐している、五番街の典型的なアパートメントの前にとまった。ゴミひとつ落ちていない歩道、手入れの行き届いたバルコニー、灯りのついたいかにも豪華そうなロビー。帽子をかぶったタキシード姿の男性が、すぐさま近寄ってきて車のドアをあけると、エミリーは外に出た。見本と服を彼に渡すだけですむのに、どうしてそうしないのだろう。わたしの知るかぎり――といっても、わたしの知識などたかがしれている し、この謎に満ちた街にかんするかぎり、とくにわかっていないことが多いけど――ドア マンはこういうときのために存在しているはず。彼らの仕事のはずだ。でもエミリーはグ ッチのロゴのついたトートバッグからルイ・ヴィトンの革のキーホルダーを出して、わた しに渡した。

「わたしはここで待ってるから。荷物を最上階のA室まで運んできてちょうだい。ドアを あけて、玄関ホールのテーブルに見本を置いて、服をクロゼットの横のフックにかける。 クロゼットのなかじゃないわよ、横だからね。で、そのまま帰る。なにがあろうと、呼び 鈴を押しちゃだめ。家族団欒を邪魔されるのを、彼女は嫌がるから。部屋にはいって、出ていく。黙ったままね！」ビニール袋にくるまれて針金のハンガーにかかっているひとかかえの服をわたしに押しつけると、またケイタイをひらいた。はい、はい、ちゃんとやるわよ。たかが見本と、クリーニングから戻ってきたパンツていどのことで、どうしてそう大げさに構えるわけ？

エレベータ係がわたしに優しい笑みを浮かべると、キーを差しこんで静かに最上階のボタンを押した。悲しげな顔をした伏し目がちの彼は、夫の暴力に苦しんでいる妻のような雰囲気をただよわせている。もはや反抗する気力すら失って、自分ひとりが耐えればすべて丸くおさまるのだとあきらめているような。

「わたしはここで待ってますから」彼はうつむいたまま、囁くように言った。「用事は一分以内にすませないといけませんよ」

最上階の廊下には暗紅色の絨毯が敷かれていたが、その毛がヒールにからまってつんのめりそうになった。分厚い布製のクリーム色の壁紙には、色合いのちがうクリーム色の細いストライプが縦にはいっている。さらにはその壁の前に、クリーム色のスエードを張ったソファが一台あった。目の前のフレンチドアの表示はPHB《ペントハウス》だったが、きょろきょろあたりを見回すとPHAと描かれたドアが見つかった。呼び鈴を鳴らさないのはひどく気が引けたが、エミリーの警告を思いだして、キーを差しこんだ。すぐにカチャと音がして鍵がはずれ、髪を直したり、ドアの向こうがどうなっているか想像したりする暇もなく、わたしは広々とした玄関ホールに立って、ラムチョップのかぐわしいにおいをかいでいた。と、そこに彼女がいた。上品なしぐさでフォークを口に運んでいる。まったくおなじ顔をした黒い髪の女の子がふたり、テーブル越しに喧嘩をしている最中で、ロマンスグレーで鼻がやたらに大きい、いかつい顔をした長身の男性が新聞を読んでいる。

「ママ、あたしの部屋に勝手にはいって、ジーンズをもってっちゃだめだって、怒ってやってよ。あたしがいくら注意しても、だめなんだから」双子のひとりがミランダに訴えている。するとミランダはフォークを置いて、ペレグリノとおぼしき飲み物を飲んだ。グラスにはライムがはいっていて、テーブルの左側に置いてある。

「キャロライン、キャシディ、いい加減にしなさい。その話はもう聞きあきたわよ。トーマス、ミントジェリーをもっと持ってきて」大きな声で言った。料理人らしき男性が銀のお盆に銀のボウルをのせて、すぐさま部屋にはいってきた。

と、そのとき、わたしははっと気がついた。三十秒ちかく突っ立ったまま、一家団欒をながめていたことに。彼らはまだ気づいていないけど、わたしが玄関ホールのテーブルに向かったらすぐに気づくだろう。なるたけ足音を忍ばせてテーブルに近づいたつもりだったが、みんながこっちに目を向けたのを感じた。とっさに挨拶めいた言葉をかけそうになったけど、その日会社ではじめてミランダをお迎えしたときに徹底的に愚かな真似をしたことを思いだし、ばかみたいに口をもごもごさせて、言葉を呑みこんだ。テーブル、テーブル、テーブルはどこよ。それは目の前にあった。見本をここに置くのよね。おつぎは服。クリーニングの服を吊るす場所を必死になってさがしたけど、それらしき場所が見つからない。ディナーの席はいまやしんと静まりかえっている。みんなの視線を嫌というほど感じた。こんばんは、と声をかけてくるひとはひとりとしていない。双子の娘たちは、自宅に見知らぬ人間がいてもまったく気にしないようだ。ドアの後ろに隠れていた小さなクロゼットをようやく見つけたわたしは、つるつるすべって扱いにくいビニールをなんとかロッドにかけた。

「クロゼットのなかじゃないわよ、エミリー」ミランダがおもむろに、言いふくめるように声をかけてきた。「専用のフックがついてるでしょうが」

「あっ、はい。ここですね」ばか！　黙りなさい！　彼女はこたえを期待してるわけじゃないの、言われたとおりにするだけでいいのよ！　でもわたしは、口走らずにはいられなかった。だれも挨拶ひとつしない。わたしがだれであるか不審にも思っていない様子。何者かがアパートメントにはいりこんで、足音を忍ばせてうろうろしていても、知らん顔をしている。こんな変な話があるだろうか。おまけに、エミリーですって？　冗談のつもり？　目が見えないとか？　わたしが一年以上ミランダのもとで働いているエミリーではないことが、ほんとうにわからないわけ？「わたしはアンドレアです、ミランダ。あたらしいアシスタントの」

沈黙。その場を圧倒的に侵食していく、耐えがたくて終わりのない、耳を聾するばかりの、神経がすりへるような沈黙。

話しつづけちゃいけないことは、わかっていた。墓穴を掘るだけだということは、わかっていた。でも、自分を抑えることができない。「ええっと、その、お邪魔をしてすみませんでした。おっしゃった場所に服をかけて、帰りますので」無駄口を叩くのはやめなさい！　彼女はあんたのことなんか、構っちゃいないんだから。さっさと用事をすませて帰るのよ。「じゃあ、ディナーをお楽しみください。みなさまにお目にかかれて光栄でした」踵を返して玄関のドアに向かったときに、わたしは気づいた。自分がくだらないことを口にしたばかりか、ばかげた挨拶までしたことに。お目にかかれて光栄です？　紹介されたわけでもないのに。

「エミリー！」ドアノブに手をかけたとき、ミランダの声がした。「エミリー、明日の夜は、きょうみたいなことはしないように。一家団欒を邪魔されるのは迷惑なのよ」わたしはドアノブを回転させて、ようやく廊下に出た。わずか一分足らずのことだったけど、オリンピック用の競技プールを息つぎをしないで端から端まで泳いだ気分。

ソファにどしんと腰をおろし、乱れた息を整えるべく深呼吸をする。嫌な女！　わたしのことを最初にエミリーと呼んだときは、ほんとうにまちがえたのかもしれないけど、二回目のはどう考えてもわざとだった。訪れた人間にろくすっぽ挨拶もしないで、そのうえ名前を呼びまちがえるなんて、これほどひとをけなしておとしめる方法はほかにない。自分が雑誌業界のヒエラルキーのなかで最下位にいることは承知しているけど――エミリーがことあるごとに、わたしに自覚させてくれるおかげだ――ミランダまでが、そのことをわたしに再認識させなくたっていいでしょうが。

一晩じゅうこのソファにすわって、目には見えない銃弾をドアに撃ちこみつづけても、狂気の世界に足を踏みいれたことにはならないだろうと思ったが、咳払いを耳にして顔をあげると、憂い顔の小柄なエレベータ係がこっちに目を向けて、わたしが腰をあげるのを辛抱強く待っていた。

「ごめんなさい」わたしは謝って、足を引きずりながらエレベータに乗りこんだ。

「だいじょうぶです」木の床をじっと見下ろしたまま、彼は囁くようにいった。「じきに慣れますよ」

「はい？　ごめんなさい。よく聞こえなかったんだけど――」

「なんでもない。なんでもないんですよ、お嬢さん。おやすみなさい」ロビーに着いてドアがひらくと、エミリーがケイタイを耳に当て、大声で話をしていた。彼女はわたしに気づくと、電話を切ってケイタイをとじた。

「どうだった？　問題はなかったわね？」

一瞬、さっきの出来事を打ち明けようかと思った。彼女が思いやりのある先輩だったら、わたしたちが協力しあえる関係にあったら、どんなにいいだろう。打ち明けたところで、またしても言葉による暴力を受けるだけだということはわかっていた。だからとりあえず、当たり障りのない返事をしとこう。

「すべてうまくいったわ。ぜんぜん問題なし。向こうは食事の最中だったから、言われた場所に荷物を置いただけで帰ってきたわよ」

「よろしい。これからは、毎晩そうしてね。荷物を届けてから車で家に帰って、ようやく仕事が終わるってわけ。それはともかく、マーシャルのパーティを楽しんできなさいよ。わたしもすごく行きたかったんだけど、ビキニラインのワックスの予約をしててね、どうしてもキャンセルできないの。二カ月先まで予約が詰まっているなんて、信じられる？　おまけにいまは、真冬なのよ。きっとみんな、冬の休暇で南国に行くんでしょうね。そうとしか考えられないでしょ？　ニューヨークの女性たちはみんな、なんだってこんな時分にビキニラインのムダ毛処理をしなきゃいけないんだろう。理解に苦しむわ。すごく変よね。でも、だからといって、しないわけにもいかないし」

エミリーの声のテンポに合わせて、頭がズキズキした。わたしがなにをしようと、どう反応しようと、彼女のムダ毛処理の話を永遠に聞く運命にあるような気がした。ディナーの最中のミランダに声をかけたことを打ち明けて、怒鳴られたほうがよっぽどましだったかも。

「ええ。たしかにね。えっと、わたしはもう行かなきゃ。九時に行くってジェームズに言ったけど、もう十時を回っているし。また明日ね」

「うん。そうね。あっ、忘れてた。あなたもかなり慣れてきただろうから、わたしは出勤時間を八時にするわ。あなたはこれまでどおり、七時に出てきてね。ミランダも承知しているのよ――シニア・アシスタントはジュニア・アシスタントより激務だから、出勤時間を遅らせてもいいってことになってるの」思わずエミリーの喉に嚙みついてやりたくなった。「だから、朝の仕事は教えてあげたとおりにひとりでやってね。わからないことがあったら、いつでも電話して。といっても、もうだいぶ経つんだから、すべてを頭に叩きこんで当然だけど。じゃあね！」彼女はアパートメントの前にとまっていた二台目の車の後部座席に、さっさと乗りこんだ。

「じゃあね！」わたしは大げさな作り笑いを顔にはりつけ、上ずった声で言った。もう一台の車の運転手さんがドアをあけるために車から降りようとしたから、わたしは自分であけるからいいわよと伝えた。「〈プラザ〉にお願い」

氷点下六度を下回るほどの寒さだったにもかかわらず、ジェームズは外の階段でわたしを待っていてくれた。いちど帰宅して服を着替えた彼は、とんでもなく薄着だった。パンツは黒いスエード。リブ編みのタンクトップは白で、真冬でも褐色に日焼けしている肌を際立たせている。わたしはといえばギャップのミニスカート姿で、いかにも場違いな人間といった感じだった。

「ハイ、アンディ。見本を届ける仕事は、どうだった？」コートをあずけるために並んでいるとき、ブラッド・ピットがいきなり目に飛びこんできた。

「きゃー、嘘でしょ。ブラッド・ピットも招待されてるの？」

「うん。そうよ。だって、マーシャルはジェニファーの髪を担当しているんだもの。だから、彼女も来てるはずだわ。いいこと、アンディ。このつぎからは、あたしがパーティに誘ったら、ぜったいに行こうって思うはずよ。とりあえず一杯、飲みましょう」

わたしはそのあと、リース・ウィザースプーンとジョニー・デップをつづけざまに目撃し、午前一時を回るころには四杯目のお酒を飲みながら、ほろ酔い気分で《ヴォーグ》のファッション部のアシスタントとおしゃべりをした。話題はビキニラインのワックス。ふたりでおおいに盛りあがった。さっきとはちがって、頭が痛くなることはなかった。そのあと、ジェームズをさがして人ごみをかき分けていったとき、な、なんと、ジェニファー・アニストンを発見した。――なかなかすごいパーティじゃないの。通りすがりに、思わずご機嫌をうかがうような笑みを向けてしまった。六時間も経たないうちにまた出社しなければならなかった。自分のアパートメントに、ほぼ一日戻っていない。とはいえわたしはかなり酔っ払っていたから、わたしはそろそろ会場をあとにすることにした。ジェームズは〈マーシャルズ〉のカラリストのひとりといちゃついていた。と、そのとき、だれかがわたしの腰に手を置いた。

「やあ」さっき受付のあたりにいたセクシーな男性だった。最初はてっきり、彼が人ちがいをしたのだと思った。わたしの後ろ姿がガールフレンドにそっくりだったのだ、と。でもわたしの顔を見ても、勘違いを認めようとしない。それどころか、いっそうにっこり笑いかけてきた。「あまり口数が多いほうじゃないんだね?」

「ふーん。〝やあ〟って声をかければ、だれでも心をひらいてぺらぺらしゃべりだす、ってこと?」アンディ、口を閉じなさい! 声には出さずに、自分を叱りつける。セレブがいっぱい来ているパーティで、すごくハンサムな男性がいきなり声をかけてきたのに、つんけんした態度をとってどうするのよ！　でも彼は、気を悪くしてはいないようだった。信じられないことに、いっそうにこにこしている。

「ごめんなさい」わたしは蚊の鳴くような声で謝って、ほとんど空になっている自分のグラスに目を落とした。「わたしはアンドレア。よろしく。初対面の挨拶としては、こっちのほうがずっと常識的よね」わたしは手を差しだした。この男性は、いったいなにを望んでいるんだろう？

「いやいや、さっきの挨拶もなかなかよかったよ。おれはクリスチャン。はじめまして、アンディ」左目にかかった茶色い巻き毛を払って、バドワイザーをぐいっと飲んだ。なんとなく見覚えがある男性だけど、だれだったかはっきり思いだせない。

「バドワイザー？」わたしは彼の手元を指さした。「きょうみたいなパーティでは、大衆的なお酒は出ないと思ってたけど」

彼は声をあげて笑った。忍び笑いを漏らすほうがお似合いのような気がしたけど、豪快な笑い方だった。「きみって、思ったことをそのまま口にするんだね」わたしはきっと、むっとした顔をしたのだろう。彼はまたほほえんで、言葉を継いだ。「いやいや、それはいいことだ。めずらしいよ。とくにこの業界では。シャンパンのミニボトルをストローで飲む気には、どうしてもなれなくてね。なんだか女々しい感じがするんだよ。だからバーテンダーに頼んで、キッチンから大衆的な酒を持ってきてもらったんだ」彼はまた巻き毛を払ったけど、手を放したとたん、また目元に垂れてきた。それから黒いスポーツジャケットのポケットからタバコを出して、こっちに差しだした。わたしは一本ちょうだいしたが、引きぬいたとたんに落としてしまい、拾うためにかがみこんだとき彼の全身を観察することができた。

落ちたタバコからわずかに離れたところにある彼の靴は、一目でグッチのものだとわかる代物だった。房飾りのついた、つやつやしたスクエアトゥのローファー。立ちあがる拍子に目にはいったのは、ディーゼルの絶妙に色落ちしたジーンズ。彼はそのジーンズを長めにしてはいていたが、末広がりになっているデザインだから、つややかなローファーの後ろにいくぶん引きずっている。靴に踏まれつづけたせいで、裾がぼろぼろだ。黒いベルト――おそらくグッチだろうけど、ありがたいことに、すぐにはわからない――が、ジーンズを腰のとても低い位置に固定させている。ジーンズのなかに裾をたくしこんでいるコットンの白いシンプルなTシャツは、ヘインズのようにも見えるが、アルマーニかヒューゴ・ボスにちがいなく、シンプルな白がきれいな肌の色を引き立たせていた。黒いスポーツジャケットはいかにも高そうな、仕立てのいいものだ。もしかしたら、体型はごく普通だけどなんとなくセクシーな体にぴったり合うように、オーダーメイドしたものかもしれない。そして、思わず見惚れてしまう緑色の瞳。海の泡《シーフォーム》の色だ。以前J・クルーが緑色の服の色にそういう名前をつけていて、わたしの高校時代すごく人気があった。もしくは、深緑色とも表現できるかもしれない。身長や体つきや全体の雰囲気が、なんとなくアレックスに似ている。といっても、はるかにヨーロッパっぽくて、アウトドア派ではぜんぜんないけど。アレックスよりいくぶん洗練されてて、いくぶん美形。どう見ても年齢は上で、三十前後というところだろう。かなり世慣れた感じだった。

彼はさっとライターをつけると、わたしのタバコに火がつきやすいように、こっちに身をかがめた。「で、きみはどうしてこんなパーティに来たのかな、アンドレア？　マーシャル・マッデンを専属のカラリストにしている、恵まれた少数のひとたちのひとりなの？」

「まさか、ちがうわ。すくなくとも、いまのところはね。まあ、顧客にしてもいいって、はっきり言ってくれたけど」わたしは笑ってみせた。この見知らぬ男性にかっこいいところを見せようと躍起になっている自分を、ほんの一瞬だけ意識した。「わたし、《ランウエイ》で働いているの。それで、ビューティ部の男性に連れられてきたってわけ」

「へえーっ、《ランウェイ》ねえ。SM趣味があるひとには、願ったり叶ったりの職場だ。で、どんな感じ？」

SM趣味のことを言ってるのか、職場のことを言ってるのか、どっちなのだろう？　でも、彼は事情をよく知っているらしい。内部によく通じていて、うちの職場の内情が一般のひとが考えるようなものとはちがうことを、ちゃんとわかっているようだ。数時間まえの悪夢みたいな見本の送り届けの話をしてもいいのかもしれない。ううん、だめだめ。この男性が何者か、はっきりしていないんだから。もしかして、この男性はじつは《ランウェイ》編集部のスタッフで、わたしの知らないマイナーな部署にいるのかもしれない。イライアス－クラーク社のほかの雑誌の編集部にいるのかも。いや、ひょっとしたら、ひょっとして、くれぐれも注意するようにとエミリーから言われている《ニューヨーク・ポスト》の、ページシックスの回し者かもしれない。「連中は、どこにでも現われるのよ」彼女はいまいましげに言っていた。「どこにでも現われて、ミランダや《ランウェイ》のゴシップを言葉たくみに聞きだそうとするの。くれぐれも気をつけなさいよ」あのときのエミリーの言葉や、社員の行動を把握するIDカードを思えば、《ランウェイ》の監視体制が三面記事の記者のさぐりなどとはくらべものにならないほど、社員の言動に目を光らせていることは、じゅうぶんわかっている。《ランウェイ》の疑心暗鬼が頭をもたげてきた。

「そうね」わたしはなるたけさりげなく、曖昧に言った。「変わった職場だわ。わたしはそれほどファッションに興味がないの。どちらかというと、文章を書きたいのよね。でも、悪いスタートじゃないと思ってる。あなたはなにをしているの？」

「作家なんだ」

「えっ、ほんとに？　それはすごいわ」と、わたし。作家といったってなんぼのもんだかと思う気持ちが、声に出ていなければいいけど。ニューヨークには、作家や俳優や詩人やアーティストを自称するひとがうじゃうじゃいる。そういう連中には、ほんとにうんざり。わたしだって、大学新聞に記事を載せてたのよ。心のなかでつぶやく。それと高校時代に一回だけ、月刊誌にエッセイが載ったんだから。その程度で、作家だって言える？「なにを書いてるの？」

「これまでのところは、おもに小説だった。でもいまは、はじめての歴史物にとり組んでいるんだ」またビールをぐいっと飲んで、しょっちゅう下がってくるけど魅力的な巻き毛を、いまいちどさっと払った。

〃はじめての歴史物〃ということは、歴史物ではない小説も書いたということだ。おもしろいじゃないの。「どういう内容の？」

彼はしばし考えこんでからこたえた。「若い女性の一人称で書いたものでね。第二次世界大戦時のこの国の庶民の生きざまをテーマにしているんだ。いまはテープ起こしをしたりして、取材したものをまとめている段階なんだけど、すでにちょっと書きだしてて、なかなか好調なんだ。だから……」

話はまだつづいていたけど、わたしはその時点で彼の声が聞こえなくなっていた。きゃー、嘘でしょ。つい最近読んだ《ニューヨーカー》に、その本のことがたしか書いてあったはず。出版業界全体が彼のつぎの作品を待ち望んでいて、主人公となる女性のキャラクターをつくるさいの徹底した取材がほうぼうで話題になっているらしい。わたしはパーティ会場で、あのクリスチャン・コリンズワースとごく普通に言葉を交わしている。イェール大学の図書館で書いた小説を、二十歳の若さで刊行した天才児。彼の処女作は各地で熱狂的な反響をよび、二十世紀のもっともすばらしい文学的成果だとほめそやされた。彼はその評判を裏切ることなくさらに二冊の本を出版し、そのたびにベストセラーリストにとどまっている期間が長くなっている。《ニューヨーカー》の記事にはインタビューも載っていて、記者はクリスチャンのことを出版業界における〝数十年にひとりの逸材であるだけでなく、女性を惹きつけてやまないルックス〟だと紹介し、〝その天性の魅力をもってすれば――まんいち、文壇で成功をおさめなかったとしても――女性関係においては、一生涯苦労することはないだろう〟と書いていた。

「へええー、ほんとにすごいわね」と、わたし。どっと疲れを感じ、話題が豊富でユーモアがあって魅力的な女性に見えるよう努力することが、面倒くさくなった。この男性はいまをときめく作家なのだ――そんなひとが、どうしてわたしなんかに声をかけてきたのか？　きっとガールフレンドが一日一万ドルのモデルの仕事を終えて、この会場に駆けつけてくるまでの暇つぶしなんだろう。どっちみち、それがなんだというの、アンドレア？　心のなかで自分を叱りつける。お忘れかもしれないけど、あんたにはとてつもなく優しくて思いやりがある、すてきなカレシがいるでしょうが。それでじゅうぶんでしょう！　わたしが適当に用事をでっちあげて、もう帰らなくてはいけないといきなり切りだすと、クリスチャンはおもしろがっているような顔をした。

「おれが恐いんだね」わたしの心をずばりと見抜くと、いたずらっぽい笑みを浮かべた。

「あなたが恐い？　どうしてわたしが、あなたを恐がらなきゃいけないのよ？　やましい気持ちがあるわけでもないのに……」思わず含みのある言い方をしてしまった。彼が相手だと、そういう物言いがいとも簡単に口をついて出てくる。

　クリスチャンはわたしの肘をとると、わたしをさっと回転させた。「さあ、タクシーを拾ってあげよう」結構ですと言いたかった。ひとりで帰れるし、あなたに会えたのはうれしかったけど、うちまでついてくるつもりだったら考え直していただきたいと言いたかった。でも言いだせないまま、わたしは彼と一緒に〈プラザ〉の赤絨毯のところまで来ていた。

「タクシーですか？」外にでると、ドアマンが声をかけてきた。

「ああ、頼む。このお嬢さんに一台ね」と、クリスチャン。

「いいんです。車なら、あそこに待たせてあるから」わたしは五十八丁目のほうを指さした。〈パリス・シアター〉の前にハイヤーがずらっと並んでいる。

　クリスチャンのほうは見ないようにしていたけど、またしても笑みを浮かべているのが感じられた。例のあの笑み。彼は車までついてくると、わたしのためにドアをあけ、どうぞと言うようにうやうやしく腕を広げてみせた。

「ありがとう」わたしはちょっとどぎまぎしながら丁寧にお礼を言って、片手を差しだした。「お会いできて光栄だったわ、クリスチャン」

「おれのほうこそ、アンドレア」こっちは握手をするつもりだったのに、彼はわたしの手に唇を押しあて、社交的なお別れの挨拶にしてはいくぶん長く唇をそこに置いていた。

「またじきに、会えるといいね」彼がそう言ったときには、つまずいてドジを踏むことなくどうにか後部座席に乗りこんで、必死で顔を赤らめないようにしていた。といっても、もう手遅れだったけど。彼はバタンとドアをしめて、わたしを見送った。

二カ月まえにハイヤーに乗ったときは、車のなかをながめる余裕すらなかったのに、いまや六時間あまりハイヤーを独占するまでになっている。そのことにもはや違和感を抱いていなかったし、いままで有名人に会ったことすらなかった自分が、ハリウッドのセレブが出席するパーティに参加して、ニューヨーク中のシングル女性が夫にしたいと望む男性に手にキスをされた――そう、たしかに。彼はわたしの手にキスをしたのだ――ことにも、違和感を抱いていなかった。だめ、だめ、そんなのくだらないことよ。わたしは何度も自分をたしなめた。すべてこの業界にかぎった話だし、ここにあんたの居場所はない。たしかに華やかに見えるけど、あんたにはちょっと無理な世界よ。そう思う一方で、手をじっとみつめていた。彼がキスしたときのことを、すべて残らず頭に思い浮かべようとしながら。しばらくして、その厄介な手をバッグに突っこんでケイタイを取りだした。アレックスの電話番号にダイヤルする。わたしはいったい、なにを話すつもりなんだろう？

9

入社して十三週目になるころには、《ランウェイ》編集部が際限なく押しつけてくる、高級ブランドの支給品を遠慮なくいただくようになっていた。一日に十四時間働いて、睡眠時間は五時間以下の途方もなく長い十二週間。毎日のように頭のてっぺんからつま先までチェックされて、褒め言葉ひとつもらえず、おめがねにかなったという手ごたえすら感じられない、みじめな十二週間。自分はばかで役立たずで、なにをやってもダメなのだということを痛感させられた、恐ろしく長い十二週間。だからわたしは四カ月目にはいったとき（あと九カ月の辛抱！）決意したのだ。生まれ変わろう。《ランウェイ》のスタッフにふさわしい格好をするのだ。

　十二週目に突然の悟りをひらくまで、目覚めて服を着て出勤するという毎日のプロセスに、わたしは疲れ果てていた——〝適切な〟服をたくさん持っていればそれだけ支度が楽になると、このわたしでさえ認めざるをえなくなった、というわけ。それまでは、ただでさえ気がめいる朝の支度のなかで、服選びにいちばんストレスを感じていた。目覚ましが鳴る時間は、言葉にする気にならないほどはやい時間。言葉にするだけで、体の節々がじっさいに痛くなってくる気がする。七時に出勤だなんて、あまりにも過酷で冗談としか思えない。七時までに起きたり家を出たりすることは、これまでにも何度かあった――早朝の飛行機の便に間に合うようにするときとか、試験当日の日に勉強をしなきゃいけないときとか。でもたいていの場合、外から朝日が差しこんでくるのをながめたのは徹夜明けのときだったし、そのあと丸一日ぐっすり眠れるのであれば、早朝に起きているのもそれほど苦痛じゃないと思う。早朝の出勤は、そんな生易しいものじゃない。えんえんと終わりなくつづく、非人間的な睡眠の剝奪。十二時まえにベッドにはいろうと何度努力しても、むだだった。この二週間は春の号の校了にかかっていたからとくにひどいありさまで、六時までデスクワークをして、十一時ちかくになってようやく見本ができる日もたびたびあった。それを届けて帰宅すると、もはや十二時になっている。でも、正体なく眠ってしまうまえに、食事をすませて服を脱がなければならない。

すさまじい雑音――さすがにその音だけは無視できない――が鳴りだすのは、早朝のきっかり五時半。ベッドから素足を嫌々ながら出して、目覚まし時計が置いてある方向へ脚を伸ばす（嫌でも体を動かすように、目覚まし時計はわざと足元に置いてある）。足をばたばたさせ、何度か空ぶりしたすえにようやく時計を蹴飛ばすと、耳障りな音がやむ。毎朝この一連の動作を、判で押したように七分おきにくり返し、これ以上ぐずぐずしていられない時間――六時四分――になると、あわててベッドから飛びおきてシャワーを浴びる。

おつぎは、クロゼットとの格闘が待っている。時間はたいてい、六時三十一分から三十七分まで。大学院生のリリーはいつもジーンズとL.L.ビーンの薄汚れたセーターと麻のネックレスといったいでたちで、流行にはそれほど敏感ではないが、わたしに会うたびに言う。「あんたが職場にどういう服を着ていくのか、とても想像できないよ。なんていっても、天下の《ランウェイ》だもの。あんたの服ってどれもすごくキュートだけど、どう見ても《ランウェイ》っぽくないんだよね」

就職してからの最初の数カ月、バナナ・リパブリックばかりのワードローブから《ランウェイ》にふさわしいコーディネートを編みだすために、決死の覚悟でもっともっとはやい時間に起きていたことは、リリーに内緒にしてある。わたしは電子レンジでつくったコーヒー片手に、ブーツやベルト、ウールやマイクロファイバーをながめて頭をかかえたものだった。ようやく気にいる色が見つかるまで、ストッキングをはきかえること五回。それでも結局は、どんなタイプや色であれ、ろくなストッキングは一本もないじゃないのよ、と自分を責めることになる。靴のヒールはどれも低すぎるか、太すぎるかだった。カシミアのセーターは一枚もない。タンガとかいう紐状のパンティ（！）があることを知らなかったから、パンツやスカートに下着のラインが浮きでないようにするにはどうしたらいいのか、深刻に悩んでいた。うちの会社では下着のラインが出ていると、コーヒーブレイクのとき格好の物笑いのタネにされてしまうのだ。チューブトップは何度着てみても、通勤着にする気になれなかった。

そんなこんなで、入社三カ月にして、わたしは降参したのだった。ともかくもう、ぼろぼろ。日々の過酷な服選びに、肉体的にも精神的にもエネルギーを使い尽くしていた。だから入社三カ月目の記念に、わたしはついに努力するのをやめた。問題のその日、わたしはいつものように片手に〝アイ♥プロヴィデンス〟のロゴがついた黄色いマグカップを持ち、もう一方の手でアバクロンビーのお気にいりの服を何枚か手に取っていた。力んでみたところで、どうなるのよ？　自問する。《ランウェイ》が支給してくれた服を着たからって、自分の信条にそむいたことにはならないわよね？　おまけに、最近はわたしの服装に関するコメントがますますふえて、ますます辛辣になってきているから、ひょっとしてクビにされるんじゃないかと、思うようにもなっていた。姿見の前に立って、思わず笑ってしまった。メイデンフォームのブラ（あちゃー！）をはいたネエチャンが、《ランウェイ》にふさわしい格好をしようとしている、だって？　はんっ。だめだめ、こんなんじゃ。なんといっても、わたしは《ランウェイ》の編集部で働いているのよ――破れたり、ほつれたり、小さすぎたりさえしていなければ、どんな服でもいいってわけにはいかないの。ノーブランドのボタンダウンのシャツを横に押しやって、ツイードのプラダのスカートと、黒のプラダのタートルネックを見つけだす。それと、この前の夜、見本を待っているときにジェフィがくれた、ふくらはぎまでの丈のプラダのブーツも。

「なに、これ？」ガーメントバッグのジッパーを下ろしながら、わたしはきいた。

「それをさ、アンディ、はくべきだと思うよ。クビにされたくないなら」ジェフィは笑みを浮かべたけど、わたしと目を合わせようとしなかった。

「えっ？」

「じつはね、ひとこと忠告しといたほうがいいと思ったんだけど、きみの、そのなんというか、格好ね、ここのスタッフにあまり評判がよくないんだよ。そのブーツはたしかに高価だけど、お金は払わなくてもだいじょうぶ。クロゼットには数えきれないくらい服や靴がいっぱいあるから、ときたま、なんというか、拝借してもだれも気づかないんだ」彼は〝拝借〟という言葉を口にしたとき、両手の指二本で空中に引用符を書く仕草をした。

「それと、もちろん、ブランド会社のPR部に割引券を送ってくれって頼まなきゃだめだよ。ぼくはたかだか三十パーセント引きだけど、きみはミランダのもとで働いているんだから、驚くほど安くしてくれるはずだ。いつまでもその、ええっと、ギャップの服を着てるのはどうかと思うな」

マノロの代わりにナイン・ウエストの靴をはき、メイシーズの子ども服売場で買ったジーンズ——バーニーズ八階のブランド物のジーンズ売場では、けっして取り扱っていない代物——をはいているのは、《ランウェイ》に毒されていないことをみんなに見せつけたいからだ、とは言えなかった。黙ったままうなずく。わたしが毎日みんなの笑い者になっていることを指摘したジェフィは、ひどく気まずそうにしていた。おそらく、彼ひとりの判断でこの話をしたわけではないだろう。いったい、だれの差し金？　エミリー？　それともミランダ？　だれであろうと、知ったこっちゃないけど。ふんっ、それでもこの三カ月間は、どうにかクビにならずにやってきたのだ。アーバン・アウトフィッターズのタートルネックの代わりにプラダのタートルネックを着ることで、このさき九カ月クビにならずにすむのだったら、そうしてやろうじゃないの。わたしはさっそく、品質の高いあらたなワードローブでコーディネートを考えることにした。

六時五十分にようやくうちを出たときは、自分の装いにすっかり満足していた。わたしのアパートメントの近くで朝食の屋台を出している男性が口笛まで吹いて、十歩も歩かないうちに女性から声をかけられ、あなたのはいているブーツを三カ月まえから欲しいと思っていたのよと言われた。いずれ慣れるわよ。自分に言い聞かせる。だれだって、服は毎日着るんだから。それに、会社から支給された服は、手持ちの服よりもはるかにずっと着心地がいいのも事実だった。三番街の角を曲がって、すかさずタクシーを拾う。通勤にタクシーを利用するのは、もはや習慣となっていた。暖かい後部座席にどすんと腰をおろす。あまりにも疲れていて、ごく普通の勤め人たちと一緒に地下鉄に揺られずにすんだことをありがたく思う余裕もない。しゃがれた声で「マディソン街六百四十。急いでください」と告げる。運転手さんがバックミラー越しに、わたしをちらっと見て――気の毒そうな顔をしていた、と断言できる――「ああ、はいはい。イライアス－クラーク・ビルね」と言うなり、タイヤをきしらせて左に曲がり九十七丁目に出た。さらに左折してレキシントン街に出て、猛スピードで信号を通りすぎて五十九丁目までくると、西のマディソン街を目指した。道路がすいていたから、かっきり六分後には、高くてほっそりしたつややかなオベリスクの前に車がキキーッと音をたててとまった。なかで働く人間の多くに、このような体型を維持せよと身をもって手本を示している建物。タクシー代はいつもとおなじように六ドル四十セントで、わたしはいつもとおなじように十ドル札を運転手さんに渡した。「お釣りはとっておいて」さりげなく言うと、運転手さんがはっとしてうれしそうな顔をしたから、わたしはその日も喜びにひたった。「支払いは《ランウェイ》持ちなのよ」お釣りをもらわなくても、問題にはならないはずだ。入社して一週間経ったころにわかったことだが、イライアスの経理はそれほどきっちりしていない。お金のことは度外視されている、とすらいえる。毎日のように十ドルのタクシー代を請求しても、うるさいことは言われないのだ。ほかの会社だったら、そもそもどういう事情があって出勤にタクシーを利用するのかと問いただしてくるだろうが、イライアスの場合は、ハイヤーを会社で用意することもできるのに、どうしてタクシーを拾ったのかときいてくる。会社から毎日十ドルだまし取っていると思うと——わたしが無駄遣いをしたからって、直接的に被害を受けるひとはいないだろうけど——すごくせいせいする。こういうのを受動攻撃性反抗、と呼ぶひともいるかもしれない。わたしにしてみれば、会社への仕返しのつもりなんだけど。

太っ腹なところを見せてすっかりいい気分になったわたしは、さっさとタクシーを降りて、マディソン街六百四十番地に歩いていった。名前こそイライアスークラーク・ビルとなっているけど、このビルの半分には、掛け値なしに超一流の銀行、JSバーグマンがテナントとしてはいっている。イライアスの社員と、JSバーグマンの社員がビル内で顔を合わせる機会はまったくないけれど——エレベータですら別なのだ——一階のロビーで、金回りのいい銀行員と垢抜けたうちの社員がお互いをチェックすることだけは防ぎようがない。

「やあ、アンディ。元気にしてた？　ひさしぶりだね」おどおどした気弱な声が、後ろから聞こえてきた。だれだか知らないけど、お願いだから放っといてちょうだいよ。

名前を呼ばれたとき、わたしはちょうど、エドアルドとの朝の日課にそなえて心の準備をしていたのだった。ふり返ると、恋多き女リリーが大学時代につきあっていた男性のひとりベンジャミンが、入り口のすぐそばにもたれかかっているのが目にはいった。いまにもへたりこんでしまいそうなのに、本人は自覚していない様子だ。ベンジャミンはリリーの元カレのひとりというだけでなく、彼女がほんとうに、心から好きになった最初の男性でもある。わたしがベンジー（本人はこの呼び名を嫌っていたが）と口をきくのは、リリーが彼女の所属するアカペラグループのふたりの女の子と彼がセックスしているのを目撃して以来のことだ。リリーは大学の構外にあったベンジャミンのアパートメントに遊びにいったとき、リビングでソプラノとアルトの女の子ふたりと横たわっている彼を見てしまった。もともとは内気なその女の子たちは、それ以降、リリーと目を合わさなくなった、とのこと。若気のいたりでばかな真似をしただけだと、わたしはリリーを慰めたけど、彼女は納得しなかった。何日も泣き明かし、今回の出来事はだれにも言わないとわたしに約束させた。とはいえ、わたしがだれかにばらすまでもなく、ベンジャミン本人があちこちで言いふらしていたのだが——彼の表現をそのまま借りれば、〝合唱部の堅物の女の子をふたりモノにして、その様子をもうひとりの合唱部の子が見物していたんだ〟。あたかもリリーがカウチにすわって、自分の女たらしのカレシが雄々しく腰を動かすのをずっと見守っていたかのような口ぶりだった。リリーはもう二度と男性を本気で好きにならないと誓ったが、これまでのところ、その誓いをずっと守っているようだ。肉体関係をもった男性はいっぱいいるけど、ほんとうに好きになって抜き差しならない関係になるまえに、さっさと別れてしまうのだから。

わたしはいまいちどベンジーに目をやって、昔の面影をさがした。学生時代の彼は、ひきしまった体の魅力的な男性だった。すくなくとも外見はごく普通の男の子だった。でもいまは、抜け殻みたいになっている。スーツはぶかぶかで皺が寄り、マルボロにコカインを詰めて吸いたくてしょうがない、といった顔をしている。まだ朝の七時だというのに、はやくも仕事の疲れをにじませている彼を目にして、わたしはうれしくなった。リリーを裏切った罰だと思ったからだ。こんなとんでもない時間に出勤しなければならない人間が、わたし以外にもいるからでもある。もっとも彼は、よれよれになるまで働く報酬として年間十五万ドルはもらえるんだろうけど。それはべつとしても、わたしはひとりじゃないのだ。

ベンジーは挨拶のつもりか、火をつけたタバコをちょっと掲げて、まだ日が昇らない冬の朝の暗闇のなかタバコの火を薄気味悪く輝かせると、こっちに来いよと手招きした。道草を食ってると遅刻してしまうと思ったが、エドアルドが「だいじょうぶ。きみのボスはまだ来ていないから——平気だよ」と視線で報せてくれたから、わたしはベンジーのそばに行った。彼は目がどんよりとして、意気消沈しているようだった。人使いの荒い上司にうんざりしている、といった顔。はっ！ わたしのボスを見せてやりたい。げらげら笑いだしたくなった。

「まえから気づいてたんだけど、毎朝こんなはやい時間帯に出勤するのは、きみだけだね」エレベータに乗るまえにバッグをさぐって口紅をさがしているわたしに向かって、彼はつぶやくように言った。「どうしてだよ？」

すっかり消耗して疲れ果てているベンジャミンが、ふいに気の毒に思えてきた。でもつぎの瞬間、わたし自身へとへとで脚の力が抜けそうになっているのを感じ、昔の記憶がよみがえった。ベンジャミンのラクロス仲間が、例の3Pを見物して楽しかったか、自分も参加したいと思ったかと無神経にもリリーにきいたときの彼女の顔が頭に浮かんだのだ。と、いきなり腹立たしい気分になった。

「どうしたもなにも、ひどく人使いの荒い、女性のボスに仕えているんでね。で、編集部のほかのスタッフより二時間半はやく出勤しなきゃいけないの。彼女を迎える準備をするために」噛みつくようにこたえてやった。

「まあ、まあ、そうかっかするなよ。ちょっときいてみただけなんだから。気を悪くさせたんだったら、すまなかったよ。ほんと大変そうだね。女性のボスってだれなの？」

「ミランダ・プリーストリー」大げさな反応が返ってこないことを願いながら、こたえる。教養のありそうな、専門職に就いている人間がミランダを知らないと、わたしはすごく、すごくいい気分になる。小躍りするほどうれしくなる、といってもいい。ラッキーなことに、彼はわたしの期待を裏切らなかった。肩をすくめてタバコを吸うと、わたしに目を当ててさらなる説明を待っている。

「《ランウェイ》の編集長なの」わたしは声をひそめて言うと、含み笑いをもらした。

「これまで会ったことがないくらいに、とんでもなく嫌な女。正直な話、あんな人間には、いまだかつてお目にかかったことないわよ。っていうか、ありゃ、人間じゃないわね」ベンジーに聞いてもらいたい愚痴はかぎりなくあったけど、《ランウェイ》の疑心暗鬼がフル稼働しはじめた。突如として不安になり、妄想が頭をもたげてくる。無関心を装って、なにも知らないふりをしている目の前の人物が、ミランダの取り巻きか、もしくは《オブザーバー》やページシックスの回し者に思えてきた。そんなことはありえないし、考えすぎだということは自分でもわかっていた。なんといっても、ベンジーは何年もまえからの知り合いなのだし、彼はミランダの手下になるような人間じゃない。百パーセント考えられない、というわけでもないけど。だって、百パーセントそうだとは、けっして言いきれないでしょ？　それにいまこの瞬間にも、わたしの背後でミランダの悪口を残らず聞いている人間がいないともかぎらない。ただちに、被害対策に乗りださなければ。

「まあ、そうは言っても、ファッション業界と出版業界で絶大なる力を持っている女性なのよ。一日中甘い顔をしてたんじゃ、ニューヨークで幅をきかせている二大業界のトップには立てないわよね。だから、いくぶん厳しいっていうのも、いたしかたないわけよ。わたしが彼女の立場にいたら、きっとそうなると思うし。ええっと、うん、そうだ、もう行かなきゃ。またね」わたしはさっさとその場を離れた。この数カ月間、リリーやアレックスや両親以外のひとと話していて、ついうっかり鬼ボスの悪口を言ってしまったときは、尻尾を巻いて逃げるのが習慣となっている。

「おいおい、そう悲観するなよ」エレベータに向かっていくわたしに、ベンジャミンが後ろから声をかけてきた。「ぼくは先週の木曜日から、ここに勤めてるんだ」彼はそう言うと、火のついているタバコを地面に落として、気だるそうに踏み消した。

「おはよう、エドアルド」なるたけ疲れきった憐れっぽい目をして、わたしは彼に声をかけた。「月曜日って、ほんっと憂鬱よ」

「まあ、まあ、そう気を落とすなって。きょうはすくなくとも、まだボスが来ていないんだから」エドアルドはほほえんだ。ミランダが朝の五時に出勤する日のことを言っているのだろう。そんな日は、カードを持ち歩いていない彼女をだれかが階上に連れていかなければならないから、ひどく面倒なことになる。ミランダは国家の安全が危機にさらされているような騒ぎで会社をいらいらと歩き回り、エミリーとわたしに何度も電話をし、どっちかひとりをたたき起こして、いますぐ出勤してこいと命令するのだ。

わたしは祈るような気分で、回転ゲートを押した。月曜日なんだから、例外的にパフォーマンスなしで通過させてくださいますように。甘かった。

エドアルドが歯をむきだしにして、にやにや笑いながらスペイン語訛りでスパイス・ガールズの九〇年代のヒット曲をうたった。運転手さんにチップをはずんで、ミランダの先に出社した喜びは、すべて消えさった。毎度のことながら、セキュリティ・デスクに手を伸ばして、エドアルドのほっぺたの贅肉を引き剝がしてやりたくなる。でも、わたしはそんなに堅物じゃないし、彼はこの職場でオトモダチと呼べる数少ない人間のひとりだから、しぶしぶ遊びにつきあってあげた。彼の望みどおりにスパイス・ガールズの歌を憐れっぽい声でうたってやる。

「ねえ、忘れるなよ。七月十六日を！」後ろから声をかけてきた。

「はい、はい。七月十六日ね……」わたしは、エドアルドと自分の誕生日を口にした。彼がどうやってわたしの誕生日を知ったのかは覚えていないが、自分とおなじ日だと知っていたく感激していた。それでどういうわけか、誕生日を確認するのが毎朝の日課となったのだ。

一日も欠かすことのない日課。

イライアス社には、エレベータが八台ある。四台は一階から十七階までを行ったり来たりして、あとの四台は十八階以上のフロアに行く。人気がある雑誌の編集部のほとんどが十七階までのいずれかにはいっているから、大事なのは一階から十七階までのエレベータ四台だけで、扉の上に掲げてあるイルミネーションがともったパネルに、それぞれの雑誌の名前が記されている。二階は従業員が無料《ただ》で利用できる、最新のマシンをそろえたスポーツジムだ。ノーチラスサーキットや、百台以上ものステアマスターやトレッドミルが置かれている。更衣室にはサウナやお風呂やスチームルームが完備されていて、メイドさんのユニフォームを着たスタッフがあれこれ気を配り、マニキュアやペディキュアやフェイシャル・エステを短時間でやってくれるサロンもある。無料のタオルサービスまであるのだ。というか、そう聞いている——わたしはジムに行く時間がないし、そこは朝の六時から夜の十時まで、いつでも身動きができないほど混みあっているのだ。ライターや編集者や営業のアシスタントが、三日前からヨガやキックボクシングのレッスンの予約をいれるけれど、予約がとれたとしても十五分まえにジムに行かなければ、場所を確保できない。イライアスの福利厚生施設はほとんどそうだが、このスポーツジムもわたしを滅入らせるだけだ。

ビルの地下には保育所があるとの噂だが、子育て中の女性社員がいる様子はないし、わたしもいまのところ子どもを産む予定はない。地下や二階には用がなく、わたしが頻繁に利用するのはダイニングのある三階だけ。ちなみにミランダは、これまでのところそのダイニングで普通の社員と一緒に食事をとったことがない。もっとも、イライアスークラークのCEOアーヴ・ラヴィッツと一緒にランチをとるときはべつ。彼は従業員との結束を深めようという姿勢を見せるために、頻繁にダイニングを利用したがるのだ。

エレベータはどんどんあがって、有名雑誌の編集部があるフロアを通過していく。ほとんどのフロアには複数の雑誌の編集部がはいっており、受付の両側にそれぞれわかれてガラスのドアで仕切られている。わたしは十七階で降りると、受付ドアのガラスで服装をチェックした。このビルの設計者は従業員への思いやりと天才的なひらめきで、マディソン街六百四十番地のエレベータにありがたくも鏡をいっさい取りつけなかった。例によってIDカード──わたしたちの行動や買い物をチェックして、会社に出勤しているかどうか見張るあのカード──を忘れたわたしは、床にすわりこむはめになる。受付係のソフィが出社するのは九時だから、彼女のデスクの下に潜りこんでガラスドアをあけるボタンを押してから、あわてて受付デスクから這いだし、いったん開いたガラスドアがまたしまるまえに手で押さえなければならない。三回目か四回目でようやく成功することもあるけど、その日は二回目でうまくいった。

わたしが出勤するころ、フロアはまだたいてい薄暗い。いつもとおなじルートを通って、自分のデスクに向かう。フロアにはいってすぐ左側に、広告部がある。その部署のスタッフはクロエのTシャツとスパイクヒールのブーツでおめかしすることをこよなく愛する女の子たちで、その名刺には《ランウェイ》の文字がでかでかと印刷されている。彼女たちは編集部のさまざまな仕事には、丸っきりいっさいタッチしない。ファッション記事の服を選び、売れっ子のライターに原稿を頼み、服に合った小物を選び、モデルにインタビューをして、原稿を整理し、レイアウトをデザインして、フォトグラファーに仕事を依頼するのはすべて編集部の仕事なのだ。編集者たちは世界中のホットな場所に取材に出かけ、ありとあらゆるデザイナーからプレゼントをもらったり、商品を値引きしてもらったりする特典があり、つねに流行をさぐって、〈パスティス〉や〈フロート〉でひらかれるパーティに〝参加者の服をチェックしなければならないから〟顔を出す。

広告部の仕事は、もっぱら広告のスペースを売ることにある。彼らはときおりプロモーション・パーティをひらくが、参加者にセレブはいないから、ニューヨークの有名人が集まるパーティにくらべると見劣りする（わたしの意見じゃない。エミリーが軽蔑をこめて、そう言ったのだ）。《ランウェイ》広告部のパーティがひらかれる当日、わたしの電話は鳴りっぱなしになる。よく知らないひとたちが、パーティに招待してくれるのかどうかきいてくるのだ。「ええっと、じつはね、今夜《ランウェイ》のパーティがひらかれるって耳にしたんだけど、わたしは招待されているかしら？」わたしがその日にパーティがあることを知らされるのは、いつもそういった外部からの電話だ。編集部の人間は招待されたとしてもどっちみち参加しないから、広告部もはじめから連絡しない。うちの女性スタッフたちは《ランウェイ》以外の人間をあざけったり、おびやかしたり、村八分にしたりするだけではまだ飽き足らないのか、身内同士でもランクわけをしなければ気がすまないのだ。

広告部を過ぎると、その先は狭くて長い廊下が伸びている。えんえんとつづくかに思われる廊下を歩いていくと、左側に小さなキッチンがある。コーヒーや紅茶が各種用意され、ランチをいれておく冷蔵庫があるけど、すべて無用の長物だ。従業員がコーヒータイムに口にする飲み物はすべてスターバックスが独占しているし、ランチはダイニングで慎重に選ぶか、ミッドタウンにある何千軒もの店からテイクアウトしてくるのが普通だからだ。それでも、感じのいいキッチンで、魅力的とすら言える。キッチンそのものが訴えているのだ――「見て。リプトンのティーバッグやスウィートンロウがあって、電子レンジまで置いてあるのよ。昨日のディナーを、冷たいまま食べずにすむでしょ！　ここには庶民の感覚があるの！」

このフロアの特別区域ともいうべきミランダのオフィスにようやく着いたのは七時五分だったけど、その時点ですでにへとへとで、ほとんど身動きできない状態になっていた。でもほかのことと同様、疑いをはさんだり、勝手に変更したりすることはできない日課がさらに控えているから、やる気を奮い起こしてそれに取りかかった。オフィスの鍵をあけて、照明のスイッチをすべていれる。外はまだ暗くて、一瞬だけ心ときめく。夜明け前のお偉いさんのオフィスから、眠ることなく活動している光またたくニューヨークの街を見下ろすと、映画のヒロインになった気分になる（どんなシーンかはお好み次第。ハドソン川を望む超高級アパートメントの豪華なベランダで、恋人の腕に抱かれている場面、なんていうのもいい）。まるで、世界の頂点に立ったような気分。でもつぎの瞬間には照明がパッとついて、美しい幻想タイムは終わる。夜明け前のニューヨークで味わった、なにもかも手にした万能感はたちどころに消えて、目に映るのは、瓜二つの双子キャロラインとキャシディの笑い顔だけとなる。

わたしはそれから、アシスタントのセクションにあるクロゼットの鍵をあける。ミランダのコートをかける場所だ（わたしのコートもそこにかけるけど、ミランダが毛皮のコートを着てきた日はべつ——エミリーとわたしの冴えないウールのコートがミンクのコートの横にかかっているのを、ミランダが嫌がるからだ）。クロゼットのなかには、ほかにもたくさんの物がおさめてある。全部で数万ドルはするだろう着なくなったコートや服、クリーニング屋さんから届いたばかりの、まだミランダの自宅に届けていない服。二百枚は下らない、エルメスの忌まわしい白いスカーフ。シンプルでエレガントなシルクの白いスカーフはミランダがつねに身につけている代物だが、なんでもエルメスは去年で製造を打ち切ったらしい。エルメス社はミランダに黙っているわけにはいかないと、わざわざ電話で謝った。驚くまでもないが、彼女はお宅の会社にはがっかりさせられたと冷たく言い放ち、さっそく在庫をすべて買い占めた。わたしが入社するまえの話で、五百枚あまりのスカーフが送られてきたらしいが、いまではその半分以上がなくなっている。ミランダがあちこちにスカーフを忘れてくるからだ——レストラン、映画館、ファッションショーの会場、ミーティング会場、タクシー。飛行機や、娘の学校、テニスコートにも忘れてくる。たしかに彼女は、どこに行くときもスカーフをセンスよく装いのアクセントにしている——自宅以外の場で、彼女がスカーフを身に着けていないのを見たことがない。でもだからといって、あちこちにスカーフを置き忘れる理由にはならない。彼女にしてみれば、ハンカチ程度のものなのだろうか？　なにかを書き留めるときに、メモ帳の代わりにシルクの布を使うとか？　理由はなんであれ、ミランダはスカーフを使い捨てにするものだと信じこんでいる様子で、エミリーやわたしにその思いこみを正す術《すべ》はない。一枚につき二、三百ドルのスカーフの支払いはイライアス社もちだが、そんなの大したことじゃない。わたしたちはティッシュを差しだすように、ミランダにスカーフを渡す。このままのペースで紛失しつづけたら、二年以内に底をつくはずだ。

わたしはスカーフがはいっているオレンジ色のかたい箱を、クロゼットのいちばん手前の棚にいくつか用意しているけれど、箱が長いあいだその場にとどまっていたためしがない。ミランダは三、四日おきに、ランチをとりに外出する間ぎわにため息をついて言う。「アーンドレーア、スカーフをちょうだい」スカーフがなくなるころには、わたしはとっくにこの職場を辞めているだろうと思うとほっとする。そのころアシスタントになったひとは、エルメスの白いスカーフはもはや一枚もないこと、あらたに製造されたり、送られてきたり、つくられたり、生産されたり、郵送されてきたり、注文を受けたり、委託販売されたりする見込みはいっさいないことを、彼女に伝えなければならないのだ。考えるだけでも、ぞっとする。

クロゼットの用事をすませ、オフィスにはいったのと同時に、ユリから電話がはいった。

「アンドレア？　おはよう。ユリだ。階下《した》までおりてきてくれるかな？　五十八丁目にいる。パーク街の近く、ニューヨーク・スポーツクラブのまん前にね。渡す物がある」
その電話で、わたしはミランダがじきに出社してくることを知った。直接そう聞いたわけではないが、内容からすぐにわかった。彼女はほぼ毎朝、自分が出勤するまえに荷物をユリに運ばせる。クリーニングに出す汚れた服、家に持ち帰って読んだ原稿、雑誌、修理に出す靴やバッグ、例の見本。そういった雑多な品物を車からオフィスに運ばせ、しかるべき処理をわたしに押しつけて、自分はあとから出社するというわけ。彼女が出社するのは荷物が届いてからほぼ三十分後。ミランダが街のどこにいるかはわからないけれど、荷物をわたしに手渡したユリが彼女を迎えにいって戻ってくるのに、だいたいそのくらい時間がかかる。

ミランダはいろんな場所から出勤してくるのよ、彼女はけっして眠らないから、とはエミリーの弁だ。それが真実であることを知ったのは、エミリーよりはやく出勤して、留守電を最初に聞く仕事をまかせられるようになってからだった。ミランダは毎晩、例外なく、夜中の一時から朝の六時までのあいだに八つから十の曖昧なメッセージをわたしたちに残す。たとえば、こんな感じ。「女の子たちのあいだで流行しているナイロンのバッグを、キャシディが欲しがってるの。あの娘《こ》が好きな色の、中くらいのサイズのやつをひとつ注文して」もしくは、「七十丁目から八十丁目のあいだにある、例のアンティークショップの住所と電話番号を調べといて。わたしがヴィンテージ物のドレッサーを見つけた店よ」

十歳の女の子たちのあいだで流行っているナイロンのバッグがどんなものか、七十丁目から八十丁目のあいだ——そもそも東と西のどっち側？——にある四百軒のアンティークショップのなかで、ミランダがここ十五年のあいだに気にいった品物を見つけた店がどこなのか、知っているのは当然だという口ぶり。それでも毎朝、わたしはメモ帳を片手に生真面目にメッセージを聞き、〝くり返し〟ボタンを何度も、何度も、何度も押して、訛りの強い英語に必死で耳をすまし、わかりづらい命令をなんとか理解しようとする。ミランダにじかに質問するのは、避けなくてはならないのだ。

いつだったか、もうちょっと具体的に説明してくださいとミランダに頼めばいいわよ、とエミリーにうっかり言ってしまって、いつもの恐ろしい目でにらまれた。ミランダに質問するなんてとんでもない、ということらしい。当てずっぽうにやるだけやって、見当ちがいのことをしたと怒られるほうが、まだましなのだ。ミランダの目に留まったヴィンテージ物のドレッサーを見つけるために、わたしは二日と半日かけて、リムジンでセントラルパークの西側と東側の七十丁目から八十丁目をめぐった。ヨーク街は抜かして（住宅街だから）、一番街を北上し、二番街を南下して、それから三番街をまた北上して、レキシントン街をまた南下する。パーク街ははぶいて（やはり、住宅街だから）、マディソン街を北上し、西側でも東側とおなじプロセスをくり返す。ひらいた電話帳を膝に置き、ペンを握りしめて目をかっと見ひらき、アンティークショップが目にはいったら、すぐにでも車から飛びおりられるよう身構える。目に留まったアンティークショップは一軒ずつ、みずから足を運んだ――なかにはふつうの家具店も、かなりあった。四軒目を訪れるころには、すっかりコツを呑みこんでいた。

「すみませんが、ヴィンテージ物のドレッサー扱ってます？」店のひとがあれこれ話しかけてくると同時に、悲鳴に近い大声で問いかける。六軒目になると、もはや入り口から先には行かないまでになっていた。当然の成り行きながら、相手にする価値がある客かどうか見定めようと、わたしをじろじろながめまわす感じの悪い店員さんもいた――逃れようのない視線攻撃！　ほとんどの店員さんが外で待たせているハイヤーに気づいて、わたしの質問にしぶしぶこたえを返してくれたが、なかには、どういうドレッサーでしょうかとたずねてくる店員さんもいた。

ヴィンテージ物のドレッサーなら扱っておりますが、とのこたえが返ってくると、わたしはすかさず「ミランダ・プリーストリーが、最近ここに来ましたか？」と無愛想にきいた。その時点までは、わたしをイカレていると思っていなかった店員さんも、警報ベルに手を伸ばそうとする。彼女の名前を耳にしてきょとんとする店員さんも少しはいて、わたしはうれしくなった。彼女に支配されることなくまっとうに生きている人間を目の当たりにすると、すがすがしい気分になれるからでもあり、とっととその店を出ていけるからでもある。大多数の店員さんたちはお気の毒にも彼女の名前を耳にしたことがあって、すぐさま好奇心を露わにした。どこの新聞の三面記事を担当しているのか、ときいてくるひとたちもいた。とはいえ、わたしがどう説明しようと、店に彼女が来たと言った店員さんはいなかった（ただし、〝ここのところミズ・プリーストリーにお会いしていないんですよ、だからね、どうしていらっしゃるか心配してたんです！　どうかフランクが／シャーロットが／サラベスがよろしく言っていた、とお伝えください！〞とのこたえが返ってきた三軒はべつ）。

三日目の午後になっても店を特定できず、オフィスに戻ってミランダの指示を仰いでいとエミリーがようやく許可してくれた。ハイヤーでイライアスに戻ると、冷や汗が噴きだしてきた。エドアルドがいつものお遊びを強要してきたときは、回転ゲートを乗り越えてやると脅かしてやった。《ランウェイ》のフロアに着くころには、シャツが汗でぐしょぐしょになっていた。アシスタントのセクションに着いたとたん手がふるえだして、頭のなかで完璧に予習してあったミランダへの質問（こんにちは、ミランダ。ええ、元気ですよ。お気遣い、ほんとにありがとうございます。そちらは、どうです？　じつはですね、お報せしたいことがありまして、例のアンティークショップを一生懸命さがしたんですけど、見つからないんです。よかったら、マンハッタンの東と西のどちら側なのか、教えていただけないでしょうか？　もしくは、お店の名前を覚えてます？）がひどく神経質になっている脳みそのなかの当てにならない部分へ消えていった。わたしはボスにおうかがいをたてるときの手順を無視して、報告書に質問事項を書きこまなかった。ミランダのデスクに近づいていいかどうか、彼女に直接きいたのだ。すると彼女は――アシスタントのわたしが、畏れ多くもボスに話しかけられるまえに声をかけてきたことにショックを受けたらしく――わたしの願いをかなえてくれた。そして最終的には、惚れ惚れとするような彼女一流のやり方でため息をもらし、しかたがないから大目にみてやるか、といった恩着せがましい顔をしながらも、エルメスの黒いレザーのシステム手帳をひらき（輪ゴム代わりに手帳をくくっているのは、使い勝手は悪いけど見た目はオシャレな白いエルメスのスカーフ）……店の名刺を取りだしてくれた。

「店の名前や住所は、留守電にちゃんと吹きこんでおいたはずでしょう、アーンドレーア。書き留めるのが、そんなに大変だったわけ？」その名刺でミランダの顔をめった切りにして、きれいな模様を描いてやりたい気持ちでいっぱいになったけど、わたしはただうなずいただけだった。それから名刺に目をやって、店の住所をはじめて知った。東六十八丁目二百四十四。どうりで。東であろうと西であろうと、一番街であろうとアムステルダム街であろうと、いくらさがしても見つからないはずだ。なぜなら、わたしがこの三十三時間ひたすらさがしつづけた店は、そもそも七十丁目と八十丁目のあいだには存在しないのだから。

そうやってアンティークショップの一件を思いだしながら、ミランダがきのうの夜残した最後のメッセージを書き留めると、わたしはユリに指定された場所へ駆け足で向かった。わたしが車を見つけられるように、彼は駐車の場所を毎朝こまかく説明してくれる。でも、どんなにはやく階下におりていっても、彼はすでに荷物をビルのなかに運んでくれているから、わたしは通りに出ていかずにすむ。うれしいことにその日も例外ではなく、ユリは孫思いの心優しいおじいさんみたいに、紙袋や服や本をかかえてロビーの回転ゲートに寄りかかっていた。

「走ってきたんじゃないだろうね、うん？」強いロシア語訛りできいてきた。「あんた、いちんちじゅう、走って、走って、走ってばかりだ。ボスにさんざん、さんざん、こきつかわれてる。だから、これ、持ってきてあげてるんだ」ユリはかかえきれないほどの紙袋や箱を、わたしが落とさないようにそっと渡してくれた。「あんた、いい娘《こ》だよ。がんばんなさい」

わたしは感謝のまなざしをユリに向けてから、エドアルドを軽くにらみつけたけど——「いまこの場で、わたしにパフォーマンスをやらせようとたくらんだら、ただじゃおかないからね」と脅しをこめた視線——無言で回転ゲートを通してくれたから、いくぶん表情をやわらげた。ニューススタンドに立ちよらなくては。忘れずにいたなんて、我ながらすばらしい。アーメドがミランダが読むさまざまな朝刊をひとかかえ、渡してくれる。メールルームの職員が毎朝九時までにミランダのデスクに朝刊を運んでくれるのだが、出社したミランダの手もとに新聞が届くのが一秒でも遅れてはならないから、わたしは毎朝、彼女が読む新聞を余分に買うようにしている。週刊誌もしかりだ。三面記事とファッション記事しか読まない人間のために、一日に九紙の新聞と週に七誌の雑誌を買うことに、だれも疑問を感じないらしい。

自分のデスクの下に、荷物をどさっと置く。そろそろ最初の注文の時間だ。すっかり暗記している、ミッドタウンのテイクアウトの店〈マンジャ〉の電話番号をダイヤルする。いつものように、ホルヘが電話に出た。

「もしもし、おはよう、わたしよ」わたしはコンピュータのメールをあけるために、受話器を肩で押さえながら言った。「きょうもお願いね」ホルヘとわたしは仲がいい。朝に言葉を交わすことが三回、四回、五回と増えるにつれて、どういうわけか、急速に親近感が湧いてきた。

「やあ、おはよ。すぐにでも若いのに届けさせるよ。彼女はもう来てるの？」彼はわたしのボスである〝彼女〟が《ランウェイ》編集部の奇人だと知っているけど、わたしが注文した朝食をだれが食べるかはよくわかっていない。ホルヘはわたしの〝朝の男性たち〟のひとりだ。エドアルド、ユリ、ホルヘ、アーメドがいてくれるおかげで、わたしはとりあえず爽快な気分で一日をスタートできる。彼らは幸いにも、《ランウェイ》といっさい関係のない人間だ。もっともわたしにとっては、《ランウェイ》での仕事をよりスムーズに進めるために、なくてはならない存在なのだが。この四人は、ミランダがいかに偉くて権力をもっているか、ほんとうのところは理解していない。

朝食第一便は、すぐさまマディソン街六百四十に向けて出発するから、わたしがその朝食を捨てなければならない可能性は高かった。ミランダの朝食の定番メニューは、脂身たっぷりのベーコン四枚とソーセージ二本、やわらかいチーズデニッシュ。それをスターバックスのトールサイズのカフェラテ（赤砂糖は二つ。忘れちゃだめ！）で流しこむ。わたしの知るかぎり、オフィスでの意見はふたつにわかれている。ミランダはつねに高タンパクの食べ物しか口にしないアトキンスダイエットをしているのだという意見と、うらやましい遺伝子を持っているがために、生まれつき新陳代謝が超人的に活発なのだという意見。どっちにせよ、高カロリーのぞっとするほど不健康な食べ物をミランダは平気で口にしている。もっともミランダ以外のスタッフたちは、経済的な理由からそういう贅沢品を口にできないのだが。届けられて十分も経つと朝食は冷めてしまうから、わたしはミランダが出社するまで、朝食を注文して捨てることをくり返す。電子レンジで温めなおしていた時期もあったが、五分間余計に時間がかかっただけだったし、ミランダは決まって文句を言った（「アーンドレーア。こんなの食べられたもんじゃないわ。すぐにできたてを用意してちょうだい」）。そういうわけで、ミランダがケイタイで朝食の用意をしておけと命令してくるまで（「アーンドレーア。もうすぐオフィスに着くから、朝食を注文して」）、ほぼ二十分おきに朝食を注文するのが、いまや日課となっている。彼女の電話はたいてい出社のわずか二、三分前にかかってくるので、あらかじめ注文しておく必要があったし、そもそも出社まえに彼女が電話してこないことのほうが多かったから、二十分ごとの注文はかかせなかった。ミランダにきちんとした朝食を出すまでに、わたしはすでに二、三回注文をしているのが常なのだ。

電話が鳴った。ミランダにちがいない。こんなにはやく電話をかけてくるのは、彼女くらいだ。

「ミランダ・プリーストリーのオフィスです」わたしは元気のいい声で電話に出ると、ミランダの冷ややかな声を聞いても動揺しないように身構えた。

「エミリー、十分後にオフィスに着くから、朝食を用意しといて」

ミランダはエミリーとわたしの両方を、〝エミリー〟と呼ぶ。わたしたちふたりは似たり寄ったりで、どっちがどっちであろうと関係ないのだろう。わたしは心の底ではむっとしたが、もう慣れっこになっていた。おまけに、あまりにも疲れていて、名前をまちがえられた程度で目くじらをたてる気にはなれなかった。

「かしこまりました、ミランダ。すぐに手配します」でも彼女はすでに、電話を切っていた。そのとき、本物のエミリーがオフィスにやってきた。

「ねえちょっと、彼女、来てる?」例によって、ミランダのオフィスをちらっとうかがって、小声できいてきた。おはようの挨拶もない。そういうところは、ボスそっくり。

「ううん。でも、いま電話があって、十分後に来るって。わたしはすぐに戻ってくるからね」ケイタイとタバコをいそいでコートのポケットにいれて、オフィスを出る。階下におり、マディソン街を渡って、スターバックスの列に割りこむまでにかかる時間はわずか数分。その移動時間に、その日はじめての貴重なタバコに火をつけ、心ゆくまで味わった。燃えさしを足で踏み消し、レキシントン街五十七丁目のスターバックスによろよろとはいり、レジの前の列をたしかめる。並んでいるのが八人以下だったら、普通の客として列の最後に並ぶ。しかし、きょうも二十人以上のお気の毒なサラリーマンたちが、うんざりした顔で高いコーヒーを買う順番を待っていたから、わたしはしかたなく彼らを押しのけてカウンターの前に立った。できればこんな真似はしたくないが、わたしが毎朝調達するカフェラテは出前で頼めず、混みあっている時間ならば買って戻ってくるのにゆうに三十分はかかるということを、ミランダはどう説明しても理解してくれないのだ。きんきん声の怒りの電話をケイタイで受けること数週間(「アーンドレーア、いったいどういうことなの、さっぱり理解できないわ。あなたに電話してもうすぐ出社するって伝えたのは、二十五分もまえなのよ。なのに、まだ食事が用意されてない。とんでもないことだわ」)、わたしはついに、スターバックスの店長に相談を持ちかけたのだった。

「ええっと、こんにちは。お時間をさいていただいて、ありがとう」店長の小柄な黒人女性に、わたしは言った。「非常識な話だとは思うのだけど、列に並んで注文を待つことに関して、ちょっとご相談があって」わたしは必死になって、仕えているとても偉くて理不尽なボスが、朝のコーヒーを待たされると虫の居所が悪くなるのだと説明した。列に割りこんで、もちろん、さりげなくだけど、すぐに注文できるようにするってわけにはいかないかしら？　なんと幸運にも、店長のマリオンはファッション工科大学の夜間部に通って、ファッション・マーチャンダイジングを学んでいる学生だった。

「んまあ、ほんとに？　ミランダ・プリーストリーのもとで働いてるの？　彼女がうちのラテを気に入ってくれてるの？　トールサイズの？　毎日？　信じられない。ええ、ええ、もちろん、いいですとも、いいですとも！　さっそく、あなたの力になるようみんなに言うわ。心配しなくていいからね。なんといっても、彼女はファッション業界で絶大な力をもっているひとだもの」まくしたてるマリオンに圧倒されながらも、わたしは彼女に合わせてひたすら熱心に相槌を打った。

そういうわけで、疲れていて怒りっぽくてやたら偉ぶっているニューヨーカーたちの長い列に並ぶことなく、わたしはひたすら順番を待っているひとたちよりもさきにラテを注文できるのだった。優遇してもらっても、うれしくなかった。自分は特別だとも、かっこいいとも思えず、むしろ気が重かった。きょうはまたやけに列が長い——どのカウンターの列も、外までつづいている。いっそううんざりした気分になる。おまけに、両手に荷物をいっぱいかかえて会社まで戻らなくてはならないのだ。そのころには、頭がズキズキ痛みだし、目がかすんで乾いてきていた。四年もの歳月をかけて詩を暗記したり散文を研究したりして、優秀な成績をおさめてみんなに祝福されたのに、結局はこのざまだ、とはあえて考えないようにした。余計なことは考えずに、ミランダのカフェラテを新人のバリスタに注文し、私自身の注文を追加する。グランデのアマレット・カプチーノ、モカ・フラペチーノ、キャラメル・マキアートが四つのカップのキャリアーに載せられる。マフィンとクロワッサンも六個ほど買う。しめて、二十八ドル八十三セント。レシートだけをおさめる財布の仕切りのなかに、受けとったレシートをいれる。その仕切りはすでにぱんぱんに膨れあがっていて、レシートに記された金額はすべて、頼もしいイライアス社に経費として払い戻してもらえる。

ミランダから電話が来てもう十二分経っている。ぼやぼやしていられない。おそらくいまごろはオフィスに着いていて、わたしが毎朝どこで道草を食っているのかといらいらしているだろう。カフェラテのカップについているスターバックスのロゴも、彼女にはなんの情報ももたらさないのだから。でも、カウンターから品物をとろうとしたとき、ケイタイが鳴った。毎度のことながら、心臓がどきっとした。かけてきたのはミランダだとわかっているし、まちがいなくそうだと確信しているけど、それでもいつも慌ててしまう。ディスプレイには、案の定ミランダの電話番号が記されていたが、驚いたことに電話をかけてきたのはエミリーだった。

「ミランダがもう来てるわよ。すごく怒ってる」小声で言った。「すぐに戻ってきて」

「こっちだって、精一杯いそいでるのよ」飲み物のホルダーとパンの紙袋を片手にかかえ、もう一方の手でケイタイを持ってバランスをとりながら、わたしは怒鳴った。

エミリーとわたしのあいだに存在する根深い憎しみは、こういった場面に端を発している。彼女は〝シニア〟・アシスタントだから、ミランダの私的なアシスタントとしての仕事はわたしが行なっている。コーヒーや食事を買いにいったり、娘たちの宿題を手伝ってやったり、ディナー・パーティ用の食材を集めるべく街中を走りまわったりするのは、わたしの役目だ。エミリーの仕事は、ミランダの買い物の請求書を整理したり、旅行の手配をしたり、数カ月ごとにミランダの洋服を注文したりする――これがいちばん大掛かりな仕事だ――ことだ。だから毎朝わたしが外に出てあれこれ調達しているあいだ、オフィスにかかってくる電話と、朝のうちはとくに気を張り詰めているミランダの要求に対応するのは、エミリーひとりとなる。わたしは職場にノースリーヴのシャツを着てくることができるエミリーを、憎んでいる。彼女は日に六回も外に出て、なにかを取りにいったり、さがしたり、物色したり、集めたりしてニューヨークの街を駆けずりまわったりせずに、ずっと暖かいオフィスにいられるのだ。対するエミリーは、正当な理由で職場を離れられるわたしを憎んでいる。わたしが道草を食って、ケイタイで電話をしたりタバコを吸ったりしていると、彼女は思っているのだ。

オフィスへ戻るのは、スターバックスに行くときよりもたいてい時間がかかる。帰り道にスターバックスで買った飲み物やパンをあちこちに配るからだ。ホームレスのひとたちに施しをするのが、わたしの日課だ。五十七丁目にはいつもおなじ顔ぶれのホームレスの一団が、彼らを一掃する市の試みをものともせずに、ビルのステップに腰をおろしたり、軒先で眠ったりしている。道が最高に混みあうラッシュアワーのまえにいつもお巡りさんに追い払われてしまうのだが、わたしが最初のコーヒーのお使いに行く時間帯には、彼らはまだたむろしている。この街でもっとも邪魔者扱いされているひとたちに、彼らが好きなばか高い飲み物をイライアスのおごりでごちそうしてあげられるなんて、なんて楽しいんだろう――ほんと、胸がすく思いがする。

JPモルガン・チェース銀行の前で眠っている、おしっこのにおいが染みついた男性には、モカ・フラペチーノ。目を覚まして受けとりはしないけれど、毎朝カップを（もちろん、ストローもそえて）左肘のそばに置いておくと、わたしが四時間後に二回目のコーヒーのお使いで通りかかるころには、たいていカップは――本人と一緒に――なくなっている。

いつも持ちあるいているカートにもたれて、ボール紙の看板（家なし／掃除いたします／おめぐみを）を掲げているおばあさんには、キャラメル・マキアート。テレザと名乗るそのおばあさんに、以前はミランダとおなじカフェラテを渡していた。彼女はありがとうとお礼を言うものの、温かいカフェラテにけっして口をつけなかった。かえって迷惑なのかと思いきってきくと、とんでもないというように首をふって、ケチをつけるのはなんだけど甘い飲み物が好みでね、このコーヒーは苦すぎるよとつぶやくようにこたえた。翌日は、ホイップクリームをトッピングしたバニラフレーバーのコーヒーを持っていってあげた。このほうが、お口に合うかしら？　ああ、そうだね、以前のよりずっと、ずっといいよ。でもこんどはちょっとばかり甘すぎるね。で、つぎの日にようやく彼女の好みがわかった。フレーバーなしの普通のコーヒーにホイップクリームをトッピングしてキャラメルシロップをかけたものが、いちばん口に合うらしい。それ以来、キャラメル・マキアートを渡すと、歯がほとんどない口でニヤッと笑い、すぐさま飲んでくれるようになった。

最後は、リオのところに飲み物を持っていく。ブランケットに自作のCDを並べて売っているナイジェリア人だ。彼はホームレスに見えないが、ある日テレザに飲み物を渡しているときに近づいてきて、声をかけてきた。いや、うたいかけてきたというべきか。「き、き、きみさ、スターバックスの妖精かなにかみたいだね？　ぼくのぶんは？」翌日、グランデのアマレット・カプチーノをあげると、わたしたちはすっかり仲良しになった。

毎日、経費で二十四ドルも余計な買い物をしているのは（ミランダのカフェラテだけだったら、四ドルしかかからない）、タクシーの運転手さんに気前よく十ドルをあげるのと同様、会社への受動攻撃性反抗だ。好き勝手をしているミランダを大目に見ている会社へ、わたしなりに異議を唱えているというわけ。不潔で、くさくて、イカレたひとたちに飲み物を施すのは、それを——経費を無駄遣いしたことはべつとして——会社側が知ったら、激怒するだろうからだ。

会社のロビーにはいっていくと、ペドロ——〈マンジャ〉の配達員で、訛りが強いメキシコ人——が、エレベータの近くでエドアルドとスペイン語でおしゃべりをしていた。「ああ、お嬢ちゃんが帰ってきた」と、ペドロ。イライアスの社員が数人、こっちに目を向けた。「いつものやつ、持ってきたよ。ベーコン、ソーセージ、あと、チーズのはいったまずそうなしろもん。きょうの注文は一回だけだったね！　こんなもん食べてどうしてそんなに痩せてんのかな」ニヤッと笑った。痩せているというのがどういうことなのか、あなたはぜんぜんわかってないのよ、と言いたくなる気持ちをぐっとこらえる。ペドロにしても、何回も注文する朝食をすべてわたしが食べているとは思っていないのだろうが、わたしが毎朝八時まえに口をきく十人ほどのひとたちの例にもれず、彼はうちのオフィスの内情をそれほど知らないのだ。いつものように、三ドル九十九セントの朝食代に十ドル渡して、わたしは階上《うえ》にあがった。

オフィスに戻ると、ミランダは電話中だった。ヘビ革のグッチのトレンチコートが、わたしのデスクに置いてある。思わずかっとなって、血圧が十倍に上昇した。すぐ近くのクロゼットにちょっと足を伸ばしてコートをかけるくらい、そんなに面倒なことじゃないでしょうが。どうしてわたしのデスクに、コートを脱ぎ捨てなきゃならないわけ？　ラテを置いてから、エミリーにちらっと目をやって——三件の電話の対応に追われている彼女は、わたしに気づいていない様子——コートをハンガーにかける。自分のコートの埃を払い、かがみこんでデスクの下に放りこむ。クロゼットのなかに一緒にしまっておくと、彼女のコートにわたしのコートのばい菌が伝染《うつ》るかもしれないからだ。

デスクの抽斗に常備している赤砂糖二つとスプーンをひっつかみ、おなじように常備しているナプキンにくるむ。ラテに唾を吐きかけようかとちらっと思ったけど、なんとか自制心を働かせた。つぎに頭上の棚から小さな陶器の皿を出し、そこに脂ぎった肉とべとべとしたデニッシュをどさっと空け、クリーニングに出すように命じられたミランダの服で指を拭いた。まだ業者に渡していないことがばれないように、デスクの下に隠してあるのだ。陶器の皿は簡易キッチンのシンクで毎日洗うことになっているのだが、そこまでする気にはどうしてもなれない。みんなの目の前でミランダの皿を洗うのはやりきれないから、ティッシュで汚れをふきとって、こびりついたチーズを爪でこそぎ落とすだけですませている。それでも汚れがとれなかったり、長いあいだ使われずに埃まみれになっていたりする場合は、ケースでまとめ買いしているペレグリノをちょっとだけ皿にそそぐ。デスク用のクリーナーを二、三滴垂らしてるわけじゃないんだから、感謝してよね。わたしもずいぶん、良心がなくなってしまったものだ――それも、たいした葛藤もなくこうなってしまったのだから、深刻だ。

「ここは肝心な点なんだけど、女の子はにこやかに笑ってなきゃだめ」ミランダが電話で話している。声の調子から、電話の相手がルシアだとわかる。こんど予定されているブラジルでの撮影を担当するファッション部のディレクターだ。写真のイメージについて話しあっているらしい。「清潔で健康的な感じで、歯を見せて幸せそうに笑っている写真にしなさいよ。憂鬱そうだったり、怒ってたり、眉間に皺を寄せてたり、不健康なメイクをしてたりはだめ。輝いてなきゃ。よく肝に銘じときなさいよ、ルシア。そうじゃないものは、認めないから」

わたしはミランダのデスクのはじに皿を置き、その横にラテとナプキンと食器の類を添えた。彼女はわたしを見ようともしない。ファックスしたり確認したりファイルしたりする書類を渡されるかもしれないから、ちょっとその場にとどまったが、ずっと無視されたままだったから部屋を出た。時刻は八時半。起きてからまる三時間が経っている。すでに十二時間働いたような気分で、その日はじめてデスクの前にすわる。仕事に関係ないひとから楽しいメールが届いているのを期待してメールをひらいたのと同時に、ミランダがオフィスから出てきた。ただでさえ細いウエストをさらに強調するベルトつきのジャケットに、腰にぴったりフィットしたタイトなスカートで決めている。すばらしいプロポーションだ。

「アーンドレーア。このラテ、すっかり冷めてるわよ。いったい、どういうこと。戻ってくるのが遅すぎるのよ！　買いなおしてきて」

深く息を吸って、必死でしかめっ面をしないようにする。ミランダは問題のラテをわたしのデスクに置くと、スタッフがミランダのためにテーブルに置いていった《ヴァニティー・フェア》の最新号を手に取ってペラペラめくった。エミリーがわたしを見ているのを感じた。例によって、同情と怒りが混じった視線を送っているのだろう。地獄の責め苦にも似た仕事をやり直さなければならないわたしを気の毒に思いつつ、この程度のことで蒼ざめているわたしに腹を立ててもいる。なんだかんだいって、何百万人の女の子にとって憧れの仕事なんだからね。

そういうわけで、わたしはわざとらしくため息をつき——ミランダの耳に確実に届くけど、とがめられることはない程度のため息。最近、習得した技だ——いまいちどコートを着て、しぶしぶエレベータへ向かった。きょうもまた長い、長い一日になりそうだ。

二十分後の二回目のコーヒーのお使いは、一回目よりずっと楽だった。スターバックスの列はいくぶん短くなっていたし、マリオンが店に出ていたからだ。店にはいってくるわたしを見るや、彼女はすぐにトールサイズのラテをつくりはじめた。一刻もはやくオフィスに戻って腰をおろしたかったわたしは、こんどばかりはあれこれ注文して散財しなかったけど、エミリーと自分のために二十オンスのカプチーノをふたつ追加した。ケイタイが鳴ったのは、お金を払っているときだった。あー、やだやだ。ありえない女。あこぎで、気が短くて、とんでもない奴。会社を出てからまだ四分も経ってないのに、もうヒステリーを起こしてるとは。頭おかしいんじゃないの？　片手に飲み物のホルダーをバランスよく持って、コートからケイタイを取りだす。ミランダがこんな態度に出るんだったら、もう一本タバコを吸ってもかまわないわよね――コーヒーを届けるのが、数分遅くなる程度のことなんだし――と思いつつケイタイのディスプレイを見ると、リリーの自宅の電話番号が出ていた。

「もしもし、まずいときにかけちゃった？」興奮ぎみの声が聞こえてきた。時計をたしかめる。ほんとうなら授業に出ているはずなのに。

「うん、まあね。本日二回目のコーヒーのお使いに出ているところ。ほんと、すばらしい仕事。すごく、すごく充実してるの。心配してくれてありがとね。ところで、どうしたの？　この時間帯は授業があったんじゃないの？」

「そうなんだけどさ、ピンクのシャツの男ときのうの夜またデートして、ふたりでマルガリータを飲みすぎちゃってね。がぶ飲みしちゃったのよ。彼はまだ回復できずにうちで寝てるから、ひとりで残しておくわけにもいかなくて。でもね、用事はそんなことじゃないの」

「へえ?」わたしはうわの空で言った。カップからカプチーノが漏れだしていたし、首と肩でケイタイを押さえ、自由になった片手でタバコを引きだしライターで火をつけていたからだ。

「なんと、今朝の八時にいきなり大家が来て、立ち退いてくれって言ったのよ」リリーはすくなからずうれしそうな声で言った。

「立ち退く? リル、なにそれ? どうすんのよ」

「どうやら、あたしがサンドラ・ジェルスじゃないことに気づいたみたい。サンドラがこの六カ月間、ここに住んでいないことにね。あたしは彼女の身内じゃないから、また借りしちゃいけないんだよ。それはもちろん知ってたから、ずっとサンドラに成りすましていたんだけどね。なんでばれたんだか、わからないわ。まあでも、そんなのどうでもいいの。だって、これでやっと、あんたと一緒に暮らせるんだもの! シャンティとケンドラとの賃貸契約って、一カ月ごとだったよね? その部屋をまた借りしてるのは、ほかに住む場所がなかったからだったよね?」

「うん」

「だったら、いいじゃん! どこかすてきなとこに、一緒に住もう!」

「すごいね!」心の底から感激していたのに、自分でも空々しい返事に聞こえた。

「この話に乗るつもりある?」と、リリー。いくぶん拍子抜けしたような声。

「リル、もちろんよ。ほんとに、うれしく思ってる。気が進まないわけじゃないの。ただ、みぞれが降ってきたし、コーヒーが漏れてきて、左手をやけどしそうなんだよ……」ピー、ピー。キャッチホンがはいった。ケイタイを耳から離そうとするとタバコの火が襟につきそうになったけれど、かけてきた相手はなんとかわかった。エミリーだ。

「やばい。リル。ミランダから電話がきた。もう切らなきゃ。ともかく、立ち退きおめでとう！　ほんと、よかったよ。またあとで電話する、いいよね？」

「わかった。じゃあ、くわしいことはあとで——」

リリーが言いおわるまえにボタンを押し、集中攻撃にそなえて心の準備をする。

「わたしよ」エミリーの険しい声。「いったい、なにやってんの？　たかが、コーヒー一杯のことでしょうが。言っとくけど、以前コーヒーを買いにいってたのはわたしだったのよ。ちゃんとわかってるんだから、そんなに時間がかかるはずないって——」

「えっ？」わたしは送話口を手でおおって、大きな声を出した。「いま、なんて？　よく聞こえない。ともかく、いますぐ戻るから！」ケイタイをカシャッととじて、ポケットにつっこむ。まだ半分残っているマルボロを道に投げすてて、駆け足でオフィスに戻った。

ミランダはさっきよりすこしはあたたかいラテに満足してくれたばかりか、十時から十一時のあいだ、しばし平和なときをわたしたちに与えてくれた。その一時間、彼女はオフィスのドアをしめて、ミスタ・おとぼけと電話でいちゃいちゃ話していた。彼とはじめて顔を合わせて言葉をかわしたのは先週の水曜日、夜の九時ごろに見本を届けにいったときだった。向こうはちょうど玄関ホールのクロゼットからコートを取りだしているところで、わたしを相手に自分を三人称で呼んで十分間ほどおしゃべりをした。それ以来、毎晩のようにやってくるわたしをひどく気遣い、その日の出来事をきいたり、よくがんばっているねと労をねぎらったりして、なにかにつけ声をかけてくる。当然ながら、そういった気配りを妻のミランダが見習うことはないようだが、すくなくとも彼の存在はありがたかった。

ファッションブランドのPR部にそろそろ電話をして、まともな通勤着をまた何着か見つくろってくれと頼もうかと思っていると、ミランダの声がしてわたしは現実に引き戻された。「エミリー、ランチを持ってきて」オフィスの奥から呼びかけてきた。エミリーという名前は二名のアシスタントの総称だから、ほんとうのエミリーに命令しているわけではない。エミリーがわたしにうなずいた。行動を起こせ、という合図だ。〈スミス&ウォレンスキー〉の電話番号は、わたしのデスクの電話に登録してある。電話に出たのは、その声で新人の女の子だとわかった。

「ハイ、キム。ミランダ・プリーストリーのオフィスのアンドレアよ。セバスチャンいるかしら？」

「ああ、はい。ええっと、お名前をもういちどよろしいですか？」週に二回、いつもきまっておなじ時間に電話をかけて、開口一番こっちの名前を名乗るのに、キムはいつでもはじめて応対する客のようにわたしを扱う。

「ミランダ・プリーストリーのオフィスの者よ。《ランウェイ》のね。あのね、あなたを責めるわけじゃないんだけど」――これは嘘、ほんとは責めてます――「ちょっとばかり急いでるのよ。セバスチャンに代わってくれない？」ほかの店員さんだと、ミランダのいつもの食事をお願いしますと言うだけで用事がすむが、頭の回転の悪いこの娘《こ》は信用できないから、マネジャー本人に頼むようにしているのだ。

「ええっと、はい。電話に出られるかどうか、見てきます」なに言ってるのよ、キム。出ないわけないじゃない。ミランダ・プリーストリーは彼の命なんだから。

「アンディ、お元気ですか？」セバスチャンが息遣いも荒く電話に出た。「電話をくれたってことは、われらが愛しのファッション・エディターがうちのランチを望んでいるんですね？」

ランチを望んでいるのはミランダじゃなくてわたしなんですけど、とこたえたら、どんな反応が返ってくるだろう？　いちどでいいから試してみたい。この店は正式にはテイクアウトを扱っていないけど、女王様のランチにかぎり例外を設けているのだ。

「ええ、そうなの。そちらのおいしいランチをすごく食べたい気分なんですって。いつもお世話になってます、とも言ってたわ」殺してやるとか、手足を切断してやるとかおどされても、ミランダは自分のランチをつくっている店の名前を突きとめられないだろうし、その店の昼間のマネジャーの名前を覚えようともしないだろうが、わたしがこの類の嘘をつくと、セバスチャンはすごくうれしそうにする。きょうはいつになく感激したらしく、しのび笑いをもらした。

「夢のようだ。ほんとに、夢のようです！　お待たせしないように、さっそく用意するからね」いっそう興奮した口ぶりで、声を張りあげた。「一刻もはやく、彼女に食べてほしいな。それから、いつもお世話になっておりますってぼくが言ってたと、伝えてくださいよ！」

「もちろん。じゃあ、またあとで」さかんに大げさなことを言ってセバスチャンをおだてるのはひどく疲れるけど、彼のおかげで仕事が格段にスムーズに運ぶことを思えば、ヨイショにも大いに価値があった。さすがのミランダも毎日外にランチをとりにいくわけではなく、わたしに命じて定番の食事をデスクに用意させる日もある。すると彼女はオフィスのドアをしめて、のんびりとランチをとるのだ。そういうときに備えて、デスクの上の棚にある大きな箱に、いろんな陶器の皿を用意している。ほとんどが、あらたに家庭用雑貨の部門に手を広げたデザイナーたちからサンプルとして送られてきたものだが、ダイニングからくすねてきたものも数枚ある。ソースをいれる容器や、ステーキナイフや、麻のナプキンまでストックしなければならないとしたら面倒だっただろうが、そういう類のものはテイクアウトを取りにいくたびに、セバスチャンが用意してくれた。

わたしはふたたび黒いウールのコートを着ると、タバコとケイタイをポケットに詰めこんで外に出た。二月下旬の空が、時間が経つにつれて、いっそうどんよりしてきたように感じられる。三番街四十九丁目のレストランまでは歩いてわずか十五分の距離だが、ハイヤーを呼ぶつもりだった。でも、さわやかな空気を胸に吸いこんだら、考えが変わった。タバコに火をつけて一服する。白い煙を吐きだしながら、ふと思った。いま吐き出したのはタバコの煙なのか、それとも肺に吸いこんだ冷たい空気なのか、それともいらだちなのか？　なんであれ、すがすがしい気分だった。

　ぶらぶらうろついている観光客をよけて歩くことが、徐々に苦痛ではなくなっている。以前は歩きながらケイタイで話をしているひとが目障りでしょうがなかったけど、狂乱の日々を過ごすうち、わたし自身もいつの間にか道を歩きながら平気でケイタイを使うようになっていた。ケイタイを取りだして、アレックスの学校に電話をする。はっきりとは覚えていないが、彼はいまごろ職員室でランチをとっているはずだった。

　呼び出し音が二回鳴ったところで、甲高くて生気のない女性の声が電話に出た。

「もしもし。こちらPS二七七。わたくしは、ミセス・ホワイトモアです。ご用件は？」

「アレックス・ファインマンはいますか？」

「失礼ですが、どなた様でしょう？」

「アンドレア・サックスと申します。アレックスの友人の」

「まあ、はいはい。アンドレアね！　お噂はかねがね耳にしているわ」ひどい早口で、いまにも喉を詰まらせてしまいそうだ。

「まあ、ほんとに？　それは……なんというか、光栄です。そちらのお話も、よくうかがっています。職員の方はみんないいひとだって、アレックスがしょっちゅう言ってるんですよ」

「ほんとは、そんなにいいひとばかりじゃないのよ。まあ、それはともかく、アンドレア。あなた、なかなかどうしてすばらしい仕事に就いているそうね！　あんなに頭の切れる女性のもとで働くなんて、さぞかしやりがいがあるでしょうね。あなたって、ほんとにラッキーガールだわ」

はい、はい、そうですとも。ミセス・ホワイトモア。わたしは、ほんとにラッキーなんです。そちらが想像つかないくらいに、すごくラッキー。きのうの午後なんか、ボスにタンポンを買いにやらされたんだけど、ちがうメーカーのものを買ったもんだから、どうしてなにをやらせてもだめなのかって怒られてしまってね。言葉に言い表わすことができないくらいに、ラッキーだったわ。他人の汗と食べこぼしで汚れた服を、どうして毎朝八時まえに仕分けして、クリーニング屋に出さなくちゃならないのか？　ラッキーだから、としか説明がつかないわよね。ああ、忘れてた！　それだけじゃないの。とんでもなく甘やかされて性格のねじくれた双子の女の子がそれぞれ一匹ずつペットを飼えるように、ニューヨークはもちろん、隣りの三つの州にいるありとあらゆるブリーダーに当たって、非の打ちどころのないフレンチブルドッグをさがしているこの三週間は、自分はラッキーだといつになく感じるわね。まっ、そういうことよ!

「ええ、そうですね。たしかに、すばらしい幸運を手にしたと思います」いつものセリフを口にする。「何百万という若い女の子にとって、憧れの仕事ですから」

「まさにそのとおりよ! あらあら、アレックスが来たわ。いま代わるわね」

「やあ、アンディ。どう、調子は? 元気にしてる?」

「きかないで。いまはちょうど、女王様のランチを取りにいくところなの。そっちはどう?」

「いまのところ、まあまあだね。ランチのあとは音楽の授業だから、このさき一時間半はありがたいことに暇なんだ。でも音楽のあとは、綴り字の授業がはいってるんだよな!」いくぶんうんざりした声。「子どもたちが、字を読めるようになるとはとうてい思えないけど」

「きょうは、カッターを振りまわす子はいなかった?」

「ああ」

「だったら、よしとしなきゃだめよ。ともかくだれかが傷ついたり、血を流したりすることはなかったんだから。満足しなくちゃ。字を読めるかどうかの問題は、ゆっくり構えることね。それはともかく、リリーが今朝電話をしてきたの。ハーレムのワンルームから、ついに立ち退かなきゃいけなくなったんだって。で、どこかに部屋を借りて、一緒に暮らすことにしたの。すごいでしょ？」

「へーっ、よかったじゃないか！　でも、それもどうかという気がするな。四六時中リリーと一緒だろ……しょっちゅう男を連れこむし……ぼくと一緒に暮らすほうが、よくないか？」

「もちろんそうよ。でもね、けじめのない生活になってしまうわよ——大学四年のころの生活をもう一度くり返すことになっちゃう」

「リリーがあの安いワンルームを追い出されることになったのは、すごく気の毒だ。でもそれを別とすれば、いい報せだね」

「うん。うれしくってわくわくしてる。シャンティとケンドラはいい娘《こ》たちだけど、生活習慣がちがうひとと暮らすのは、ちょっとしんどくてね」インド料理は好きだけど、わたしの持ち物すべてにカレーのにおいが染みこんでしまうのには、うんざりしていた。「今夜お祝いに飲もうよって、リリーを誘うつもりなの。あなたも来る？　お店はイーストヴィレッジのどこかにするわ。あなたの家からそれほど遠くないでしょ」

「うん、いいね、もちろん行くよ。今夜はジョーイの面倒をみにラーチモントに行くけど、八時までにはこっちに戻ってきてるから。きみはまだ仕事が終わってないだろうから、ぼくはマックスに会って、それからきみたちに合流するよ。ところでさ、いまリリーに、だれかいるの？ マックスが寂しい思いをしていてさ、そのなんと言うか……」

「なによ？」わたしは笑った。「言いなさいよ。リリーのことを、だれとでも寝る娘《こ》だと思っているわけ？ たんに自由な精神の持ち主、ってだけなのよ。だれかいる、って？ それどういう意味？『ピンクのシャツの男』なる人物がきのうの夜、彼女のところに泊まったそうよ。本名は知らないけど」

「まあいいや。どっちみち、ちょっとどうかなって思っただけ。見本を届けたら、電話くれよ」

「うん。じゃあね」

すぐにまた着信音が鳴って、思わずケイタイをコートに突っこみたくなった。でも、ディスプレイに表示された番号に覚えがなかったから、ミランダやエミリーじゃないことに心の底からほっとして、電話に出た。

「ミラン——あっ、いえ、もしもし？」ケイタイでも自宅の電話でも、開口一番に「ミランダ・プリーストリーのオフィスです」とこたえる癖がついてしまっている。そんなときは、相手が両親やリリーである場合はべつとして、すごく恥ずかしい思いをする。なんとかしなくては。

「マーシャルのパーティで、おれが心ならずも恐がらせてしまった、かわいいアンドレア

・サックスさんかな？」しゃがれ気味のすごくセクシーな声が、聞こえてきた。クリスチャン！　手にキスをされて以来、彼と遭遇することはなく、あのときの心のざわめきは忘れかけていた。でも、話題豊富な魅力ある女性に見せたいという思いが一瞬のうちに戻ってきて、クールに受けこたえしなくてはと即座に気を引きしめた。
「ええ。そうです。失礼ですけど、どなたかしら？　いろんな意味で、あのパーティでわたしを恐がらせた男性はたくさんいたのよ。その理由は、ひとそれぞれでちがっていたけどね」よし。いまのところは、上出来。深く息を吸って。クールにふるまうのよ。

「そんなにライバルがいたとは、知らなかったな」さらっとこたえた。「でも、当然だって気もするよ。元気にしてたかい、アンドレア？」

「ええ。元気よ、ほんとうに」最近読んだ《コスモポリタン》の記事をとっさに思いだして、嘘をつく。出会ったばかりの男性には、〝明るく、爽やかに、元気にふるまうべし〟。〝ふつうの〟男性はたいてい、うじうじした悲観的な態度をあまり快く思わないのだから。

「仕事がすごく順調でね。ほんと、やりがいがあるわ！　最近、すごくおもしろくなってきてるの――勉強になることがたくさんあるし、数えきれないくらい、やることがある。ほんとに、すばらしいわ。で、あなたはどう？」自分の話はあまりしないでよ。あなたがお好きな、一番お得意の話題〝おれ〟について、心行《ゆ》くまで、ひとりで勝手にしゃべったりしないでちょうだい。

「きみも大した嘘つきだね、アンドレア。素直な人間だったら、きみの言葉を鵜呑みにするだろうな。でも、よく言うだろう？　嘘つきに嘘をついたって、見抜かれてしまうって。でも、気にすることはないよ。今回のところは、大目にみてあげるから」わたしは反論するために口をひらいたけど、笑っただけだった。たしかに、彼の言うとおりだ。「てっとりばやく用件を言おう。じつはいま、ワシントンDC行きの飛行機に乗るところでね。金属探知機のゲートの前でケイタイを使っているもんだから、係員に嫌な顔をされているんだ。土曜日の夜は、予定がはいってる？」

　情報を与えずに、こっちの都合を一方的にきいてくるなんて、この手の質問はほんとに腹が立つ。つきあっている彼女のために使い走りをしてくれって、頼むつもり？　それとも、《ニューヨーク・タイムズ》の記者から八時間にわたるロングインタビューを受けることになったから、そのあいだ愛犬の散歩をしてくれる人間をさがしているとか？　どうやって曖昧なこたえを返そうかと思いあぐねていると、彼がつづけた。「じつはね、今週の土曜日、〈バボー〉に予約をいれてるんだ。夜の九時にね。友だちも何人か来る。ほとんどが雑誌の編集者で、じつにおもしろい連中だ。《バズ》の編集者と、《ニューヨーカー》のライターが数人。申し分のないメンバーだ。きみも来ない？」ちょうどそのとき、救急車がサイレンを鳴らしながらやってきた。警告灯を光らせて、ひどく混みあっている道路を走りぬけるのに往生している。例によって、車の運転手たちに無視された救急車は、普通の車とおなじように赤信号で止まっている。

クリスチャンはわたしを誘っているのか？　うん、まちがいなくそうだ。彼がわたしを誘っている！　わたしを誘ってるんだ。クリスチャン・コリンズワースがわたしをデートに誘っている——土曜日の夜のデート。しかも、〈バボー〉で。彼は一番混みあう時間帯に予約をいれて、頭の切れるおもしろいひとたちをよんでいる。彼みたいなひとたちを。なんと、《ニューヨーカー》のライターたちを！　必死になって記憶をさぐり、〈バボー〉にぜひ行ってみたいと思っていることを、あのパーティで彼に話したかどうか思いだしてみる。イタリア料理に目がないことや、ミランダがあの店を贔屓にしていて、わたしもなんとしてでも行きたいと思っていることを、彼に話したのだろうか？　一週間ぶんのお給料を払う覚悟でアレックスとふたりで〈バボー〉に行こうと思いたち、予約の電話をかけたこともあった。でも、予約は五カ月先まで埋まっていた。そういえば、ここ三年は、アレックス以外の男性からデートに誘われたことがない。

「ええっと、クリスチャン、よろしいですこと。すてきだわ」げっ、わたしったら、なんで〝よろしいですこと〟なんて口走ったんだろう。いまのセリフは、とっとと忘れなきゃ。それにしても、よろしいですこと、とは！　いまどき、そんな物言いをするひとがどこにいるのよ？　映画《ダーティ・ダンシング》で、ベイビーがスイカを持ってきたわよとジョニーに誇らしげに言う場面が、ぱっと頭に浮かんだが、すぐに頭の隅に追いやって、恥をしのんで話をつづけた。「ほんとに、すてきだわ」――ああもう、ばかじゃないの。それはいま言ったばかりでしょうが。話を進めなさいよ――「でもね、無理なの。ええっと、じつは、土曜日はもう予定がはいってるのよ」まあまあの返事だ、と自分では思った。サイレンの音に負けじと大きな声を出したけど、ある程度は堂々と言葉を返せた。二日後にデートしようっていきなり誘ってきたんだから、求めに応じる必要なんてない。恋人がいることを明かす必要もない……だって、彼にはまったく関係ないことだもの。でしょ？

「ほんとうに予定がはいってるの、アンドレア？　それとも、ほかの男とデートしたらカレシがいい顔しないだろう、って気にしているのかな？」探りをいれているようだ。

「どっちであろうと、あなたには関係ないでしょ」むきになって言ったのと同時に、わたしはぎょっとして目をむいた。赤信号に気づかずに三番街を渡って、あやうくミニバンにぺちゃんこにされそうになったのだ。

「オッケー、だったら、今回はこれ以上しつこくしない。でも、また誘うから。そのときは、きっといい返事をもらえるよね」

「へえー、そうなの？　どうして、そんなふうに言いきれるわけ？」さっきまではセクシーに思えた彼の押しの強さが、ひどく横柄に感じられてきた。でも困ったことに、それでいっそうセクシーに感じられてくる。

「なんとなく思っただけだよ、アンドレア。なんとなく思っただけ。きみのかわいらしいオツムを悩ます必要はないよ——カレシのオツムもね——うまい料理とご機嫌な仲間の集まりに、気軽に誘っただけなんだから。なんだったら、彼も連れてきたら、アンドレア？　きみの恋人も。きっといい奴なんだろうから、ぜひとも会ってみたいな」

「とんでもない！」思わず叫んでいた。アレックスとクリスチャンがテーブルをはさんですわっている光景なんて、想像するだけでもぞっとする。まったくべつの意味で個性的なふたり。誠実そのもの、良心のかたまりのようなアレックスを、クリスチャンに引きあわせるなんて、とてもじゃないけど気が引ける。クリスチャンはきっと、アレックスのことをおひとよしの田舎者だと思うだろう。でもそれ以上に気が引けるのは、クリスチャンをアレックスに引きあわせることだ。クリスチャンの風貌といい、他人の目をまったく意に介していないような、ひどく気取った自信にあふれた物腰といい、わたしの目にはとても魅力的に映るけど、アレックスはうさんくさく感じるにちがいない。

「だめよ」わたしは笑い声をあげた。なるべくさりげなく笑ったつもりだけど、いくぶん苦しい笑いになってしまった。「それはあんまりいい考えじゃないわね。彼もあなたに会いたがるとは思うけど」

クリスチャンも笑ったけど、こっちをばかにしきった、偉そうな笑いだった。「冗談だよ、アンドレア。きみのカレシは、さぞかしすばらしい男なんだと思う。でも、とくに会いたくはないいね」

「まっ、そうでしょうね。だと思ったわ。たぶんあなたは――」

「あっ、もう切らなきゃ。気が変わったら……というか〝予定〟が変更になったら、電話をくれるかな？　いいね？　直前でもいいからさ。じゃ、元気でね」わたしに返事をする暇も与えずに、彼は電話を切った。

いったいいまのは、なんだったのだろう？　頭のなかで、ざっと整理してみる。いまをときめく作家がどういうわけかわたしの電話番号を調べだして、流行最先端のレストランで土曜の夜にデートをしようと誘ってきた。わたしにカレシがいることをすでに知っていたのかどうかは不明だけど、カレシがいることを知っても、とくにがっかりした様子はなかった。確実にわかっているのは、長電話をしすぎたということだけ。ちらっと腕時計を見る。オフィスを出てから三十二分経っている。普通だったら、とっくにランチを受けとってオフィスに戻っているはずだ。

ケイタイをポケットに押しこむと、もうレストランに着いていることに気づいた。重い木の扉をあけて、しんと静まりかえった薄暗い店内に足を踏みいれる。テーブルは満席で、ミッドタウンの銀行員や弁護士が好物のステーキを食べているが、ふかふかした絨毯や渋い色彩設計が店内の音をすべて吸収しているのか、物音はほとんど聞こえない。

「アンドレア！」店の奥からセバスチャンの声が聞こえてきた。命綱となる薬の最後の一錠をわたしが持っているかのように、まっすぐこっちに向かってくる。「スタッフ全員、きみを心待ちにしていたんですよ」彼の後ろにいた、ぱりっとしたグレーのスーツを着た若い女性がふたり、生真面目な顔でうなずいた。

「へえー、ほんとに？　どうしてかしら？」セバスチャンのことは、ほんのちょっとだけだけど、からかわずにはいられない。ここまでするかというくらいにこっちの機嫌をうかがって、ぺこぺこするからだ。

セバスチャンは内緒話をするみたいに、わたしの耳もとに顔を寄せた。彼の興奮がじかに伝わってくる。「〈スミス＆ウォレンスキー〉のスタッフ全員が、ミズ・プリーストリーにどんな気持ちを抱いているか、きみだって知ってるでしょうが。《ランウェイ》は最先端をいく雑誌だ。きれいな写真といい、洗練された趣味といい、もちろん記事も教養にあふれていて読みごたえがある。わたしたち全員が、愛読しているんです！」

「教養にあふれた記事、ですって？」ニタッと笑ってしまいそうになるのを、必死でこらえる。セバスチャンは誇らしげにうなずくと、トートバッグを持ったスーツ姿の店員さんが彼の肩を叩いたのと同時に、後ろに目をやった。

彼は文字どおり歓喜の声をあげた。「ああ！　ご注文の品がまいりました。最高のランチを、最高の編集者に――最高のアシスタントさんに」わたしにウインクをして、つけ加えた。

「ありがとう、セバスチャン。ボスもわたしも、感謝しているわ」わたしはコットンの素朴なトートバッグをあけた。ニューヨーク大学の学生たちが例外なく肩にかけている、〈ストランド・ブックストア〉の最高に《ユーバー》クールなトートバッグに似ているけど、ロゴはついていない。すべて注文どおりになっているかどうかたしかめる。五百五十グラムのリブアイのステーキの焼き加減は、タッパー容器に血がつくくらいに限りなく生に近いレア、合格。二個のベークトポテトは子猫ほどの大きさで、ほかほか湯気が立っている状態。合格。小さな容器にはいったサイドメニューのスマッシュポテトは、口当たりがなめらかになるよう、こってりとしたクリームとバターをたくさん使用。合格。八本の上質なアスパラガスは、穂の部分はふっくらと瑞々しく、根元はきちんと削って白い部分が見えるように処理。合格。ほかに、溶かしバターをたっぷりいれたグレービーソースの金属製容器、粒のあらい天然塩、柄の部分が木になっているステーキナイフ。白いぱりっとした麻のナプキンは、きょうはプリーツスカートの形に折りたたまれている。んまあ、すばらしい。

セバスチャンが、わたしの感想をじっと待っている。

「上出来よ、セバスチャン」と、わたし。外でお行儀よくウンチをした子犬を誉めているような気分。「きょうはいつになく、すばらしいわ」

彼はパッと目を輝かせたが、つぎの瞬間にはいつもの慎ましさをみせてうつむいた。

「いやあ、うれしいです。ミズ・プリーストリーへのわたしの気持ちはご存知でしょう？　だから、その、すごく光栄に思っていて、つまりその……」

「彼女のランチを用意することを？」助け舟を出してやる。

「え、ええ。そう。そうなんです」

「そうよね。あなたの気持ち、よくわかるわ、セバスチャン。彼女もきっと、わかっていると思う」彼の苦心の作を、すぐに平らに直すのだとは言えなかった。彼の愛しのミズ・プリーストリーは、ナプキンがナプキン以外の形になっているとヒステリーを起こすのだ——ボウリングバッグやハイヒールの形に折りたたまれていようものなら、それこそ大騒ぎだ。バッグを腋にかかえて店を出ようとしたとき、電話が鳴った。

セバスチャンが潤んだ目でわたしを見た。電話をかけてきたのが、彼が人生をかけて愛している女性であることを心の底から願っている様子だ。彼の祈りは、かなえられた。

「エミリー？　エミリーなの？　よく聞こえないわよ！」ミランダの甲高い怒鳴り声が、機関銃のように流れてきた。

「もしもし、ミランダ。はい。アンドレアです」静かにこたえるわたしのそばで、ミランダの名前を耳にしたセバスチャンは、とたんにうっとりした顔になった。

「わたしのランチを取りにいったのは、あなたなのよね、アンドレア？　わたしは三十五分まえにランチを頼んだのよ。いったいどういうことなのか、見当もつかない。ちゃんと仕事をしてるんだったら、わたしのデスクにランチがまだ用意されていない、なんてことはありえないでしょうが。そうよね？」

ちゃんとわたしの名前を呼んでくれた！　ちょっとばかり万歳って感じだけど、いまは、喜んでばかりもいられない。

「ええっと、そのう、こんなにお待たせして、すみません。なんだかんだ手違いがありまして――」

「わたしはくどくどした言い訳を聞きたいわけじゃないの。そんなのわかってるはずでしょ？」

「はい、もちろん承知しています。間もなく――」

「わたしはランチが食べたくて電話をしたの。いますぐ、食べたいの。とくに頭を使わなくたって、簡単に理解できるはずよ、エミリー。わたしは、ランチが、食べたいの。いますぐに！」叫ぶなり、彼女は電話を切った。わたしは両手のふるえがとまらず、ケイタイを落とした。煮えたぎる砒素《ひそ》を浴びせかけられた気分。

セバスチャンはわたしの反応にいまにも卒倒しそうになりながらも、さっと腰をかがめてケイタイを拾うと、わたしに渡してくれた。

「彼女、怒ってたんですか、アンドレア？　まさか、うちの店に幻滅したっておっしゃってたわけじゃないですよね。それとも、そうなんですか？　彼女、そうおっしゃってたんですか？」口がすぼまり、こめかみの血管が浮きでてぴくぴく痙攣している。ミランダを憎むのとおなじように、このセバスチャンを憎むことができたら、どんなに楽か。でも、彼に対しては哀れみしか湧いてこなかった。この男性は、努力しすぎるあまりに空まわりしてしまっているこの男性は、どうしてこれほどまでにミランダのことを気にするのか？　どうして彼女を喜ばせ、ご機嫌をうかがい、豪勢なランチをつくることにこれほどまでに汲々とするのか？　ひょっとして、ミランダのアシスタントの仕事は彼に任せるべきなのかもしれない。だって、わたしはもう辞めるつもりだもの。そうよ、そうだわ。これからオフィスに戻って、辞めさせていただきますと堂々と言おう。彼女のわがままには、もううんざり。わたしに対して──というか、だれに対してもだけど──あんな物言いをする権利を彼女に与えたのはなに？　地位？　権力？　名声？　忌忌しいプラダ？　あんな態度が認められる場所なんて、世界中どこをさがしたってないわよ。

わたしがサインをして、あとで会社に提出する九十五ドルの食事代の領収書は、レストランの受付に置いてあった。判読できないような字で、さっさとサインを書きなぐる。自分のものなのか、ミランダのものなのか、エミリーのものなのか、はたまたマハトマ・ガンジーのものなのか、わたし自身もよくわからないサイン。でも、なんであれサインを書きさえすれば、それでいいのだ。食べ物──またの名を〝ランチの肉〟──のバッグをひっつかみ、すっかり動揺しているセバスチャンに慰めの言葉ひとつかけずに、ずんずんと外に出る。道路に出たのと同時にタクシーに乗りこんだが、そのさい年配の男性にぶつかって、あやうく押し倒してしまいそうになった。でも構っている余裕はない。職場に戻って、仕事を辞めることを伝えなきゃいけないのだから。昼すぎの混雑にもかかわらず、数ブロック離れた会社まで十分で着くと、わたしは運転手さんに二十ドル札を渡した。タクシー代はあとで会社に請求できるのだから五十ドル札を渡してもよかったが、あいにく手元になかった。運転手さんはすぐさまお釣りを取りだそうとしたが、わたしは車のドアをバタンとしめて駆けだした。その二十ドルは、かわいい女の子におごってあげたり、湯沸かし器を買ったりするのに使ってちょうだい。もしくは、仕事を終えたあとにクイーンズにあるタクシー会社の本部でビールを買ってもいい──運転手さんが二十ドルをどうしようと、スターバックスの飲み物を買うよりは有意義な使い方をするはずだ。

ひとりよがりの義憤を胸にたぎらせて、わたしはぷりぷりしながらビルにはいった。かしまし娘が数人、うさんくさそうな視線を向けてきたが、気づかないふりをする。バーグマンのエレベータからベンジャミンが降りてくるのが目に留まったが、これ以上道草を食っている暇はなかったから、即座に背中を向けてIDをカードリーダーに通し、回転ゲートを押す。いたっ！　金属のバーに骨盤を嫌というほど打ちつけた。きっと、青あざが残るだろう。顔をあげると、ニッとむき出しになっている白い歯と、肉のたるんだ汗ばんだ顔が目にはいった。エドアルドだ。勘弁してよ。もう、やってらんない。

彼をじろっとにらみつける。くたばっちまえ！　といわんばかりの思いっきり陰険な視線で。でも、きょうは通用しなかった。しばらくにらんでも効き目がなかったから、隣りのゲートにさっと移り、電光石火のごとくカードを通しバーを押す。エドアルドは間一髪で、ゲートをロックした。わたしはそこに足どめされ、最初に通ろうとした隣りのゲートでは、エドアルドがかしまし娘たちをつぎつぎと通過させていく。隣りのゲートを六人が通過しても、わたしは通せん坊をされたまま。あまりのやりきれなさに、声をあげて泣きたくなった。エドアルドは血も涙もない奴だ。

「お嬢さん、そんな暗い顔するなよ。いじめてるわけじゃないんだからさ。楽しもうよ。なっ、機嫌直せよ。ほらっ、こんな感じに……」と言って、ティファニーの《ふたりの世界》を熱っぽくうたいはじめた。

「エドアルド！　なんだって、こんなお遊びにわたしがつきあわなきゃいけないのよ？　いまはばかげたことをしてる暇はないの！」

「オッケー。わかった。今回は、振りつけはしなくていい。うたうだけでいいよ。ぼくがはじめをうたって、きみが終わりの部分をうたう」

なんとか階上のオフィスに戻っても、仕事を辞めると言う必要はないかもしれない。どっちみち、もうクビにされているだろうから。だったら、エドアルドの気がすむまで、このお遊びにつきあうのもいいかもしれない。わたしはエドアルドのあとにつづいてうたいだした。

エドアルドのほうに身を乗りだすと、初出勤の日にわたしをからかったろくでなし、ミッキーが、耳を傾けているのが目にはいった。エドアルドはラブソングの最後の部分をうたうと、げらげら笑って片手をあげた。わたしが自分の掌を彼の掌にパチンと打ちあわせると、金属製のバーがガシャンと動いた。

「ランチをごゆっくり」ニヤニヤしたまま、エドアルドが声をかけてきた。

「はい、はい。エドアルド。あなたもね」

エレベータに乗っているあいだは幸いこれといって事件は起こらず、アシスタントのセクションの前まで来たとき、やはり辞めるわけにはいかないと決意した。辞めたいと申しでたところで、その先の展開は火を見るよりあきらかだ――ミランダはきっと、わたしをちらっと見て「だめよ、辞めるなんて、許しません」とこたえるだけだろう。そう言われたら、こっちもどうしようもない。いきなり切りだすのは、あまりにも無謀だ。それはべつとして、一年耐えればこの仕事から解放されるのだ。普通だったら何年もつづく下積みのつらい時期を、たったの一年で終えることができる。ほんの一年、月にして十二カ月、週にして五十二週、日数にして三百六十五日、このばかげた仕事を我慢すれば、ほんとうにやりたい仕事に就けるのだ。だったら、そんなにつらいことじゃない。それはともかく、わたしはあまりにも疲れていて、あらたに職探しをする気力すら失っている。とてつもなく、疲れているのだ。

わたしがオフィスにはいっていくと、エミリーが顔をあげた。「ミランダはすぐに帰ってくるわ。いまさっき、ミスタ・ラヴィッツのオフィスに呼ばれたの。それはそうと、アンドレア、どうしてこんなに時間がかかったの？　言っとくけど、あなたがお使いからなかなか戻ってこないとき、怒られるのはわたしなの。ミランダにどう説明しろっていうのよ。コーヒーを買わずにタバコを吸ってます、ランチを取りにいかずにカレシとケイタイで話してます、とでも言えばいいわけ？　こんなのフェアじゃないわ――ほんとうにひどいわよ」エミリーはあきらめ顔で、コンピュータの画面に視線を戻した。

彼女の言うとおりだ。こんなのフェアじゃない。わたしにとっても、彼女にとっても、すこしは文明化している人間だったらだれにとっても。わたしがオフィスの外でわずかのあいだ羽を伸ばすたびに、エミリーはさらに理不尽な目にあっているのだと思うと申し訳なくなった。わたしがオフィスをちょっとでも留守にすると、ミランダの情け容赦ない要求はすべてエミリーにぶつけられるのだから。これからは気を引きしめなくては、と心に誓う。

「たしかにそうよね、エミリー。ごめんなさい。これからは、気を引きしめるわ」

彼女は心の底から驚いたようで、いくぶんうれしそうな顔をした。「だったらありがたいわ、アンドレア。以前はわたしが使い走りだったからね。ひどくきつい仕事だってことは、よくわかってる。雪が降っていようが、道がぬかるんでいようが、雨が降っていようが、一日に、五回も六回も七回もコーヒーを買いにやらされた。しまいにはへとへとになって、動けなくなったわ――わたしだって、よくわかってるのよ。まだビルを出てもいないのにケイタイに電話がかかってきて、ラテはまだか、ランチはまだか、知覚過敏症用の特別な歯磨きペーストはまだか、って急かされたこともあった。まあ、ミランダの歯茎が知覚過敏だと知ったときは、弱みを握ったような気になってうれしかったけど。それにしたって、まだビルを出ていないうちから催促するのよ！　彼女はそういうひとなのよ、アンドレア。それだけのことなの。これからは、へたに逆らおうとしないほうがいいわ。そうしなきゃ、やってけないから。彼女は意地悪でやってるわけじゃない。そういう気は、まったくないの。自分の流儀で、やってるだけなのよ」

わたしはうなずいた。よくわかったけれど、受けいれることはできなかった。ほかの会社で働いた経験はないが、どこの職場でも上司がすべてミランダのようにふるまっているとはとても思えない。それとも、そうなの？

ランチのバッグを自分のデスクに置いて、用意をはじめる。保温性の容器から料理を素手でつかみだし、頭上の棚から出した陶器の皿に並べる（できるだけ、おしゃれに）。まだクリーニング店に出していないヴェルサーチのパンツで、油まみれになった手をぬぐうときだけはゆっくりと時間をかけ、デスクの下に置いてある、チーク材とタイルでできたトレイに皿を載せた。皿の横に、バターのたっぷりはいったグレービーソースの容器と塩、もはやプリーツがなくなった麻のナプキンにくるんだ銀のナイフとフォークを置く。自らの芸術的腕前をさっと点検したとき、ペレグリノを忘れていたことに気づいた。急がなくちゃ――もうすぐ、戻ってくるんだから！　キッチンに駆けこみ、製氷機の氷をひとつかみして、手にしもやけができないようにさかんに息を吹きかける。もうすこし、もうちょっとで唇が氷にくっついてしまうほど、ぎりぎりまで顔を寄せて息を吹きかける――じっさい、唇をくっつけたかって？　まさか！　とんでもない。そんな真似しないわよ。だめよ。彼女の食べ物に唾を吐きかけたり、氷に口をつけたりしたら。子どもじゃないんだから！

戻ってみると、彼女はまだオフィスにいなかった。あとはペレグリノをグラスに注いで、必要なものをすべてそろえたトレイをデスクに置くだけ。戻ってきた彼女は、巨大なデスクの前にすわって、ドアをしめてちょうだいとだれかに命令するはずだ。そのあとは、小躍りしたくなるほどうれしい一時《ひととき》が待っている。ミランダはゆうに一時間半オフィスにこもってミスタ・おとぼけとラブコールをするし、わたしたちアシスタントはそのあいだに食事をとることができる。エミリーかわたしのどちらかが先にダイニングに駆けこみ、まっさきに目についた食料をあわてて買って大急ぎでオフィスに戻ると、もうひとりがまたダイニングへ向かう、というわけ。買ってきた食料は、ミランダがいきなりオフィスから出てくるときにそなえて、デスクの下やコンピュータのスクリーンの陰に隠すようにしている。《ランウェイ》編集部には、けっして語られることはないが厳然とした掟がひとつだけある。ミランダ・プリーストリーの目の前で食事をとってはならない。以上、心得るべし。

腕時計に目をやると、二時十五分。わたしのお腹は、夕食まぎわでもないのに空っぽだった。スターバックスから戻る途中にチョコレートスコーンを喉に押しこんでから、六時間が経っている。ミランダのステーキにしゃぶりつきたくなるくらいに、空腹だった。

「エミリー、わたし、お腹がすいて失神しそう。ダイニングにひとっ走りして、なにか買ってくる。あなたの分も買ってこようか？」

「ばかなこと言わないでよ。まだ、ランチをデスクに運んでもいないでしょ。彼女はもうすぐ戻ってくるのよ」

「本気で言ってるのよ。ちょっとふらふらするの。もう待てない」睡眠不足と血糖値の低下で、めまいがしてきていた。ミランダがすぐに戻ってきたとしても、ステーキのトレイをオフィスに運べるかどうか自信がない。

「アンドレア、しっかりしてよ！　エレベータや受付で彼女と鉢合わせしたら、どうするつもり？　食事を出さずにオフィスを留守にしたことが、ばれちゃうじゃないの。すごい剣幕で怒られるわよ！　むざむざそんな危険をおかすなんて、ばかげてるわ。ちょっと待ってて――わたしがなにか買ってきてあげるから」エミリーは財布を手にすると、オフィスを出ていった。それから五秒もしないうちに、こっちに向かって廊下を歩いてくるミランダの姿が目にはいった。眉間に皺を寄せた険しい顔を見たとたん、めまいも空腹も疲労もいっきに吹きとび、わたしはあわてて椅子から立ちあがると、彼女がオフィスにはいってくるまえにランチをデスクに置いた。

頭はクラクラ、喉はカラカラ。わけのわからない状態で自分のデスクについたのと同時に、ジミー・チュウの靴をはいた彼女の足がオフィスの敷居をまたいだ。わたしのほうを見ようともせず、ありがたいことに、エミリーがいないことも気に留めていない様子。ミスタ・ラヴィッツとのミーティングで不愉快な思いをしたのかもしれない。だれかのオフィスにわざわざ出向かなければならなかったことに、まだヘソを曲げているだけなのかもしれないけど。このビルのなかで、ミランダの都合に関係なく彼女を呼びつけられるのは、いまのところミスタ・ラヴィッツただひとりだ。

「アーンドレーア！　なんなの、これは？　説明してちょうだい。いったいこれはどういうこと？」

わたしは彼女のオフィスに駆けこんで、デスクの前に立った。ミランダにならって、視線を下に向ける。デスクに置いてあるのは、まちがいなく、外食をしないときの彼女の定番ランチだ。即座に確認してみたが、欠けているものや、ちがう場所に置いてあるものや、調理法のちがうものはいっさいない。いったい、なにが不満なの？

「ええっと、これは、その、いつものランチです」静かにこたえる。非難がましい口調にならないようにことさら気をつけたけど、それはむずかしかった。わたしの発言には、あきらかに非難がこめられていたのだから。「なにか問題でも？」

つぎの瞬間、意識が薄れかけてきたわたしの目に、牙をむいた彼女の姿が映った。でもまさかそんなはずはないから、たんに口を開いただけだったのだろう。

「なにか問題でも？」わたしの真似をしてオウム返しに言ったけれど、甲高い声はわたしの声とは似ても似つかなかった。いや、そもそも人間の声とはとても思えなかった。険しい表情で、目を糸のように細くせばめてこっちに身を乗りだし、例によって声を押し殺してつづけた。「ええ、問題あるわ。すごく、すごく問題ありよ。どうしてオフィスに戻ってきたとたん、こんなものがデスクに用意されているのを目にしなきゃならないの？」

まるで、禅問答だ。オフィスに戻ってきた彼女は、どうしてこんなものがデスクに用意されているのを目にしなくてはならないのか？　一時間まえにランチを用意しろとの命令があったから、というのが正答でないことはあきらかだけど、そうとしかこたえようがない。トレイが気に食わない？　ううん、そんなはずない。彼女はこのトレイを数えきれないくらい目にしてきたはずだけど、文句を言ったことはいちどもないのだから。ステーキの部位がちがっている？　ううん、それもちがう。レストランのシェフが以前、ミランダは脂身の多いリブアイよりもヒレ肉を好むだろうと気をまわして、すばらしいヒレ肉のステーキを用意したことがあったが、ミランダは心臓麻痺を起こさんばかりに激怒した。そして、電話でシェフに苦情を言う役目をわたしに押しつけ、自分は横であれこれ指図したのだった。

「ほんとうに申し訳なく思っています。アシスタントさん。申し訳ありませんでした」シェフはひたすら謝った。あんなに腰の低いひとは、めったにお目にかかれないだろう。

「お得意様のミズ・プリーストリーに、当店で最高のものをお出ししようと思っただけなんです。でも、もう心配ありません。二度と今回のようなことはいたしませんから」二流の大衆食堂ならいざ知らず、まともなレストランのシェフとしてはとても通用しないと言いなさい、と命じられたときは泣きたい気分になったけど、命令には逆らえなかった。彼はそのとおりですと、自分の至らなさを詫びて、あの日以来、血のしたたるリブアイをつねに用意するようになった。

「アーンドレーア。ミスタ・ラヴィッツの秘書が、さっきあなたに伝えなかった？　貧乏たらしいダイニングでわたしと彼がランチをとるって」いまにもキレそうになるのをじっと我慢しているみたいに、やけにゆっくりきいてきた。

それじゃ、なに？　もう食事はすませたってこと？　使い走りやセバスチャンの正気とは思えないごますり、怒りの電話、九十五ドルの食事、ティファニーの歌、食事のセッティング、めまい、ボスが戻ってくるのを空腹をかかえて待つ忍耐。あれはすべて、なんだったの？

「はあ、いいえ、電話はもらいませんでした。ってことは、その、これはもう召しあがりたくないってことですか？」わたしはトレイに目を向けて言った。

あなたは双子のお嬢さんのひとりを食べてしまったんですね、ときいたわけでもないのに、ミランダは耳を疑うような顔をした。「なにが言いたいの、エミリー？」はっ、これだもんね！　相変わらず、わたしの名前をよく覚えていらっしゃる。

「あの、ええっと、なんというか、これは召しあがりたくないんだろうなと思って」

「よくできました、エミリー。察しのいい部下をもって、幸せだわ。さっさと片づけてちょうだい。それから、二度とこんなことはないように。以上、おしまい」

映画のワンシーンみたいに、目の前のトレイを部屋の向こうへなぎ払う光景が頭にパッと浮かんだ。ミランダはショックを受けて後悔し、もうあんなひどいことは言わないと涙ながらにわたしに詫びる。と、つぎの瞬間、彼女の爪がデスクを叩くカチカチという音がして、わたしは現実に引きもどされた。即座にトレイを持って、慎重にオフィスを退散する。

「アーンドレーア、ドアをしめて！　ひとりになりたいのよ！」彼女が声を張りあげた。食べたくもない豪勢なランチがデスクに用意されていたのが、ひどいストレスだったようだ。

エミリーがダイエットコーラとレーズンをわたしのために買って、戻ってきたところだった。このわずかばかりの軽食で、ランチをすませなければならないらしい。言うまでもなく、両方ともカロリーと脂肪分はゼロ、ノンシュガーだ。ミランダの怒鳴り声を耳にした彼女は、自分のデスクにコーラとレーズンを置き、あわててガラスドアをしめた。

「なにがあったの?」エミリーはわたしが持っている手つかずのランチに目を留めるや、わたしのデスクの横ではっと立ちどまって小声できいてきた。

「じつはね、わたしたちの心優しいボスは、もうランチをすませたんだって」わたしは歯噛みをしながら、声を押し殺してこたえた。「わたしが予想できなかったから、予知できなかったから、すごい腹を立ててるの。彼女の胃を透視して、ランチをすませたことを見抜けなかったから」

「信じられない。命令どおりにランチを取りにいったあなたに対して、ランチをすでにすませたことを見抜けなかったって理由で、怒ったの? とんでもない女!」

わたしはうなずいた。なにもわかっていないといつもはお説教をするエミリーが、今回にかぎってわたしの味方をするとは驚きだ。でも、待て! 喜ぶのはまだはやい。日が沈むと、ついさっきまで燃えるような太陽があった場所に淡いピンクと青い色が残るのみとなるように、理不尽なボスに対する怒りで頬を紅くしていたエミリーの顔には、はやくも後悔の色が浮かんでいた。《ランウェイ》の疑心暗鬼。

「以前、話したこと覚えてるわよね、アンドレア」はい、はい、やっぱりね。結局は、疑心暗鬼のお出ましだ。「なにも彼女だって、あなたが憎くてそうしたわけじゃない。悪意があるわけじゃないのよ。お偉いさんだから、ささいなことまで気を配っていられないだけなの。だから、へたに逆らっちゃだめ。ランチはそのまま捨てればいいんだから、仕事をしましょう」エミリーは表情をきりっと引きしめると、椅子にすわってコンピュータに向かった。ミランダがアシスタントのセクションに盗聴器をしかけて、わたしたちの会話を聞いているかもしれないと、エミリーはたちどころに不安になったのだろう。狼狽のあまり顔を赤らめ、ささいなことで神経質になる自分をもてあましているのが、傍目からもよくわかった。こんなに不安定な精神状態で、よくいままで仕事をつづけてきたものだ。

わたしはステーキを食べようかと思ったが、ついさっきまでミランダのデスクに載っていたと思っただけで、吐き気がこみあげてきた。トレイをキッチンへ運び、いっさいがっさいをゴミ箱にどさっと捨てる――プロの手によるすばらしい味の料理、陶器の皿、金属製のバター容器、塩の箱、麻のナプキン、銀食器、ステーキナイフ、バカラのグラス。始末する。ひとつ残らず始末する。べつに、いいわよね。明日にはまた、手にはいるんだから。というか、彼女がまたランチを食べたくなったときには。

〈ドリンクランド〉に着くと、すっかり酔っ払っている様子のリリーの横で、アレックスが不機嫌そうな顔をしていた。とっさに不安になる。わたしがきょう、有名人で年上のとんでもなく厚かましい男からデートに誘われたことを、アレックスは知っているのだろうか？　第六感でピンときたとか？　なんとなく察知したとか？　わたしから直接、話すべき？　ううん。それほど大したことじゃないんだから、アレックスを巻きこむ必要はない。アレックス以外の男性に心奪われているわけではないし、デートに行くつもりもない。だったら、あのときの会話をくわしく話したところで、なんの得にもならないもの。

「あらあら、ファッション業界の女の子がおでましだ」リリーが呂律《ろれつ》のまわらない声で言うと、挨拶代わりにジントニックのグラスを揺らしてみせた。カーディガンにお酒が撥ねたが、気づいていないようだ。「未来のルームメイトって、言うべきかしらね。飲もうよ。乾杯《トースト》しなきゃ！」トーストが、トースに聞こえた。

わたしはアレックスに軽くキスをして、その横にすわった。

「きょうは、決めてるじゃないか！」全身プラダのいでたちを、彼は感心したようにながめた。「いつから、こんなオシャレになったんだ？」

「じつは、きょうからよ。つい最近、はっきり言われたの。これまでみたいにセンスのない格好をしていたら、クビになるだろうって。ちゃらちゃらしてて、いけすかない格好だけど、どうせ毎日服は着なきゃならないんだから、この服もまんざら悪くないでしょ。

まあ、それはともかく。遅刻しちゃって、ほんとに、ほんとにごめん。今夜は見本ができるのが、ひどく遅くなってね。おまけに、それをミランダに届けたら、デリでバジルを買ってこいって命令されたのよ」

「彼女には、お抱えのシェフがいるって言ってただろ」と、アレックス。「そのシェフが買いにいけばいいじゃないか」

「たしかに、シェフはいる。それを言うなら、お手伝いさんも、ベビーシッターも、ふたりの娘もいる。どうしてディナーのスパイスを買いにやらされなきゃいけないのか、わたしだってわからないわよ。五番街やマディソン街やパーク街にはデリなんてないから、ひどく苦労しちゃった。九ブロック歩くはめになった。〈ダゴスティーノ〉を見つけるまで、九ブロック歩くはめになった。四十五分かかったわよ。こうなったらスパイスを棚ごと買いとって、いつでも持ち歩くようにするべきだわね。でも、あの四十五分間はじつに役に立ったわ！　バジルを買いにやらされて、すごく勉強になった。将来、べつの雑誌の編集者として働くときに大いに役立つ知識を、いっぱい得たってわけ！　編集者への道を、とんとん拍子に進んでいるってことよね！」わたしは勝ち誇ったように、にんまり笑った。

「あんたの未来に乾杯！」リリーが歓声をあげた。わたしがやけくそ気味に、自嘲をこめて話したことにまったく気づいていない。

「飲みすぎてる」アレックスが静かに言った。「マックスと約束の時間どおりに店に来たんだ。彼はさっき帰ったけどね。彼女は先に来てたけど、何時間もまえから、ひとりで飲んでたんじゃないかな。もしくは、すごくピッチをあげて飲んでいるのか」

リリーのお酒の量はいつも半端じゃないけど、それも驚くにあたらない。彼女はなにごとにおいても、豪快なのだ。中学で最初にマリファナを吸ったのも、高校で最初に処女を失ったのも、大学で最初にスカイダイビングをしたのも、みんな彼女だった。生きている実感を与えてくれるものなら、彼女は人間であれ物であれ愛情を注ぐ。たとえ、愛情を返してもらえなくても。

「恋人とわかれようとしない男と、どうして寝たりするのよ」大学三年生のとき、リリーがひそかにつきあっていた男性のことで、わたしは彼女を責めたことがあった。「先を見越してなにもかもきちんと計画を立てて、ルールを設けるのよ」彼女は即座に言い返した。「先を見越してなにもかもきちんと計画を立てて、自分を規則でがんじがらめにする生き方のどこが楽しいの？　すこしは人生を楽しまなきゃ！　感じなきゃ！　スリルに満ちた人生もいいものよ！」

最近はお酒の量がいくぶん増えたようにも思うけど、大学院生になってはじめての年で、さすがのリリーも相当のストレスを抱えこんでいるし、コロンビア大の教授連は彼女が簡単に御《ぎょ》すことができたブラウン大の教授たちとちがって学生に厳しく、手加減してくれることがないらしい。これも悪くないのかも。ウエイトレスさんに合図をしながらわたしは思った。ストレス解消には、お酒がいいのかもしれない。わたしはウオッカのグレープフルーツ割りを注文し、ぐいっとあおった。でもストレス解消どころか、気分が悪くなっただけだった。エミリーが買ってきてくれたレーズンとダイエットコーラを昼間に口にして以来、なにも食べていないのだ。

「この数週間は、大学院が大変だったんだと思うわ」その席にリリーがいないような口調で、わたしはアレックスに言った。リリーはカウンターにいるヤッピー風の男性に流し目を送るのに忙しくて、わたしたちが自分を話題にしていることに気づいていない。アレックスがわたしの肩を抱いてくれたから、わたしは彼にもたれかかった。久しぶりに彼に寄りそうと、気分がとても安らいだ――こうするのも、何週間ぶりという気がする。

「せっかくなんだけど、もう帰らなきゃ」わたしの髪を耳の後ろにやりながら、アレックスが言った。「リリーとふたりでだいじょうぶ?」

「帰るの? もう?」

「もう? アンディ、ぼくは二時間まえからここにいて、きみの友だちが酒を飲むのをながめていたんだぜ。きみに会いにきたのに、肝心のきみはいなかった。それにもうすぐ十二時だ。これから、作文の添削をしなきゃいけないんだよ」彼の口調はあくまでも穏やかだったけど、内心では怒っているのがわかった。

「わかってる。ごめんね。ほんとに、ごめん。でもね、わたしだって、できることならはやく来たかったのよ。それに――」

「いいんだって、わかってるさ。きみを責めているわけでも、もっとはやく来れたはずだって言ってるわけでもない。でも、ぼくの立場もわかってほしいんだ。いいね？」

うなずいて彼にキスしたものの、すごく不安になった。近いうちに、ふたりだけの特別なデートを企画しよう、と心に誓う。彼はいつも、わたしの勝手な都合を受けいれてくれるのだから。

「ってことは、今夜は泊まっていってもくれないの？」かすかに期待して、きいてみる。

「リリーの面倒を、きみひとりでみられるならね。うちに戻って、作文を見なきゃいけないんだよ」彼はわたしをハグすると、リリーのほっぺたにキスをして出口に向かった。

「なにかあったら、電話してくれ」そう言って、店を出ていった。

「あれっ、アレックスはどうして帰っちゃったの？」と、リリー。わたしと彼が話しているあいだ、ずっとおなじ席にいたのに。「あんたに、腹をたててるわけ？」

「たぶんね」ため息をついて、キャンバス地の大きなバッグを胸にかかえる。「最近は、彼をぜんぜん大事にしていないから」軽食のメニューをもらいにカウンターに行って戻ってくると、さっきのヤッピー風の男性がリリーの隣りの狭いスペースにすわっていた。二十代後半といったところだが、髪のはえぎわが後退しかけているから、じっさいのところはわからない。

わたしはリリーのコートを手にとって、彼女に投げつけた。「リリー、コートを着て。

もう帰るよ」命じながら、男性を観察する。ひどく背が低く、ダーツのはいったカーキ色のズボンがずんぐりした体型を目立たせている。なによりも、親友の耳にいまにも舌を差しいれようとしていることに、わたしは不快感を覚えた。

「なあ、そんなに急がなくてもいいだろ」鼻にかかった声で、不満げに言った。「きみのオトモダチと、お近づきになろうとしてるんだから」リリーはニヤニヤしながらうなずいて、お酒がないのにも気づかずに、グラスに口をつけた。

「まあ、それはすてきね。でも、そろそろ帰らなきゃいけないの。お名前は？」

「スチュアート」

「お目にかかれて光栄だわ、スチュアート。リリーに電話番号を教えてあげてよ。酔いがいくぶん醒めたら、彼女のほうから電話するだろうから。どう？」にっこり笑いかける。

「うーん、どっちでもいいけど。まっ、いいさ。こんどまた、どっかで会えるだろうし」席を立つと、あっという間にカウンターのほうに行ってしまったから、リリーは彼が去ったことに気づかなかった。

「スチュアートとあたしは、お近づきになろうとしてるのよね、スチュ？」リリーは彼がすわっていた場所に顔を向けて、困惑した。

「スチュアートは急用を思いだしたんだってさ、リル。ほらっ、帰るよ」

くすんだ緑色のピーコートをセーターの上に着せてやって、彼女を立ちあがらせる。リリーの足元はおぼつかず、バランスを取るのにしばらくかかった。店の外はぞくっとするほど寒く、リリーの酔いもいくらか醒めそうだった。

「気持ち、悪い」またしても呂律のまわらない声。

「うん、うん、わかったから。タクシーで帰ろう、いいわね？　ちゃんと帰れる？」

リリーはうなずいたとたん、前かがみになって吐いた。茶色いブーツがゲロまみれになり、ジーンズにもいくらか撥ねかかった。《ランウェイ》の女の子たちに、リリーのこの姿を見せてやりたいもんだわ。そう思わずにはいられなかった。

警報装置がついていないような店の軒先に、わたしはリリーをすわらせた。道のちょうど向かい側に、二十四時間営業の雑貨店がある。この娘《こ》にはミネラルウォーターが必要だ。雑貨店から戻ってくると、リリーはまた吐いていて——こんどは、体の前の一面が汚れている——目をどんよりさせていた。買ってきたミネラルウォーターは二本。一本を彼女に飲ませて、もう一本で汚物を洗いおとすつもりだったけど、リリーはもはや正体をなくしていた。一本すべてを使ってブーツを洗い、二本目の半分を使ってコートの汚れを落とした。濡れるとコートが縮むけど、ゲロまみれになっているよりはましだろう。すっかり酔っているリリー本人は、ブーツやコートが濡れていることにも気づかない。

それからタクシーを拾ったが、運転手さんは酔っ払いを乗せるのは嫌だと渋った。チップをはずみますからと言って説得するのに、しばらくかかったろうか。それでなくとも、タクシー代はかなり高くなるはずだった。ロウアーイーストサイドからはるか離れたアッパーウエストサイドまで行くのだから。でも二十ドル以上になるだろうタクシー代をどうやって払うかは、すでに思いついていた。ミランダの使い走りでタクシーを利用したことにして経費を請求すればいい。よしよし、だったら自腹を切らずにすむ。

リリーのワンルームの四階まで上がっていったときは、タクシーを拾ったときよりさらに苦労したが、タクシーに二十五分乗ったあとのリリーはさっきよりは協力的だった。服を脱がしてあげると、自分からなんとかシャワーを浴びた。ベッドに行くように命じると、膝をベッドの角に打ちつけて、うつぶせに倒れこんだ。意識を失っている彼女を見下ろしていると、ふたりでばかなことをしていた学生時代がふとなつかしくなった。いまだって彼女といると楽しいけど、あのころのようにはめをはずすことは二度とないだろう。

最近のリリーはお酒の量が多くなりすぎているのだろうか、とちょっと不安になった。たしかに彼女は、しょっちゅう飲んだくれているように思える。でも先週アレックスがその話を持ちだしたとき、わたしは彼に言い張った。リリーはまだ学生で、一人前の社会人として仕事を任せられる（たとえば、ペレグリノを注ぐとか！）、現実の社会に生きていないのよ。もちろん以前は、春休みに〈セニョール・フロッグ〉でしこたまお酒を飲んだり、八年生のときにはじめて出会った記念日のお祝いに、豪快に赤ワインを三本空けたりしたこともあった。最終試験が終わったあとの飲み会で、便座をかかえてすわりこんだわたしがトイレのなかに顔を突っこまないように、リリーが後ろで髪を引っ張ってくれていたこともあったし、ラムのコーラ割りを八杯飲み、カラオケで《エヴリ・ローズ・ハズ・イッツ・ソーン》を音程をはずしっぱなしで歌ったわたしを寮に送っていく途中、気持ち悪くなったわたしのために車を四回止めてくれたのもリリーだ。リリーの二十一歳の誕生日の夜、酔いつぶれた彼女をわたしのアパートメントにつれて帰り、ベッドに寝かせて十分おきに息をしているのを確認し、呼吸が止まる心配がなくなってからようやく安心して彼女の横で床に寝たこともある。あの晩リリーは二度、目を覚ました。一度目はベッドの横で吐くため——そんなこともあろうかとわたしがベッドの横に置いておいたゴミ箱のなかに吐こうと努力はしたようだったが、いかんせん朦朧《もうろう》としていたから、結局は壁にぶちまけてしまった——二度目はわたしにひたすら謝るため。あんたのことはほんとに頼りにしてる、こんないい友だちはめったにいないよ。友情とは、まさにこのこと。一緒に飲んだくれてはめをはずし、一方が酔いつぶれたら面倒をみてあげる。そうでしょ？　大学時代のいい思い出といってもいいかもしれない。青春の一時期に、だれもが経験すること。アレックスは、それとこれとは話がちがう、リリーの場合は度を越していると言い張ったけれど、わたしはそんなふうには思えなかった。

今夜はずっとリリーのそばにいてあげるべきなんだろうけど、もう二時になろうとしている。わたしは五時間後に、出勤しなければならない。服には汚物のにおいが染みついているし、リリーのクロゼットに《ランウェイ》にふさわしい服があるとは思えなかった。身なりに気を配ろうと決意したわたしにうってつけの服は、まずないだろう。ため息をもらして、彼女にブランケットをかけてやる。二日酔いがひどくなければ授業に出る気になるかもしれないから、七時に目覚ましをセットする。

「じゃあね、リリー。わたし、帰るから。だいじょうぶよね？」ケイタイを枕元に置く。リリーは目をあけると、わたしにまっすぐ目を向けて、ほほえんだ。「ありがと」そうつぶやくと、また瞼をとじた。こんな状態じゃマラソンは無理だし、電動芝刈り機を動かすことすらできないだろうけど、ひたすら眠れば明日は元気になっているだろう。

「どういたしまして」ひたすら走ったり、お使いにいったり、スケジュールを調整しなおしたり、あちこち移動したり、汚れ物を洗ったり、ひとに手を貸してやったりすることから十九時間ぶりにようやく解放されたにもかかわらず、わたしは礼儀を忘れずに言った。「明日、電話するよ」なんとかへたりこまないようにしながら、声をかける。「わたしたちがふたりとも、まだ生きていたらね」それでようやく、ほんとにようやく、わたしは帰宅した。

10

「ふうっ。うれしいわ。あなたがいてくれて」電話の向こうから、キャラの声が聞こえてきた。まだ朝の八時十五分まえだというのに、どうして息を切らしているのだろう？

「そっ、そうなんだ。こんなにはやく電話してくるのは、はじめてよね。なにかあった？」わたしは口早に言った。ミランダがこんどはなにを要求してきたのだろう。考えられる事態が一瞬のうちに、五つ以上頭に浮かんだ。

「ううん、ちがう。そんなんじゃないのよ。ミスタ・おとぼけがあなたに会いに、そちらの会社に向かったことを報せたかっただけ。今朝のミスタは、いつになく饒舌よ」

「へえぇ、なるほど。それはうれしい報せだわ。この一週間ほどは、わたしのプライベートをあれこれ詮索してこなかったのよ。あれほど気にかけていてくれたのに、どうしちゃったのかしらって寂しかったの」わたしはメモをコンピュータに入力しおえて、〝印刷〟をクリックした。

「あなたが羨ましいわ。わたしのことは、ちっとも構ってくれなくなったのよ」彼女はわざとらしく、切なげにため息をついた。「ミスタはもっぱら、あなたに夢中なのよ。メトロポリタンのパーティの件であなたと打ち合わせをするために、そっちの会社に行くって言ってたわ」

「んまあ、すばらしいわ。ミスタの弟に会うのが待ち遠しい。電話で話したことしかないんだけど、すごくいけすかない奴でね。それはべつとしてミスタがこっちに向かってるってことは、ミスタとおしゃべりをする苦痛からわたしを解放してくれる、心優しきひとも一緒だってこと?」

「ううん、一緒じゃない。ミスタはたしかに、そっちに向かってるわ。でもミランダは八時半にフットケアの予約をとっているから、彼女は別行動よ」

わたしは即座にエミリーのデスクに置いてあるスケジュール帳を見て、ミランダの予定を確認した。たしかにきょうの午前中は、出勤しないことになっている。「うれしいったらありゃしない。朝っぱらから、楽しくおしゃべりして親交を深めようとするようなすてきなひとは、おとぼけ以外にいないわよ。なんであんなに、おしゃべり好きなんだろ?」

「さあねえ。でも、ひとつはっきりしてるのは、ミランダと結婚したくらいだから、どこかイカレている、ってことね。ミスタが妙なことを言いだしたら、電話して。もう切らなきゃ。キャロラインがどうしたわけか、ミランダのスティラの口紅をバスルームの鏡に投げつけたのよ」

「わたしたちの日常って、お祭り騒ぎの連続よね。最高にクールだわ。それはともかく、連絡してくれてありがとね。また、あとで」

「オッケー、じゃあね」

おとぼけが到着するのを待つあいだ、わたしはメモに目を通した。メトロポリタン美術館の役員にミランダの名で連絡、とある。五月に予定している義理の弟のパーティを、ギャラリーのひとつを借りきっておこなうための許可を申請するのだ。義理の弟のことをミランダは毛嫌いしているが、身内である以上いい加減な扱いはできない、というわけ。おとぼけの弟ジャック・トムリンソンは、兄以上に頭がイカレている。妻と三人の子どもを捨てて、このほどマッサージ嬢と再婚するそうだ。おとぼけもジャックも、ともにイーストコーストのプレップスクール出身の典型的なエリートだが、ジャックは二十代後半にハーバード大卒の肩書きを捨ててサウスカロライナ州に移り、またたく間に不動産業で一財産を築いた。エミリーの話から推測するに、生粋の南部人に生まれかわった彼は、ストローをくちゃくちゃ嚙んで、嚙みタバコを吐きちらす田舎者そのもので、洗練された都会人のミランダをぞっとさせているらしい。弟の婚約パーティを企画してくれと言ったのはおとぼけで、さすがのミランダも愛する夫の頼みは断われなかった。いったんなにかをやるときめたら、完璧を求める彼女だ。さっそくメトロポリタンの件にとりかからなくては。役員の皆様へ、うんぬんかんぬん、華麗でこぢんまりとした夕べの集いを開催する許可を申請したく存じます、うんぬんかんぬん、ケータリング、花の飾りつけ、バンド等は、すべて一流の業者に頼むつもりでおります、うんぬんかんぬん、お返事お待ちしておりま す、うんぬん。目立つまちがいがないか最後にもういちど確認してからミランダのサイン をしたため、手紙を取りにきてくれとメッセンジャーに伝えた。

と、そのとき、アシスタントのセクション——わたしが早朝に出社してきてから、まだ だれもはいってきていない——のドアをノックする音がして、メッセンジャーがずいぶん はやく来たと思ったが、ドアがバタンとあいて姿を現わしたのはおとぼけだった。にっこ り笑みを浮かべ、まだ朝の八時まえだというのに、やけに張りきっている。

「アンドレア」声を張りあげて、さっそくわたしのデスクに近づいてきた。一点の曇りも ない笑顔を見ていると、彼を嫌っていることを申し訳なく感じた。

「おはようございます、ミスタ・トムリンソン。こんなにはやく、なんのご用ですか？」 と、わたし。「あいにく、ミランダはまだ出社していないんですが」

おとぼけはネズミみたいに、鼻をひくひくさせて笑った。「そう、そうなんだよ。彼女 はランチをすませてからの出社だ。というか、ぼくはそう聞いてる。こうやって顔を合わ せるのも、ずいぶん久しぶりだね。さあ、ミスタ・Tに教えておくれ。調子はどう？」

「あの、荷物をおあずかりします」わたしはミランダの汚れ物が詰まった、モノグラムい りのダッフルバッグを受けとった。わたしに渡すようにと、彼女がミスタ・トムリンソンに持たせたバッグだ。最近また修理に出して戻ってきたばかりの、ビーズのついたフェンディのトートバッグもあずかる。クリスタルのビーズをハンドメイドで刺繡した凝ったデザインで、シルヴィア・ヴェントゥリーニ・フェンディが日ごろ世話になっている感謝の印として、ミランダのために特別につくらせたバッグだ。ファッション部のアシスタントは、値段にして一万ドル弱といったところだろうと言っている。にもかかわらず、細い革の取っ手がまたしても取れかけている。アクセサリー担当がすでに二十回以上、手縫いの修理をフェンディに頼んだのに。そもそも女性用の華奢な財布とサングラス、どうしても必要な場合は小さなケイタイ、といった最小限のものをいれるためのバッグなのだ。でもミランダはそういうことに、あまり気を配らない。きょうは、特大サイズのブルガリの香水、おそらくわたしが修理に出さなければならない、ヒールが折れたサンダルの片方、ラップトップコンピュータよりも重いエルメスのシステム手帳、飼い犬のマドレーヌのものか、こんどのグラビア写真に使用するかのどっちかと思われる、やけに大きな鋲つきの犬の首輪、きのうの夜にわたしが届けた見本が、バッグに詰めこんである。わたしが一万ドルのバッグを持っていたら、質屋に入れて一年ぶんの家賃に当てるだろうが、ミランダはそういうバッグをゴミ容器のように使っている。

「ありがとう。アンディ。きみのおかげで、みんなほんとに助かってるんだよ。だからミスタ・Tは、きみの話をもっと聞きたいんだ。最近はどう？」

最近はどう？　最近はどう、ですって？　ふーむ、そうねえ。お話しするようなことは、あまりないけど。たいていは、おたくのサディスティックな奥さんのもとで働く年季奉公ならぬ年季奴隷の期間を、なんとか生き延びることに汲々としているわね。人使いの荒い奥さんがなにも言ってこない自由な時間もすこしはあるけど、そんなときはシニア・アシスタントのくどくどしい、洗脳にも似た戯言《たわごと》をできるだけ無視するようにしているわ。この編集部の外にいるときは――まあ、最近はめったにないけど――一日に八百キロカロリー以上の食事をとったってぜんぜん問題ないし、服のサイズが六号でも太っていることにはならないんだって、いつも自分に言い聞かせているの。まっ、こんな程度かな。大して話すこともないのよ。

「そうですね、ミスタ・トムリンソン、大して話すこともないんです。ひたすら仕事してます。仕事をしてないときは、親友やカレシと会ってますね。なるべく実家に行くようにもしてます」以前はよく読書をしたんですが、とつけ加えたくなった。いまは毎日くたくたで、それどころじゃありません。昔は大いにスポーツもしていたけど、そんな時間はもはやない。

「きみ、二十五歳だったよね？」とうとつにきいてきた。どういうつもりでそんな質問をするんだろう。わけがわからなくなった。

「あっ、いいえ。二十三です。今年の五月に卒業したばかりですから」

「ふーん、そっか！　二十三歳なんだ」なにか言うべきかどうか、自分でも決めかねている様子。なにをきかれても動揺しないよう、わたしは身構えた。「だったら、ミスタ・Tに教えておくれ。この街の二十三歳の若者は、休日にどういう場所に行くのかな？　レストラン？　クラブ？　そういう類の場所？」またしても、にこにこ笑っている。このひとは見た目どおり、ひとに構ってもらいたいのだろうか？　この好奇心の裏に他意はいっさいなく、ただ話し相手が欲しいだけなんだろうか？

「ええっと、まあ、そういった類の場所ですね。クラブにはあまり行きませんけど、バーとかラウンジとかにはよく行きます。あとは、ディナーを食べたり、映画を観たり」

「はーん、それはさぞかし楽しいだろうね。わたしもきみの年齢のときには、そういったことをやったもんだよ。いまじゃ、仕事がらみのイベントや、基金調達のためのパーティばかりだ。楽しめるうちに、楽しんでおいたほうがいいよ、アンディ」変に理解を示すうざったい父親がよくやるように、ウインクをしてみせた。

「ええ、そうですね。なるべくそうします」なんとか調子を合わせる。お願い、帰って。お願い、帰って。お願いだから、帰ってよ。ひたすら祈りながら、わたしにさかんに手招きしているベーグルを、生唾を飲みこんでじっと見る。わたしが平和で穏やかでいられるのは、一日のうちたったの三分間。この男性は、わたしからその時間を奪おうとしている。

彼が口をあけてなにか言いかけたとき、ドアが勢いよくひらいてエミリーがはいってきた。ヘッドホンをして、音楽に合わせて体を揺すっている。ミスタ・トムリンソンに気づくと、あんぐり口をあけた。

「ミスタ・トムリンソン!」エミリーは声を張りあげたかとおもうと、ヘッドホンをぐいっとはずして、iポッドをグッチのトートに入れた。「どうしたんです? ミランダになにかあったわけじゃないですよね?」心の底から心配しているような表情と口調。パーフェクトな演技だ。細かいところまで神経が行き届く、つねに礼儀正しいアシスタント。

「やあ、エミリー。べつになにかあったわけじゃない。ミランダはじきに出社してくるよ。ミスタ・Tは彼女の荷物を届けに、ちょっと寄っただけだよ。元気にしているかい?」

エミリーはにっこり笑った。ほんとうにうれしいと思っているかどうかは、怪しいところだ。「元気です。お気遣いありがとうございます。そちらはどうです? アンドレアがお役に立ちましたでしょうか?」

「ああ、もちろんだよ」六千回目の笑みをわたしに投げかけた。「弟の婚約パーティの件で、ちょっと打ち合わせしようと思ってたんだが、すこしはやすぎるかもしれないという気がしてね。だろっ?」

とっさに、朝のはやい時分という意味だろうと勘違いして、「ええ!」と叫びそうになったが、つぎの瞬間には、まだだいぶ先のことだから細かい打ち合わせをするのはまだはやい、という意味だと気づいた。

彼はエミリーのほうを向いてつづけた。「きみの部下のジュニア・アシスタントは、じつに優秀だ。そう思わないかい？」

「たしかに」エミリーは歯を食いしばって、調子を合わせた。「彼女は最高です」にこっと笑う。

わたしも、にっこり。

ミスタ・トムリンソンはさらにボルテージを上げて、ニタッと笑った。このひと、脳内のホルモンバランスが乱れているのかもしれない。軽い躁病かも。

「さてと、ミスタ・Tはそろそろ帰ったほうがよさそうだな。いつもながら、おしゃべりができて楽しかったよ。ふたりとも、元気でね。さよなら」

「さよなら、ミスタ・トムリンソン！」廊下の角を曲がって受付に向かう彼に、エミリーが言った。

「どうしてあんな失礼な態度をとるのよ？」薄いレザーのジャケットをさっさと脱ぎながら、エミリーがきいてきた。下に着ているのは、これまたさらに薄手の、襟ぐりが深いシフォンのトップだけ。コルセットみたいに、前身ごろ一面にレースがついている。

「あんな失礼な態度？　わたしはミランダの荷物を受けとって、あなたが来るまで彼の相手をしてたのよ。それのどこが、失礼なの？」

「第一に、別れの挨拶をしなかった。おまけに、その顔」

「顔？」

「そう、その顔。こんなのやってられない、嫌で嫌でしょうがないって、顔があからさまに語ってるのよ。わたしに対してはああいう顔をしてもいいけど、ミスタ・トムリンソンに対してはまずいんだって。ミランダの旦那なんだから。あんな態度をとっちゃいけないの」

「エム、あのひとすこし、なんていったらいいんだろう……イカレてるって思わない？　ひっきりなしに、しゃべっているんだもの。ミランダはあんなに……というか、それほど愛想のいい人間じゃないのに、なんだって夫のあのひとはあそこまで愛想がいいんだろう？」わたしはミランダのオフィスにちらっと目を向けて、新聞がきちんと並べてあるかどうかチェックした。

「イカレてる？　とんでもないわよ、アンドレア。税金関係にかけては、マンハッタンで一、二を争う弁護士なのよ」

エミリーには、なにを言ってもむだだ。「なんでもない。わたし、自分がなにを言ってるか、わかってないことがあるのよ。で、そっちはどう？　きのうの夜はどうだった？」

「ああ、よかったわよ。ジェシカとショッピングに行ったの。彼女の結婚式でブライドメイドをする女の子たちのプレゼントを買うためにね。いたるとこに行ったわ――スクープでしょ、バーグドルフでしょ、インフィニティでしょ、ほかにもいろいろ。パリ旅行にそなえて服を何枚か試着したけど、いくらなんでもまだはやすぎるわよね」

「パリ旅行？　パリに行くの？　わたしひとりに、彼女を押しつけて？」最後のセリフは声に出すつもりはなかったけど、思わず出てしまった。

またしても、あんた頭がおかしいんじゃない、といわんばかりの視線。「そうよ、ミランダに同行して十月にパリに行くの。プレタポルテのスプリングコレクションを観にね。ミランダは毎年、現場の雰囲気を体験させるためにシニア・アシスタントをスプリングコレクションに連れていくの。ブライアント公園のショーにはわたしも数えきれないほど行ったけど、本場ヨーロッパは比較にならないほどすごいのよ」

わたしは即座に計算した。「十月っていえば、七カ月先でしょ？　七カ月先の旅行に持っていく服を、いまから試着しているわけ？」問い詰めるような口調で言ったつもりはなかったけど、エミリーはすぐさまむきになって言いかえしてきた。

「まあ、そうだけど。買うつもりはなかったわよ。それまでに、流行のスタイルもかなり変わるだろうから。でも、はやめに対策を立てたかったの。服選びは、ほんとに一大事なんだから。五つ星ホテルに泊まって、最高のパーティにたくさん出席するわけでしょ。それに、それに、この世で一番トレンディな、一番おしゃれなファッションショーに行かなきゃならないのよ」

ミランダが年に三、四回ファッションショーを観にヨーロッパに行くことは、エミリーからすでに聞いていた。ファッション関係者のだれもがそうするように、ロンドンのコレクションには行かないが、十月にひらかれるプレタのスプリングコレクションや、七月にひらかれるオートクチュールのウインターコレクション、三月にひらかれるプレタのフォールコレクションは、ミラノとパリで欠かさず観ている。その時期に休暇をとってリゾート地に行く場合もあるけど、まれだそうだ。ミランダは今月も月末にひらかれるショーにも行く予定になっていて、わたしたちアシスタントは準備にてんてこまいだ。アシスタントをどうして同行させないのだろうと、わたしはここしばらく不思議に思っていた。

「どうして、すべてのショーにあなたを連れていかないの？」くどい説明を聞かされるような気がしたが、きいてみた。ミランダが丸二週間オフィスを留守にする（一週目はミラノ、二週目はパリで過ごす）だけでもじゅうぶんうれしかったが、一週間でもエミリーがいなくなるかもしれないと思うと、めまいがした。ベーコンチーズバーガーや、アシスタントの仕事にふさわしくない穴の空いたジーンズや、ノーヒールの靴――いや、スニーカーでもいいかもしれない――が頭につぎつぎと浮かんでくる。「どうして、十月だけなの？」

「海外では、わたしたちがいなくてもだいじょうぶなのよ。イタリアやフランスの《ランウェイ》が、ミランダのアシスタントを用意するから。まあ、ほとんどの場合、編集者たち自らがミランダのお世話をするんだけどね。でも、春物のプレタのときは、ミランダ主催の大掛かりなパーティがあるの。毎年恒例のキックオフ・パーティでね、ショーのあいだに開催されるパーティのなかで、もっとも盛大でもっともすてきだったって、一年中噂が絶えないのよ。わたしが同行するのは、彼女がパリにいる一週間だけ。それだけわたしを頼りにしている、ってことよね」たしかに。

「ふーん、それはすばらしいわよね。ってことは、わたしはここで留守を守っているってわけ？」

「まあ、そういうことね。でも甘く考えちゃだめよ。これまでになく大変な一週間になるだろうから。出張しているときのミランダは、たくさん用事を言いつけてくるの。電話がしょっちゅうかかってくるわよ」

「わーい、楽しみ」と、わたし。エミリーはあきれたように目玉をぐるりとさせた。

スタッフが徐々に出勤してきてわたしに目を留める時間になるまで、スタンバイ状態のコンピュータ画面に顔を向けて、目を開けたまま睡眠をとった。十時に、かしまし娘のひとり目が出勤してきた。さすがのかしまし娘たちも朝はおとなしい。ホイップクリームなしのスキムミルクのラテを静かに飲んで、昨晩のシャンパンによる二日酔いを醒ましている。ジェームズが、ミランダがいないときはいつもそうするように、わたしのデスクに寄り道すると、きのうの夜〈バルサザール〉で未来の夫に出会ったと声高に言った。

「彼、カウンターにひっそりとすわってたの。これまで見たことがないような、すごくおしゃれな赤いレザージャケットを着ていたわ。それからね、なんと、そのジャケットをさっと脱いだのよ。彼が舌をのぞかせてオイスターをするっと食べる姿、あなたに見せたかったわ……」切なげにうめき声を漏らした。「あーん、最高だった」

「で、電話番号はきいたの？」

「電話番号？　最後までいったわよ。十一時には、あたしのカウチのうえで素っ裸になってたわ。でね、でね――」

「よかったわね、ジェームズ。ほんとにおめでとう。あなたって、面倒な恋の駆け引きを省くタイプなのよね。でも、こう言っちゃなんだけど、いくぶん無鉄砲よ。いまはエイズの時代なんだから」

「でもねえ、一流のオトコとしかデートしない傲慢なあなたでも、彼を見たら、つきあってくださいって一も二もなくひざまずくわよ。すばらしいんだから！」

十一時になるころには、スタッフたちが服装をチェックしあって、セオリーのあたらしい〝マックス〟パンツや、入手困難な最新のセブンを手にいれたのはだれか、メモを取っていた。ランチタイムともなると、スタッフの会話はもっぱら特定の服の話題に集中する。話が飛び交うのは、たいていラックがずらっと並んでいる壁ぎわ。毎朝すべてのラックを出すのはジェフィの役目だ。ファッション特集の写真撮影に使えそうなワンピース、水着、パンツ、シャツ、コート、靴などありとあらゆる物が、ラックにかかっている。編集者がわざわざクロゼットに出向かなくても必要なものをさがせるように、ジェフィはラックを移動させて廊下の壁ぎわに並べるのだ。

クロゼットは、いわゆる収納クロゼットではない。むしろ、小規模の公会堂といった感じ。ありとあらゆるサイズ、色、デザインの靴が四方の壁に並んでいる様は、映画の《チャーリーと夢のチョコレート工場》ならぬ、夢のファッション工場といった趣《おもむき》で、スリングバッグ、スティレット、バレーシューズふうのフラットシューズ、ハイヒールのブーツ、オープントゥのサンダル、ビーズのついたヒールがそれぞれ何十足も用意されている。タンスは作りつけのものもあるし、隅に置かれたものもあるが、これまたありとあらゆるデザインのストッキング、靴下、ブラ、パンティ、スリップ、キャミソール、コルセットが押しこまれている。出たばかりのラ・ペルラの豹柄のプッシュアップブラがお望み？クロゼットをさがしてみて。ベージュ色の編みタイツ？ディオールの色つきサングラス？クロゼットにあるわよ。小物の棚と抽斗は二面の壁をほとんど占拠していて、すさまじい量の小物——量もすさまじいが、値段もすさまじい——が溢れんばかりに収納されている。万年筆。文房具。ジュエリー。寝具。マフラー、手袋、スキーキャップ。パジャマ。ケープ。ショール。シルクのコサージュ、帽子、帽子、数えきれないほどの帽子。バッグ。そう、バッグ！トートバッグ、ボウリングバッグ、バックパック、腋にはさめるバッグ、ミニサイズのバッグ、大型のバッグ、クラッチバッグ、エンベロープバッグ、メッセンジャーバッグ。それぞれに一流ブランドのラベルと、平均的なアメリカ人が払う月々のローンの返済額を上回る値段のタグがついている。そして、服のラック、またラック――ぎゅうぎゅうに詰めこんであるから、ラックのあいだを縫って歩くのは不可能だ――が残りのスペースをすきまなく埋めている。

だからジェフィは日中、モデル（それと、わたしをふくめたアシスタントたち）が服を試着したり奥に置いてある靴やバッグを取りだせるように、ラックをすべて廊下に引っ張りだして、クロゼットをいくぶんなりとも利用しやすいようにしているのだ。ライターであれ、スタッフのカレシであれ、メッセンジャーであれ、スタイリストであれ、編集部を訪れたひとは、きまって廊下でハッと足をとめ、ブランド物の服がずらっと並んでいる光景に目を丸くする。ラックの衣類は撮影の場所（シドニー、サンタバーバラ）ごとに分類されていることもあれば、種類（ビキニ、スカートスーツ）ごとに分類されているときもあるが、たいていは、やたらに高価な服をでたらめに並べた、無残な寄せ集めにしか見えない。だれもがバターみたいに柔らかい色合いのカシミアや、複雑なビーズ刺繍をほどこしたイヴニングドレスに目を留めてその感触を手でたしかめるが、我が物顔で〝自分たちの〟服を見てまわり、その一つひとつにひっきりなしに、とうとうとコメントをするのはかしまし娘たちだ。

「このカプリパンツをはきこなせるのは、世界中どこをさがしたってマギー・ライザーくらいよね」ファッション部のアシスタントのホープ――体重がなんと四十八キロもある。ちなみに身長は百八十五センチ――が、わたしたちの部屋のすぐ外で、カプリパンツを脚に当てて嘆くのが聞こえた。「ただでさえ大きいお尻が、いっそう目立っちゃうわよ」「アンドレア」ホープの友人が声をかけてきた。アクセサリー担当のスタッフだけれど、わたしはあまりよく知らない。「ホープに言ってあげて。太っていないって」「太ってないわよ」機械的に口を動かす。いまの言葉をシャツにプリントしたり、額に刺青したりしたら、いちいち口を動かさずにすむから時間が大いに節約できるだろう。《ランウェイ》のスタッフに太っていないわよと言葉をかけてくれと、わたしはしょっちゅう頼まれているのだ。

「ああん、もうっ。ちかごろのわたしのお腹を見てよ。ゴムみたいな贅肉が、ぶよぶよついてるわ。すごいデブ！」みんな贅肉を気にしている。じっさいには、ぜんぜんついていないのに。エミリーは太ももが「セコイアの巨木よりも太い」と嘆いているし、ジェシカは「ぷにゅぷにゅの二の腕」が、コメディアンのロザンヌ・バー並みに太いと思いこんでいる。ジェームズでさえも、ある朝シャワーを浴びたあと、お尻が異様に大きく見えたから、「病欠ならぬ肥満欠の電話をしようかと」思ったそうだ。

最初は、太っているかどうかしょっちゅうきかれるたびに、しごくまっとうと思われる言葉を返していた。「あなたが太ってるならね、ホープ。わたしはどうなっちゃうのしていて、きれいじゃないの！」

「やめてよ、アンディ。ふざけないで。わたしは太ってるわよ。でもあなたは、ほっそりよ？」

心にもないことを言ってると当然ながら思ったけど、わたしはじきにホープが他人のプロポーションは客観的にながめられることに気づいた。ホープだけじゃない。うちの編集部の他の女の子たち——拒食症でがりがりに痩せている——や、男性の大多数もそうだ。他人の姿は冷静にながめられるのに、鏡をのぞきこんだときだけは、そこに巨大なヌーが映っているように思いこむ。

もちろんわたしは、自分は正常で、同僚たちは異常だと自分に言い聞かせ、彼らの影響を受けないように気をつけている。でも、これほどひっきりなしに肥満の話を聞かされると、嫌でも気になってくる。この職場で働きはじめてわずか四ヵ月だけれど、被害妄想もふくめて物事を斜めから見る癖がすっかりついたから、わざと肥満の話をしてわたしが太っていることをほのめかしているのかもしれないと疑うときもある。編集長のずんぐり太ったアシスタントに、ほんとうにデブなのは自分だと思い知らせるために、痩せてすらっとしたファッション部のアシスタントが、わたしってデブなのとわざと嘆いてみせる、というわけ。百七十七センチ五十二キロ（赤痢で痩せたときの体重に戻っている）のわたしは、同年代の女の子たちのなかで痩せているほうだとつねに思っていた。これまでは、知り合いの女性の九割が、さらには男性の半分が、わたしより背が低かった。毎日のように、自分は背が低くて太っていると思うようになったのは、現実離れしたこの職場で働くようになってからだ。六号サイズの服を着ているわたしは、この集団においては、まちがいなく一番ずんぐりむっくりした体型の人間なのだ。わたしにその事実を忘れさせてはならないとの配慮からか、体型に関するおしゃべりが連日のようにわたしの耳にはいってくる。「ドクター・アイゼンバーグが言ってたわ。フルーツ断ちしないと、ゾーンダイエットも効果がないんですってね」ジェシカがナルシソ・ロドリゲスのラックからスカートをはずして、会話に加わった。〈ゴールドマン・サックス〉の最年少の副社長と婚約したばかりのジェシカは、近日中に予定されている大がかりな結婚式がうまくいくかどうか気にしてばかりいる。「そのとおりみたい。このまえドレスを仮縫いしたときから、すくなくとも四・五キロ痩せたもの」体を正常に機能させるのに必要な脂肪すらほとんどないのに、それでもまだ食事を制限していることは大目にみてやってもいいけど、それをわざわざ話さなくてもいいでしょうが。ジェシカのかかりつけの医者がどんなに有名だろうが、彼女がどれだけ自慢話をしゃべろうが、とてもじゃないけど、聞く気になれない。

　一時ごろになると、だれもがランチに行く準備をはじめるからオフィスは活気づいてくる。ランチを食べることそのものに活気づいているわけではない。オフィスへの訪問客が一番多い時間だからだ。いつものように、スタイリストや寄稿者やフリーランサー、スタッフの友人や恋人などがつぎつぎとやってくるのを、ぼんやりとながめる。彼らがオフィスに立ちよるのは、全部で十万ドルにもなる服や、何十もの美しい顔や、どこまでも、どこまでも、どこまでも長い脚が無数にある、華やかな世界を楽しんで目の保養をするためだ。

エミリーがランチを買いに出ていったのを確認したジェフィがさっそくわたしのところへ来て、大きなショッピングバッグをふたつ差しだした。

「はい。見てみなよ。手始めにこんなもんでどうかな」

わたしは一つ目のショッピングバッグの中身をデスクの横の床に広げて、服を一枚一枚手に取った。キャメルとチャコールグレーのジョセフのパンツ。二本ともヒップハングで、ほっそりとした長いシルエット。とても柔らかいウール地だ。どんなに野暮ったい女の子でもスーパーモデルに変身できそうな、グッチのスエードの茶色いパンツに、誂《あつら》えたみたいにわたしの体にぴったりなマーク・ジェイコブスのきれいなウォッシュ加工のジーンズ二本。トップスは、カルバン・クラインの体にぴったりしたリブ編みのタートルから、ダナ・キャランの薄手のフォークロア調のブラウスまで、八、九枚はある。きちんと折りたたまれた、ダイアン・フォン・ファステンバーグのすばらしいグラフィック柄のラップドレスがあるかとおもえば、濃紺のベルベットのタハリのパンツスーツもある。ハビチュアルのプリーツのついたデニムスカートは、一目で気にいった。わたしの膝くらいまでの長さて、カティヨン・アデリの超ファンキーな花柄のブレザーに、すごくよく似合いそうだ。

「この服……ぜんぶわたしに？」と、わたし。無愛想な口調になってはまずい。あくまでも喜んでいるように見せなくては。

「ああ。わけないよ。長いことクロゼットで埃をかぶっていた服なんだから。撮影に使ったものもあるかもしれないけど、会社に返すことはない。二、三カ月ごとにクロゼットを整理して、不用品を始末するんだ。で、ふと思ったんだよ。そうだ、きみにあげれば喜ぶかもしれないって。サイズは六号だったよね？」

いまだにぽかんとしたまま、わたしはうなずいた。

「やっぱりね。ほかのスタッフはほとんど二号か、それ以下だから、これはみんな、遠慮なくもらってくれよ」

うっ、やられた。「すごいわ。ほんとにすごい。ジェフィ、いくら感謝してもしたりないくらいだわ。みんな、すごくすてき！」

「もう一個のショッピングバッグも見てみなよ」床に置いてある紙袋を指さした。「せっかくベルベットのスーツで決めても、いつものダサいメッセンジャーバッグを持ってたんじゃ、格好がつかないだろう？」

二個目のショッピングバッグは一個目のよりもっと膨らんでいて、すばらしい靴やバッグやコートが溢れんばかりにはいっていた。ジミー・チュウのハイヒールのブーツ二足――

—アンクルブーツとニーブーツ——。オープントゥのマノロのスティレットサンダル二足。プラダのクラシカルな黒いパンプス。トッズのローファーもあったが、オフィスにはいてきてはいけないよ、とジェフィにすぐさま釘を差された。やわらかいスエードの赤いバッグを肩にかけると、Cの二文字がクロスしたマークが前の部分についているのがさっと目にはいった。でも、もっとすてきだったのは、もう一方の腕にかけた、セリーヌの深いチョコレート色の革のトートバッグだった。ミリタリー調のロングのトレンチコートには、マーク・ジェイコブスの文字がはいった大きなボタンがずらっとついていた。

「嘘でしょう」ジェフィがオマケでいれたと思われるディオールのサングラスを撫でながら、わたしは囁くように言った。「夢みたい」

彼はわたしの反応にすっかり気をよくした様子で、顎をしゃくってみせた。「ほんの気持ちだから、使ってくれよ。いいね？　最高級品ばかりあげたことは、ほかのスタッフには内緒だよ。クロゼットの在庫整理となると、みんな目の色を変えるからね。わかった？」そのとき、だれかを大声で呼びとめるエミリーの声が廊下から聞こえてきたから、ジェフィはあわててオフィスを出ていった。もらった服を、いそいでデスクの下に隠す。

ダイニングから戻ってきたエミリーは、いつものテイクアウトのランチを手にしていた。生のフルーツを使ったスムージーと、小さな容器にはいったアイスバーグレタスのサラダ。サラダにはブロッコリーがトッピングされ、バルサミコ酢がかかっている。油を使ったドレッシングは不可。あくまでも酢だけ。ミランダがじきに会社に来る——もうすぐ車が会社に着くと、さっきユリから電話があったのだ――から、いつもの至福の七分間がない。普段はその七分のあいだに、ダイニングに直行してスープを買い、あわてて戻ってきてスープを飲み干すのだ。刻一刻と、空腹が耐えがたくなってくる。でも、かしまし娘たちを掻きわけてダイニングの奥に行き、レジで白い目で見られて、湯気の立つスープ（おまけに、脂肪分たっぷり！）を、熱いものが食道を流れ落ちていくのがはっきりとわかるほどはやく飲みこんで、こんな飲み方をしたら取り返しのつかないダメージを体に負ってしまうのではないかと思い悩むだけのエネルギーが、わたしにはなかった。そんな思いまでしていって、買いにいくことないわよ、と自分に言い聞かせる。一食抜いたくらいで、死にゃしないって。じっさい、精神的に健全そのものの同僚たちも口をそろえて言ってるじゃないの、食事を抜くと強くなるんだって。それに、二千ドルのパンツを大食いの女の子がはいても様にならないわよ。自分を納得させる。椅子の背もたれに寄りかかって、はたと思った。わたしは《ランウェイ》編集部のまさに鑑だ。

本書は、二〇〇三年十二月に早川書房より単行本として刊行された作品を文庫化したものです。

E L ジェイムズ
〈フィフティ・シェイズ〉三部作
好評発売中

フィフティ・シェイズ・オブ・グレイ
（上・中・下）
フィフティ・シェイズ・ダーカー
（上・中・下）
フィフティ・シェイズ・フリード
（上・中・下）

池田真紀子訳

ハヤカワ文庫

アウトランダー　時の旅人クレア

1・2・3（全3巻）

Outlander

ダイアナ・ガバルドン
加藤洋子訳

第二次大戦後、夫とストーン・サークルを訪れたクレアは、巨石のあいだでつまずき……気がつくと、近くにはキルト姿の男たちが！　なんと二百年前にタイムスリップしていたのだ。現代と過去の愛と運命に翻弄される、時を旅する女性の物語。大人気ドラマ原作

ハヤカワ文庫

ファイト・クラブ〔新版〕

Fight Club

チャック・パラニューク

池田真紀子訳

タイラー・ダーデンとの出会いは、平凡な会社員として生きてきたぼくの生活を一変させた。週末の深夜、密かに素手の殴り合いを楽しむうち、ふたりで作ったファイト・クラブはみるみるその過激さを増していく。ブラッド・ピット主演、デヴィッド・フィンチャー監督による映画化で全世界を熱狂させた衝撃の物語！

ハヤカワ文庫

トレインスポッティング

Trainspotting

アーヴィン・ウェルシュ
池田真紀子訳

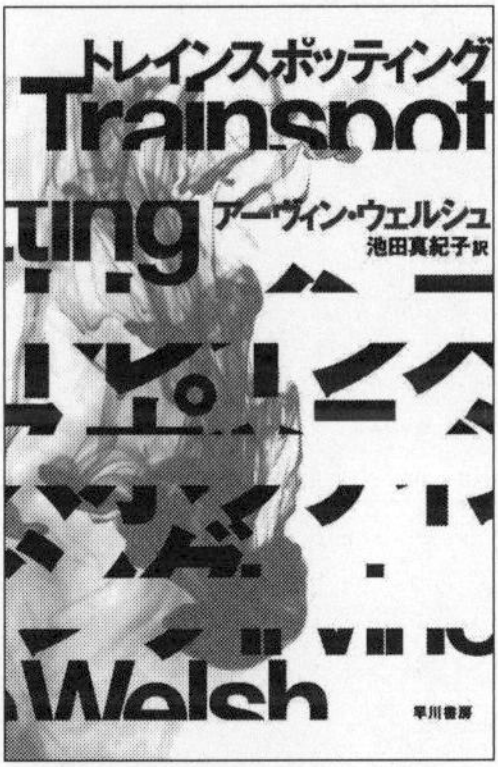

不況にあえぐエディンバラで、ドラッグとアルコールと暴力とセックスに明け暮れる若者たち。マーク・レントンは仲間とともに麻薬の取引に関わり、人生を変える賭けに出る。彼が選んだ道の行く先は？　世界中の若者を魅了した青春小説の傑作、待望の復刊！　解説／佐々木敦

ハヤカワ文庫

エイティ・デイズ・イエロー

Eighty Days Yellow

ヴィーナ・ジャクソン

木村浩美訳

46判並製

燃えるような赤毛のバイオリニスト、サマーは路上演奏の最中に騒動に巻き込まれ、大切な楽器を失ってしまう。失意に沈む彼女に、謎の男から新しいバイオリンを提供するとの突然のメールが。それも奇妙な条件付きで……。〈エイティ・デイズ〉シリーズ第一弾

〈リヴィエラ〉シリーズ

パインズ

—美しい地獄—

Pines

ブレイク・クラウチ

東野さやか訳

川沿いの芝生で目覚めた男は所持品の大半を失い、自分の名前さえ言えなかった。しかも全身がやけに痛む。事故にでも遭ったのか……。やがて自分が任務を帯びた捜査官だったと思い出すが、保安官や住民は男が町から出ようとするのをなぜか執拗に阻み続ける。この美しい町はどこか狂っている……。衝撃のスリラー

ハヤカワ文庫

ジュラシック・パーク（上・下）

Jurassic Park

マイクル・クライトン
酒井昭伸訳

バイオテクノロジーで甦った恐竜たちがのし歩く驚異のテーマ・パーク〈ジュラシック・パーク〉。だが、コンピューター・システムが破綻し、開園前の視察に訪れた科学者や子供達をパニックが襲う！ 科学知識を駆使した新たな恐竜像、空前の面白さで話題を呼んだスピルバーグ映画化のサスペンス。解説／小畠郁生

ハヤカワ文庫

深海のYrr《イール》（上・中・下）

Der Schwarm

フランク・シェッツィング
北川和代訳

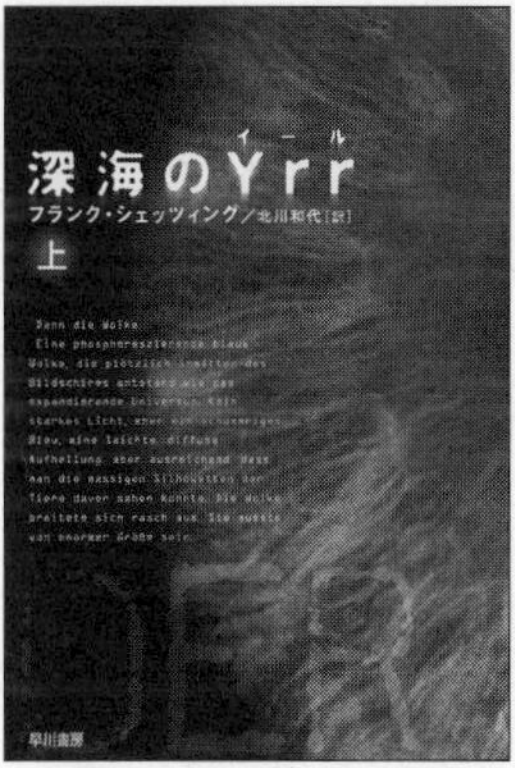

世界中で次々と起こる海難事故。牙をむく海の生物たち。大規模な海底地滑りが発生し、大津波がヨーロッパ北部を襲う。精鋭の科学者チームが探り出した、異常現象の裏に潜む衝撃の真相とは？ ドイツで『ダ・ヴィンチ・コード』からベストセラー第一位の座を奪った驚異の小説。福井晴敏氏感嘆、瀬名秀明氏驚愕。

ハヤカワ文庫

わたしを離さないで

Never Let Me Go

カズオ・イシグロ

土屋政雄訳

優秀な介護人キャシー・Hは「提供者」と呼ばれる人々の世話をしている。育った施設ヘールシャムの親友トミーやルースも「提供者」だった。図画工作に力を入れた授業、毎週の健康診断、教師たちのぎこちない態度——キャシーの回想はヘールシャムの残酷な真実を明かしていく。運命に翻弄される若者たちの一生を感動的に描くブッカー賞作家の新たな傑作。解説／柴田元幸

ハヤカワepi文庫

マジック・フォー・ビギナーズ

Magic for Beginners

ケリー・リンク

柴田元幸訳

〈ヒューゴー賞／ネビュラ賞／ローカス賞受賞作〉電話ボックスを相続した少年は、誰も出るはずのない番号に何度も電話をかけてみる。しかしあるとき彼が愛するＴＶドラマの主人公が出て、助けを求めてきた──異色の青春小説たる表題作ほか、国を丸々収めたハンドバッグの遍歴を少女が語る「妖精のハンドバッグ」など、瑞々しくも不思議な味わいの九篇を収録した短篇集

ハヤカワepi文庫

訳者略歴　早稲田大学第一文学部卒，英米文学翻訳家　訳書『プラダを着た悪魔　リベンジ！』ワイズバーガー，『SEX AND THE CITY キャリーの日記』ブシュネル，『不倫の惑星』ドラッカーマン（以上早川書房刊）他多数

HM=Hayakawa Mystery
SF=Science Fiction
JA=Japanese Author
NV=Novel
NF=Nonfiction
FT=Fantasy

プラダを着《き》た悪魔《あくま》

〔上〕

〈NV1126〉

二〇〇六年十月十五日　発行
二〇一七年二月二十五日　六刷
（定価はカバーに表示してあります）

著者　ローレン・ワイズバーガー
訳者　佐《さ》竹《たけ》史《ふみ》子《こ》
発行者　早川浩
発行所　株式会社 早川書房
郵便番号　一〇一 - 〇〇四六
東京都千代田区神田多町二ノ二
電話　〇三 - 三二五二 - 三一一一（大代表）
振替　〇〇一六〇 - 三 - 四七七九九
http://www.hayakawa-online.co.jp

乱丁・落丁本は小社制作部宛お送り下さい。
送料小社負担にてお取りかえいたします。

印刷・精文堂印刷株式会社　製本・株式会社フォーネット社
Printed and bound in Japan
ISBN978-4-15-041126-8 C0197

本書のコピー、スキャン、デジタル化等の無断複製は著作権法上の例外を除き禁じられています。

本書は活字が大きく読みやすい〈トールサイズ〉です。